LARS MENZ
DIE SCHANZE

Thriller

Ullstein

Besuchen Sie uns im Internet:
www.ullstein.de

Das Zitat auf Seite 27 stammt aus Milan Kunderas: *Die unerträgliche Leichtigkeit des Seins*. Aus dem Tschechischen von Susanna Roth, FISCHER Taschenbuch, Frankfurt am Main 2009, S. 9.
Auf Seite 165 wird aus dem Song *Tonight, Tonight, Tonight* von Genesis zitiert. Aus dem Album *Invisible Touch*, 1986.

Originalausgabe im Ullstein Paperback
1. Auflage Februar 2025
© Ullstein Buchverlage GmbH, Berlin 2025
Wir behalten uns die Nutzung unserer Inhalte für Text und Data Mining im Sinne von § 44b UrhG ausdrücklich vor.
Umschlaggestaltung: zero-media.net, München
Titelabbildung: © FinePic®, München (Bäume, Schnee, grafische Elemente);
© ZeroMedia GmbH/ Midjourney (Schanze)
Gesetzt aus der Quadraat powered by *pepyrus*
Druck und Bindearbeiten: CPI books GmbH, Leck
ISBN 978-3-548-07028-5

Prolog

Er hatte es begonnen, er brachte es zu Ende. Angst, Schuld, Zweifel, all das war belanglos geworden. Es war die Macht über Leben und Tod, die ihn berauschte. Sie lag in seinen Händen. Er zeichnete seine Lebenslinie mit dem Zeigefinger in seiner von Arbeit und Kälte geschundenen Haut nach. Eine tiefe, trockene Furche, die nun endlich auf ein Ziel zusteuerte.

Er ballte die Hände zu Fäusten.

Entschlossen drehte er sich um, senkte das Kinn leicht auf die Brust. Es war ihm zuwider, Menschen in die Augen zu blicken.

Vor vielen Jahren hatte er die Betondecke im Keller mit Styroporplatten verkleidet, um die Kälte unten und die Wärme oben im Haus zu halten. Ohne Wollsocken und Hausschuhe wurden die Füße trotzdem kalt, und dann konnte er nicht einschlafen. Meistens lief er die halbe Nacht durchs Haus, bis er so durchgefroren war, dass er duschen musste. Er mochte den Schmerz des heißen Wassers auf seiner Haut und die rötliche Farbe danach. Dann konnte er klar denken. Die besten Einfälle kamen ihm unter der Dusche.

Er sah den vor ihm auf dem Stuhl zusammengesunkenen Menschen nun doch an.

Wenn er mit dem Kopf gegen das Styropor stieß, rieselten kleine weiße Kügelchen auf den Boden. Wie verdammter Schnee.

Es war überall, klebte an seiner Jacke, hing elektrisch aufgeladen an seiner Handfläche.

Es lag auf dem Gesicht des Mannes.

Wie Affenpocken. Im Fernsehen wurde darüber berichtet. Hochansteckend. Ekelhaft. Hätte er Affenpocken, er würde die Bläschen mit einer Nadel aufstechen. Mit Nadeln könnte er auch die Kügelchen im Gesicht des Mannes fixieren, wie kleine Punkte auf einer Landkarte, er könnte die Stecknadelköpfe mit Garn verbinden und so ein Netz spannen. Aber wozu?

Er war abgelenkt.

Er blies dem Mann das Styropor vom Gesicht, und sofort riss er den Kopf zur Seite, zerrte an den Fesseln, biss heftig auf den Gummiball in seinem Mund. Der Stuhl wackelte. Das Atmen fiel ihm schwer, seine Augen waren rot. Rot wie der Himmel draußen über dem schmalen Dachfenster. Es war das letzte Aufbäumen der hellen Stunden. Er mochte es, wenn der Tag der Nacht wich, und die Schatten um die Berge krochen. Schnee lag auf den Bergrücken und seit gestern auch im Tal. Darin würde er unweigerlich Spuren hinterlassen, aber das war nicht schlimm. Es waren nur Spuren. Spuren gab es viele. Es war gut, überhaupt etwas zu hinterlassen.

»Es ist Zeit«, sagte er zu seinem Gefangenen.

Seit gestern war er hier. Er hätte den Mann gleich an seinen Bestimmungsort bringen können, aber erst hatte er ihn wiegen, vermessen und auch schwächen müssen. Den Fahrradanhänger verstärken, das Seil auf die richtige Länge bringen. Das alles hatte Zeit gekostet.

Er ging nach oben, holte die Winterjacke, Mütze, Handschuhe. Trotz der Kälte wählte er die Hallensportschuhe ohne Profil. Zu viel Spuren mussten auch nicht sein.

Die Zimmer im Haus waren dunkel, die Tapeten alt und grau,

die Oberflächen in der Küche fettig. Nur das Licht des Fernsehers flackerte auch von außen gut sichtbar an den Wänden. Er würde ihn anlassen, und vielleicht würde er bis zum Spätfilm zurück sein.

Ihm war, als hörte er Vater mit dem Fuß auftreten. Immerzu hörte er ihn, den Toten, selbst wenn er schlief. Er hatte ihn gepflegt, ihm die Tassen mit lauwarmem Wasser gereicht, seine schuppige Stirn und ihm die Scheiße aus der Ritze gewischt. Er hatte es so sattgehabt. Als die Wohnung der alten Braun gegenüber frei geworden war, hatte er die Gelegenheit beim Schopfe gepackt, Vater aus dem Haus gezerrt, ihn dort einquartiert, eine ganze Straßenbreite Abstand zwischen sie gebracht. Drüben hatte er ihn wie eine Blume langsam verdorren lassen.

Die Leute vom Heim hatten die Braun mit dem Taxi abgeholt. Nur einen Koffer durfte sie mitnehmen. Das hatte ihm leidgetan. Von Zeit zu Zeit besuchte er ihr Grab. Dann brachte er ihr etwas mit. Einen Splitter vom Zaun, einen Kieselstein aus dem Garten, einige Fasern des Teppichs unter ihrem Bett, der dortgeblieben war.

Er ging zum Hinterausgang, rollte das Fahrrad aus dem Schuppen und zog die Plane vom Anhänger. Dann fegte er den Schnee von der Treppe, damit sie nicht ausrutschen.

Im Fenster spiegelten sich seine Konturen. Ob man ihm Vaters Ledergürtel noch ansah? Die Striemen? Die Schmerzen hatten sich wie eine Inschrift in seinen Körper gegraben. Der Gürtel hing noch immer im Flur. So wie das Porzellan und der Nippes seiner Mutter in der Schrankwand standen. Sie hatte ihm nie geholfen. Er hatte sich immer vorgestellt, alles würde besser werden, wenn beide nicht mehr da wären, aber der Winter endete hier nicht.

Zurück im Keller schwitzte er.

Hier unten war es kalt und feucht. Und es roch. Nein, es stank. Der Geruch von Kot und Urin war penetrant. Eine Folie auf dem Boden fing die durch die Hose triefenden Exkremente des Mannes auf. Er musste die Folie anschließend loswerden und das Fenster über Nacht auflassen.

Der Strick lag noch in der Kiste.

Der Gefangene registrierte die Winterjacke und richtete sich auf. Seine Zeit auf dem Stuhl ging zu Ende, aber er wusste nicht, was das für ihn bedeutete. Er erwartete wohl das Schlimmste, denn er zerrte wieder an seinen Fesseln. Die Fesseln waren mit Schlössern gesichert, von denen er nun zwei öffnete. Er zog den Mann vom Stuhl und stellte ihn hin wie eine Spielfigur. Nach dem langen Sitzen zitterten seine Knie, sein Atem ging schnell, sein Gleichgewicht aber kam zurück. Obwohl er etwa eins achtzig und erwachsen war, wirkte er wie ein kleiner Junge. Seine Angst war größer als er selbst.

Die Ketten um seine Fußgelenke ließen ihm nur wenig Spiel, und er brauchte fast vier Minuten für die Treppe. Der Kellerabgang war aber nicht einsehbar, eine Hainbuchenhecke und die verwitterte, hochkant gestellte Tischtennisplatte versperrten die Sicht. Mehrmals hatte er die Winkel kontrolliert.

Der Wind flüsterte durch den Hinterhof, schneebedeckte Äste wogten hin und her. Sein Atem stieg wie Nebel in die Nacht.

»Setz dich!«, befahl er.

Der Mann verstand nicht.

Mit dem Viehtreiber versetzte er ihm einen Stromstoß am Arm. Das kleine Gerät bestand aus einem Plastikgriff, an dessen Ende zwei Metallstifte wie bei einem handelsüblichen Stecker herausragten. Es war leicht und lag gut in der Hand. Der Mann biss vor Schmerz auf den Gummiball und stöhnte, ließ sich nun widerstandslos rücklings auf den Fahrradanhänger setzen und kippte nach einem weiteren Stromstoß zurück. Er legte den Nacken des Mannes in die für seinen Hals halbmondartige Aussparung, stülpte die mit Schaumstoff ausgekleidete Kiste über sein Gesicht und schloss die Scharniere. Der Mann warf sich hin und her, schnitt sich die Haut an den Fesseln. Doch seine Schreie drangen nicht nach draußen. Es gab nur kleine Luftlöcher. Schon nach kurzer Zeit hörten seine Bewegungen auf, als er begann, nach Luft zu schnappen, was mit dem Ball im Mund ohnehin furchtbar anstrengend war.

Er hatte es verstanden.

Auf die Idee mit der Kiste war er bei seiner letzten MRT-Untersuchung gekommen. Er hatte fast genauso dagelegen, nur ohne die Fesseln und in der Gewissheit, jederzeit entkommen zu können. Keine Anomalien, keine Entzündungsherde. Sie hatten nichts von dem gefunden, was in seinem Kopf vorging. Das war beruhigend, es bestätigte, dass er nicht krank war.

Die Beine des Mannes klemmte er hinter ein vorbereitetes Brett, fixierte die Füße mit Klebeband, zog dann die Plane über den Anhänger und sicherte auch sie. Niemand würde einen frierenden Mann darunter vermuten. Nicht mal einen toten Hund.

Das Anfahren war durch das Gewicht des Anhängers beschwerlich, das Treten selbst aber keine große Anstrengung. Er bewegte mit dem Rad oft schwere Ware und hatte den Anhänger bereits vor Langem für den Transport der Skier verlängert. Es steckte auch jetzt ein Paar an der Seite, sie ragten unter der Plane hervor und zeigten allen, wer er war. Ein Sportler. Einer, der Bewegung und Natur schätzte, seinen Körper forderte und spät heimkam.

Die Straßen waren leer. Doch durch die beschlagenen Scheiben der Restaurants und Gasthäuser sah er Menschen und bog in die Seitenstraßen ab.

War er aufgeregt oder nervös? Lief er Gefahr, Fehler zu machen? Nein, er war ruhig, beinahe gelassen. Sein Puls schlug regelmäßig, und er genoss die kalte Luft in seinem Gesicht. Später würde er duschen, seine Haut würde rot sein.

In der Ferne ragte sein Ziel auf.

Die Wolken hingen unterhalb der Baumgrenze in den Tannenspitzen. Optimal, so hatte er keine Blicke verspätet zurückkehrender Wanderer zu befürchten. Ein Blick auf seine Armbanduhr. Ein Geschenk seines Großvaters zum Abitur. Pilot im Zweiten Weltkrieg und danach Skiläufer. Auf einer schwarzen Piste hatte er sich beide Beine gebrochen. Da war ihm bis zum Tod nur das Trinken geblieben. Sein Vater hatte es ihm nachgemacht, aber er selbst war stolz auf seinen klaren Kopf.

Majestätisch wurde die Skischanze von mehreren Scheinwerfern angestrahlt, um den Touristen ein Schauspiel zu bieten. Der Beton hob sich grau glänzend vor der Bergkulisse ab. Der Anblick erfüllte ihn stets mit Ehrfurcht. Die Höhe und Mächtigkeit des Bauwerks und die bevorstehende Tat jagten ihm einen wohligen Schauer über die Haut, den er einen Moment lang genoss.

Er stellte das Rad im Schatten der Schanze ab. Das Licht der Straßenleuchten erreichte ihn hier oben nicht. Aus seiner Jackentasche zog er einen professionellen Türöffner, dünne Nadeln, mit denen er leicht die in den Turm führende Tür öffnen konnte. Er hatte Glück, es lag ein Backstein bereit, der verhinderte, dass die Tür wieder zufiel.

Als er die Plane am Anhänger löste und den Kopf befreite, war das Gesicht des Mannes von der Anstrengung des Atmens knallrot. Es hatte ihn seine ganze Kraft gekostet, sich im Dunkel der Gefangenschaft darauf zu konzentrieren, nicht durchzudrehen. Er war erschöpft und schwitzte.

»Du tust, was ich sage.«

Er gab ihm einen Stromstoß. Mit dem Viehtreiber entstanden schnell Verbrennungen. Es roch wie damals, als er als Kind im Hof mit einem Freund gezündelt und der sich am Arm verbrannt hatte. Erinnerungen hingen an Gerüchen, seine Gedanken waren manchmal noch bei diesem einen Freund. Das Gerät würde er später auseinandernehmen und die Einzelteile an unterschiedlichen und weit auseinanderliegenden Stellen entsorgen.

Er löste das Klebeband an den Füßen. Der Mann hielt still in seinem Schmerz. Während er ihn mit dem Viehtreiber in Schach hielt, zog er mit der freien Hand die Plane über den Anhänger. Dann warf er die vorbereitete Schlinge um den Hals des Mannes und zog sie zu. Sofort ging sein Brustkorb schneller auf und ab, voller Angst wollte er wissen, ob er noch eine Chance hatte. Aber es waren nur undeutliche und unbedeutende Laute, die sich ihren Weg an der Seite des Gummiballs ins Freie bahnten.

»Los jetzt«, sagte er.

Als sie im Turm waren, stieß er den Stein mit dem Fuß beiseite, und die Tür fiel von selbst zu.

Der Aufzug war laut.

Zum ersten Mal spürte er Nervosität. Ob es einen Hausmeister oder einen Sicherheitsdienst gab? Es gab niemanden. Das wusste er. Als sie die oberste Plattform erreicht hatten, verflog beim Blick in die Nacht seine Anspannung. Fast hätte er vergessen, wie schön die Dunkelheit hier oben war.

Der Mann wehrte sich jetzt stärker. Er war nicht dumm, er ahnte, was bevorstand. Trotzdem nahm er ihm nun die Fußfessel ab, steckte seinen Zeige- und Mittelfinger zwischen Schlinge und Hals des Mannes und führte ihn fast wie ein Pony eng neben sich. Seine Mutter hatte ihn oft zum Ponyreiten mitgenommen. Er hatte die Pferde gehasst, ihren Eigensinn, ihre Kraft und ihre Zähne. Aber diese Nachmittage mit seiner Mutter waren ihm in guter Erinnerung geblieben. Sie hatte ihn auf das Pferd gehoben, und die Wärme, die er damals gespürt hatte, spürte er manchmal noch heute, wenn er heiß duschte.

Der Wind war scharf. Er zog die Mütze tiefer und trieb den Mann mit einem Stromstoß die Stufen hinauf, die parallel zum Anlauf der Schanze führten. Dort oben saßen die Springer auf ihrem Startbalken und blickten einsam in die Tiefe. Es hatte etwas Religiöses, und er bewunderte diese Athleten. Er wünschte sich, selbst so mutig zu sein.

Der Mann bekam kaum Luft und konnte keine Gedanken an einen möglichen Angriff verschwenden. Ob er dennoch die Schönheit der Landschaft sah? Ein letztes Mal? Ein Blick über die Brüstung. Die Berge schwarz, der Ort ein tiefes Meer aus sich spiegelnden Lichtern und darüber eine dichte Wolkendecke.

Sein Herz schlug schneller. Jetzt, kurz vor dem Ziel, kaute er auf dem äußeren Rand seiner Zunge und schob das Kinn mahlend vor. Diese alte Angewohnheit.

»Mach das nicht«, schrie sein Vater ihn an. »Du siehst aus wie ein Idiot.«

Er bestrafte seinen Vater für seine Worte, schlug ihn mit seinem eigenen Gürtel. Vater wehrte sich irgendwann gegen nichts mehr.

Er war erregt.

»Da sind wir«, sagte er.

Sie standen an der Spitze. Der Turm allein war vierzig Meter hoch, der Berg mit der gesamten Anlage erhob sich noch einmal hundert Meter über das Tal. Hier oben hörte sie niemand. Selbst wenn er – und das würde er – die Gummikugel entfernen und der Mann um Hilfe schreien würde, wäre es sinnlos. Der Wind zerstreute alle Klagen, es blieben nur leise Geräusche, die von verirrten Vögeln stammen konnten.

Ein weiterer Stromstoß trieb den Mann bis ans Geländer. Er

versuchte zu reden, sich mit Worten zu retten, jetzt, wo es fast vorbei war.

Es war verständlich.

Es war sinnlos.

»Hör zu«, sagte er dicht neben seinem Ohr. Fast spürte er, wie sich das Zittern seines Opfers durch die Luft auf ihn übertrug. »Ich werde dich nicht umbringen.«

Der Mann reckte den Kopf zur Seite, bis das Seil in seinen Hals schnitt. Hoffnung schimmerte in seinen blutunterlaufenen Augen auf wie eine Münze in einem Brunnen. Die Zuversicht löste ein wenig seine Verkrampfung.

»Steig über das Geländer.« Der Mann wollte nicht, aber es gab keine Alternative. »Du steigst da rüber, und ich lasse dich auf der Außenseite auf Hilfe warten«, erklärte er. »Es wird vielleicht bis morgen dauern, bis dich jemand hier oben entdeckt, aber du wirst fest angebunden sein und wirst nicht fallen. Genieß einfach den Blick und die Weite des Tals.«

Der Mann verstand noch immer nicht.

»Ich werde dich sogar von dem Knebel befreien.«

So positive Worte, und doch fauchte und knurrte der Mann, geriet in Wut, brüllte, so laut es mit dem Gummiball ging, und bedrängte ihn. Er bremste ihn mit einem Stromschlag. Die Stärke betrug siebzig Milliampere. Gestern hatte er im Keller bereits ausprobiert, wie weit er damit gehen konnte. Der Stoß traf ihn in den Bauch. Aufgrund der Kleidung wurde der Strom nicht optimal weitergeleitet, hielt ihn aber auf. Zusätzlich stieß er ihm das Gerät gegen den Hals. Trotz des kalten Windes lag genügend Schweiß auf der Haut, und der Strom drang ungehindert ein. Der Körper sackte zusammen, die Muskeln kontrahierten. Ein Vorhofflimmern oder eine sich verkrampfende Lunge waren jetzt nicht ausgeschlossen. Eine Brandwunde am Hals flackerte auf.

Verdammt.

Er fühlte den Puls. Schwach, aber vorhanden.

Ihn einfach zurücklassen, weggehen, weg von diesem Ort, weg von diesem Leben, alles zurücklassen, das bisschen Geld nehmen, es irgendwo ausgeben und sich dann erschießen. Daran dachte er.

Aber jetzt musste er erst diese Sache erledigen.

Schnell löste er die Fesseln an den Händen und das Lederband am Hinterkopf. Er musste mit zwei Fingern in den Mundraum greifen, um den speichelgetränkten Ball zu entfernen. Dann drehte er den Mann auf den Bauch, stellte sich breitbeinig über ihn, packte ihn unter den Armen, wuchtete ihn hoch, lehnte ihn mit der Brust gegen das Geländer und warf seine Arme über den Handlauf. Zur Sicherheit zog er das Seil noch einmal fest. Es musste jetzt schnell gehen, der Mann kam wieder zu sich.

»Warum?«, keuchte er und hielt sich an der Brüstung fest. Seine Fingerknöchel traten weiß hervor. Sein Blick ging vierzig Meter in die Tiefe.

»Rüber da!«

Der Mann begann, um sich zu treten. Er brauchte einen Moment, um den nächsten Stromstoß zu setzen, und in dieser einen Sekunde schlug er mit der Ferse gegen den Gummiball. Er hüpfte wie ein Kinderspielzeug zur Seite und verschwand durch die Streben des Geländers in der Dunkelheit. Verdammt, dachte er, er musste ihn später finden.

Zwei weitere Stromstöße waren nötig, um die Gegenwehr zu brechen. Vorsichtig schob der Mann sein rechtes Bein über die Brüstung, saß kurz auf dem Geländer wie ein Reiter auf seinem Sattel, bevor er sich weiterdrehte und auch das linke Bein nachzog. Mit den Fußspitzen stand er auf einem schmalen Absatz, hinter ihm der Abgrund.

Sie sahen sich in die Augen, ganz nah, Nase an Nase. Der Mann draußen, er drinnen. Sie waren so nah beieinander und doch so unterschiedlich. Er spürte den festen Beton unter seinen Füßen, und er sah den Abgrund hinter dem Rücken des Mannes. Mit ganzer Kraft hielt der Mann sich fest. Er selbst hielt ihn weiter am Seil.

»Du hast gesagt, du bindest mich fest.«

Er klammerte sich an die gesprochenen Worte wie an das Geländer. Worte aber waren noch nie etwas wert gewesen. Wie naiv, auf sie zu vertrauen.

»Das werde ich«, sagte er.

Er knotete das Ende des Seils um eine der Streben des Geländers. Die Seillänge war abhängig von der Größe und dem Gewicht der daran hängenden Person. Wenn alles stimmte, brach der lange Fall das Genick, enthauptete das Opfer aber nicht. Das war ihm wichtig. Er wollte sich keinen Fehler erlauben und hatte deshalb seine Berechnungen mehrmals überprüft. Er war schwach in Mathematik und hoffte, dass er sich nicht verrechnet hatte.

»Bitte«, flehte der Mann. »Ich habe nichts getan.«

Oh doch.

Jetzt, dachte er. Jetzt tust du es.

Leise sagte er die Worte, die er seit Jahren geübt hatte, die er sich zum Einschlafen vorsagte und von denen er sich so viel versprach. Es war nur ein Satz, aber der Mann verstand sofort seine Bedeutung. Im Augenblick der Erkenntnis riss er ein letztes Mal erschrocken die Augen auf.

Er schlug ihm auf die Brust. Aber der Mann fiel nicht, er hielt sich weiterhin mit aller Kraft fest. Also zog er erneut den Viehtreiber aus der Jackentasche, presste ihn auf den rechten Handrücken und drückte ab. Der Mann schrie auf, ließ aber nicht los.

So hatte er sich das alles nicht vorgestellt. Er hätte ihn bereits im Keller töten sollen. Das Ganze erschien ihm jetzt unausgereift, ohne Eleganz. Das endgültige Bild hatte er vor Augen gehabt, aber die Mühsal und die Risiken unterschätzt.

Er ging eine Schrittlänge zurück, hob das Bein und trat mit seinem Stiefel fest gegen die Finger des Mannes. Erst rechts, dann links.

Es waren seltsame Geräusche, keine Worte, keine Schreie, nur gurrende Laute, als sich seine Finger lösten, er langsam in Rückenlage geriet, mit den Armen ruderte, das Gleichgewicht verlor und abstürzte. Sein Gewicht riss ihn in die Tiefe, bis das Seil den Sturz abrupt abfing und ihm das Genick brach.

Ein kurzer Augenblick, nur ein Herzschlag, aber die Tragödie des Mannes machte ihm die Größe seiner Tat bewusst.

Stille.

Nur der Wind.

Nur die Kälte.

Die Baumwipfel, die sich leicht nach links und rechts bewegten wie zum Tanz.

Lange stand er am Geländer. Seine Berechnungen waren richtig gewesen, aber für das nächste Mal musste er sich etwas Einfacheres ausdenken. Was hätte nicht alles schiefgehen können.

Schließlich sammelte er die auf dem Boden liegenden Gegenstände ein und verließ den Turm. Alles war ganz einfach. Nur den Gummiball musste er noch finden. Er strich unterhalb der Schanze durchs Gelände, aber er hatte keine Taschenlampe und gab bald auf. Dann würde die Polizei das Ding eben finden. Fingerabdrücke auf Leder nachzuweisen war beinahe unmöglich, und das Gummi war über und über mit dem Speichel seines Opfers überzogen. Er musste sich keine Sorgen machen.

Das Rad stand an seinem Platz.

Als er den Weg erreichte, blieb er noch einmal stehen, legte den Kopf in den Nacken.

Da hing er.

Ein Mahnmal am Himmel. Vor den Bergen fast nur ein Strich, aber spätestens am Morgen würde er in der Sonne glänzen.

Jetzt war er doch zufrieden. Es kam seiner Vorstellung nah. Das Ergebnis war akzeptabel.

Nein!

Es war wunderschön.

1.

Ein letztes Mal blickte Ellen aus dem Küchenfenster in den Hof. Die Birke stand schmal und schief in der Mitte, umgeben von den Rückseiten der alten Gebäude. Ein paar mit Steinen eingefasste Beete, ein Kiesweg, der vom Kellerabgang zum Baum und einmal um ihn herumführte. Gemeinsame Sommerabende, Grillen, der Geruch von ins Feuer tropfendem Fett. Sie aß die bunten Salate, stieß wieder ihre kühle Flasche gegen eine andere. Lisa trug Monologe aus ihrem Laientheater vor, und als die Kinder im Bett waren, drehte Rüdiger Joints. Christoph legte ihr den Arm um die Schulter, zeigte auf die Fledermaus, die sich in den Hof verirrt hatte. Sie versuchte, die Melodie dieser Nächte zu bewahren. Spät gingen sie in ihre Wohnungen, und es war schön, sie alle um sich zu haben. Es ging ihr gut in diesen Sommern.

Jetzt war Winter.

Eine dünne weiße Decke hatte sich über die nackten Pflanzen, die beiden Holzbänke und ihre Erinnerungen gelegt.

Ihre Wohnung war bereits ausgeräumt.

Nur sieben Kartons standen im Flur, die ihr nachgeliefert würden. Auch ihr Sessel und ihre Gitarre. Sie strich über die Saiten. Der Unterricht hatte sie damals abgelenkt. Sie konnte nicht gut spielen, aber es beruhigte sie, ein Folkstück zu zupfen, sich auf

Melodie und Rhythmus zu konzentrieren, ihren inneren Stimmen einen Ton entgegenzusetzen.

Die meisten Möbel hatte Christoph behalten, schließlich gehörten sie ihm. Die Filmabende, das Essen mit Freunden, die Nächte bei offenem Fenster, auch das alles hatte er mitgenommen. Nun ging auch sie, mit dem wenigen, das sie besaß. Sie versuchte sich an die guten Zeiten zu erinnern und das Ende als das zu nehmen, was es war: Ein neuer Anfang.

Wieder einmal.

Das Taxi würde jeden Moment da sein.

Sie ging zur Toilette, ihre Schritte hallten durch das leere Badezimmer. Als sie in den Spiegel sah, lief ihr eine Träne über die Wange. Nur eine einzige. Oft hatten sie zusammen in der Badewanne gelegen. Kerzen, Musik, sein Faible für Frank Sinatra, seine Umarmungen. Nach einem langen Arbeitstag in der Klinik hatten sie sich im Wasser entspannt, auch noch, als sie längst gefroren hatten.

Jetzt war er weg, und ihre Schultern schmerzten.

Es klingelte an der Tür, schrill und laut.

Sie sammelte Klänge, kleine Alltagsgeräusche, wie sie überall zu hören waren, und doch erschienen sie ihr so individuell, nur zu ihrem Leben gehörend. Sie bewahrte sie in ihrem Gedächtnis auf, sortiert nach Ereignis und Gefahrengrad. Hier lagerten Töne für das grollende Husten ihres Vaters, für das fast lautlose Eindringen eines Skalpells in die Haut, für das Knacken von Christophs Knöcheln, für das Schlagen der Luft, wenn Vögel starteten.

Es klingelte wieder.

Sie drückte die Spülung, tapste in den Flur, betätigte die Gegensprechanlage und schloss den Hosenknopf.

Ein letzter Blick in die Wohnung. Die Dielen waren schon

beim Einzug abgewetzt gewesen. Einige wenige Spuren aber waren hinzugekommen, und bei dem Gedanken daran lächelte sie.

Sie schulterte ihre Handtasche, griff nach dem Rollkoffer und schloss ihren Mantel, ein Geschenk von Christoph. Sie hatte überlegt, ihn wegzugeben, aber sie mochte die Wolle und das Fil-à-Fil-Muster. Sie behielt das teure Stück, auch wenn die Erinnerungen an ihn in den tiefen Taschen steckten.

Die Tür fiel ins Schloss.

Im ersten Stock wartete Lisa auf dem Treppenabsatz, die kleine Carla dicht hinter ihr. Sie mussten die Klingel gehört haben. Der Abschiedsschmerz stand beiden im Gesicht.

Ellen stellte den Koffer ab, und Lisa umarmte sie fest.

»Jetzt ist es also so weit«, sagte ihre Nachbarin. Sie trug wie ihre Tochter nur Strumpfhosen und darüber einen dicken Pullover. Ihre Fingernägel waren kurz, genau wie ihre Haare. Wie wir uns ähneln, dachte Ellen. Sie erinnerte sich an viele gemeinsame Gespräche, bessere vielleicht, als sie mit Christoph je geführt hatte. Ihr eigenes Haar hatte sie nach Christophs Auszug abgeschnitten, jetzt aber reichte es ihr bereits wieder bis zu den Schultern. Es war braun, noch ohne Grau. Warum ging sie, wenn sie doch hier zu Hause war? Hier, in der Umarmung ihrer Freundin. Weil Lisa und sie starke Frauen waren, Ärztinnen, die die Dinge klärten, die gut allein zurechtkamen.

Sie küsste Lisa auf die Wange. »Ciao, Süße.«

»Beim kleinsten Zwicken rufe ich dich an.«

»Du bist kerngesund. Komm mich einfach besuchen. Bald, hörst du?«

»Ganz bald.«

Sie kniete sich hin und drückte Carla an sich.

»Pass auf deine Mama auf, wenn ich weg bin, okay?«

Carla nickte. Ihre Augen waren groß, sie verstand, dass sie

sich lange nicht wiedersehen würden. Carla war ein kluges Mädchen. »Wohin gehst du?«

»Dahin, wo ich gelebt habe, als ich so alt war wie du.«

Sie wuschelte der Kleinen durch ihre lange Mähne und umarmte Lisa noch einmal. Dann riss sie sich los. Auf keinen Fall würde sie sich noch einmal umsehen.

»Halt!«, rief Lisa. Sie sprang auf ihren bunten Wollsocken die Treppe hinab. »Das ist doch noch für dich.« Sie reichte ihr ein kleines Geschenk. »Mach es erst dort unten auf, ja?«

»Danke. Für alles.«

Ellen spürte den Druck in ihrer Brust. Sie steckte das Geschenk tief in die Manteltasche, und es gesellte sich zu den anderen Erinnerungsstücken. Eigentlich war die Tasche viel zu klein.

Carla steckte Nase und Mund zwischen die Streben des Treppengeländers. »Wer passt jetzt auf dich auf?«

Ellen zögerte. »Ich selbst«, rief sie mit brüchiger Stimme nach oben. »Ich passe ganz allein auf mich auf.«

2.

Draußen pfiff ein kalter Wind. Schneeflocken stoben durch die Luft, eine Zeitung flog ihr ans Bein. Am Taxi flackerten alle vier Blinker. Sie zwängte sich durch die parkenden Autos und öffnete die Autotür. Der Taxifahrer drehte sich zu ihr um, trommelte aber weiter mit dem Daumen auf den Knauf der Automatikschaltung. Ein untersetzter Mann, die Brille baumelte an einem Band vor seiner Brust, der Bauch drückte gegen das Lenkrad, eine Schiebermütze hing ihm tief im Gesicht.

»Unglaublich, wo die all die Milliarden wieder hernehmen. Von uns, vermute ich mal«, sagte er und meinte wohl die Radionachrichten. »Wollen Sie Sitzheizung?«

Sie stieg hinten ein.

Das Haus blieb zurück, die Straßen wurden breiter, die Stadt flackerte vor ihrem Fenster wie ein unscharfes Monitorbild. An der Kreuzung teilte sich der Verkehr.

Eine diffuse Sehnsucht nach der alten Heimat trieb sie fort. Was sie zurückließ, war zerstört. Christoph, die gemeinsame Wohnung, die Zukunft, die sie sich vorgestellt hatte. Sie hatte keine Angst mehr vor dem Ort, an den sie zurückkehrte. Viel Zeit war vergangen, sie war erwachsen, eine Frau, die mitten im Leben stand und nun, da sie hier nichts mehr zu verlieren hatte, eine

Chance ergriff, die sich ihr bot. Und wenn es sie nur dort gab, dann war es so. Sie ging freiwillig zurück. Sie würde mit der Vergangenheit fertigwerden. Es war an der Zeit. Wann, wenn nicht jetzt?

Ihr Blick war fest nach vorn gerichtet.

Geradeaus.

So würde sie sich orientieren. Das wäre gar nicht so schwer.

»Das ist doch alles eine Farce. Ich meine, die sind doch verrückt in Berlin, oder?« Der Fahrer drehte sich halb zu ihr um. »Alles geht den Bach runter, sage ich. Wem kann man denn noch trauen? Den Medien etwa?« Ein schwarzer Volvo schnitt dem Taxi den Weg ab. »Noch so ein Verrückter, Allah!«

Sie legte die Fingerspitzen an die Scheibe, um ein letztes Mal die Stadt zu spüren.

Am Bahnhof umflossen die Menschen sie wie einen Stein. Sie stand mitten in der Halle, die Geschäfte waren überfüllt, die Polizei führte einen Drogenabhängigen ab, ein Hund bellte, eine Frau kaufte Blumen, es roch nach Kaffee. Sie würde das Chaos nicht vermissen. Zu Hause waren die Wiesen grün. Der Frühling würde kommen. Sie kaufte kurzentschlossen Streuselkuchen.

Auf dem Bahnsteig überwältigte sie dann doch das Gefühl, einen Fehler zu machen. Als der Zug einfuhr, sie einstieg, ihren Platz suchte, den Koffer in die Ablage wuchtete und in den Sitz sank, fühlte sie sich, als hätte man ihr ohne Betäubung einen Zahn gezogen. Sie konnte nicht beißen, nicht schmecken, nur mit der Zunge die Lücke im Kiefer ertasten.

Aber sie saß im Zug. Sie würde fahren.

Auf dem Süßigkeitenautomaten am Bahnsteig saß ein kleiner Vogel. Sein Gefieder war bunt und etwas zerzaust. Er erhob sich in die Luft, und sie verfolgte seinen Flug. Einen Moment war es, als beobachtete er sie, wie sie auf dem Linoleum lag, im Geräteraum, gleich neben dem Mattenwagen. Sie hörte seinen Flügelschlag, tap, tap, tap. Er wies ihr den Weg zum Ausgang. Dann verlor sie ihn aus den Augen.

»Entschuldigung?«

Sie schreckte hoch.

»Wie bitte?«

Ihr Herz schlug hart gegen ihren Brustkorb, Schweiß trat auf ihre Stirn.

Nichts schien überwunden.

»Ist der Platz noch frei?«

Ein junger Mann stand neben ihr. Anfang zwanzig vielleicht. Gut aussehend. Mit seiner runden Brille erinnerte er sie an John Lennon. Auch wenn sie die Beatles nicht hörte, jeder kannte John Lennon und wusste, dass er zu den Guten gehörte. Gehört hatte. Dieser Gedanke gab ihr Sicherheit.

Sie nickte freundlich. »Ja, natürlich.«

Er setzte sich ihr gegenüber. Der Tisch trennte sie. Sie legte den Streuselkuchen darauf und bot ihm ein Stück an.

Er begann ein Gespräch, und sie freute sich, mit ihm reden zu können, ihre eigene Stimme zu hören, sich ihrer selbst zu vergewissern.

Ja, sie verließ ihre Stadt.

Sie ging nach Hause zurück.

Es war ihre Entscheidung.

»Ich übernehme eine Hausarztpraxis im Süden«, hörte sie sich sagen. Es klang selbstbewusst. Es klang richtig.

»Ich fahre nur bis Würzburg«, sagte er und krümelte in sein Buch. »Da werde ich Sie wohl eher nicht konsultieren können.« Er blickte ihr in die Augen. »Schade.«

Sie biss in den Kuchen und dachte über sein altmodisches Wort nach. Konsultieren. Sie mochte es.

Als der Zug langsam anfuhr, sah sie hinaus, bis der Bahnsteig und die Häuser verschwanden und die Wiesen übernahmen.

Sie ließ viel zurück. Ihre Stelle im Krankenhaus, ihre Freundin Lisa, ihre Joggingstrecke an der Alster. Auch wenn Christoph weg war, die anderen Dinge waren noch da. Sie spürte die mit den Orten verbundene Einsamkeit, die durch Christophs Auszug entstanden war. Im Krankenhaus wäre sie ihm immer wieder über den Weg gelaufen. Seine Station lag gleich neben ihrer. Das konnte sie nicht.

Erst jetzt öffnete sie ihren Mantel.

Der junge Mann las in einem zerfledderten Roman, hatte die langen Beine mühsam unter dem Tisch übereinandergeschlagen.

Die unerträgliche Leichtigkeit des Seins.

Kundera hatte sie als Studentin gelesen. Christoph las ständig. Im Auto, wenn sie fuhr, auf der Toilette, wenn sie Zähne putzte, nach dem Sex, wenn sie dicht neben ihm lag. Anfangs hatte sie seine Leidenschaft bewundert, später war sie genervt gewesen, jetzt hielt sie es für einen liebenswerten Spleen, den sie vermisste.

Christoph hatte sie manchmal Windbö genannt, weil sie dünn, aber stark war. Er war ihr Kolumbus gewesen, weil er sie mitten in Hamburg zwischen all den anderen entdeckt hatte. In der Mensa, wo sie ihr Studium mit der Ausgabe von Koteletts und Kartoffelpüree finanziert hatte, hatte sich der ganze Verkehr gestaut. Nach dem längsten Nachmittagsspaziergang ihres Lebens war sie verliebt gewesen. Wie lange war es her, dass sie miteinander geschlafen hatten? Seit seinen Verdächtigungen hatten sie es nicht mehr getan. Er war überzeugt gewesen, dass sie ihn betrog und einen anderen vögelte, wie er es nannte.

Was sie nicht getan hatte.

Alles war so schnell kaputtgegangen.

»Auf Misstrauen wächst keine Zukunft«, hatte sie zu ihm gesagt, und er hatte die Tür hinter sich zugeknallt.

Der Zug war nur gut zur Hälfte gefüllt, und in Hannover und Göttingen stiegen jeweils nur so viele Leute zu wie aus. Hart lag das Land vor ihrem Fenster in der Kälte. Sie sah kaum Menschen, nur Schatten. Mit den Fingern an der Scheibe spürte sie, wie schon im Taxi, das Poltern der Welt.

Später stand der junge Mann auf. »Ich habe es durch.« Er legte ihr den Roman auf den Tisch. »Dann haben Sie für den Rest der Fahrt etwas zu tun.«

Auf dem Bahnsteig in Würzburg küsste er eine Frau. Als der Zug weiterfuhr, sah er ihr einen Augenblick über die Schulter seiner Freundin hinweg nach.

Es tat ihr gut, das zu glauben.

Sie war nicht unsichtbar.

Sie lehnte sich zurück und begann zu lesen.

> Die ewige Wiederkehr ist ein geheimnisvoller Gedanke ... alles wird sich irgendwann so wiederholen, wie man es schon einmal erlebt hat ...

Sie schlug den Buchdeckel erschrocken zu.

Sie machte einen Fehler!

In drei Stunden war sie da, und alles würde von vorn beginnen.

3.

Als Merab von der Toilette an seinen Schreibtisch zurückkehrte, war eine neue E-Mail eingetroffen. Nicht auf seiner Redaktionsadresse, sondern in seinem privaten Account. Auf diese E-Mail wartete er seit Tagen.

Sein Gesicht spiegelte sich schemenhaft auf dem Computerbildschirm. Die Stirn frei, das Haar gewellt. Er griff sich in den Bart, der schon weiß zu werden begann. Noch war es nur ein schmutziges Weiß, als hätte sich jemand die Sohlen im Schnee abgetreten. Er zog die Hemdsärmel ein Stück aus der Jacke und streckte den Rücken.

Er sah sich um.

Pauls Schreibtisch war verlassen, er führte außerhalb ein Interview mit dem neuen Vorsitzenden des Modellflugsportvereins. Maren spülte in der Küche die Kaffeetassen, und Caro tippte ihren Artikel über den gestrigen Ortstermin des Gemeinderats am Kreisverkehr, wo es in letzter Zeit vermehrt zu Unfällen mit Radfahrern gekommen war. Ein neunjähriges Mädchen war überfahren worden und lag seither im Koma. Dieser Teil wiederum war Marens Story. Sie liebte die emotionalen Geschichten, während Caro den Job seit dreißig Jahren kannte und ihr im Gemeinderat niemand mehr etwas vormachte.

Er selbst war nach seinem Volontariat bei der *Allgemeinen* der

Liebe wegen hierhergekommen, hatte eine Festanstellung in Frankfurt ausgeschlagen, alles auf eine Karte gesetzt – und verloren. Seit vier Jahren schrieb er nun über verschwundene Wanderer, verstummte Kirchenglocken, das größte Käsestück der Welt und mit etwas Glück auch über die Nordischen Meisterschaften, die seit zwei Jahren ein Tal weiter stattfanden. Nichts war mehr wie am Anfang.

    Keine Skiläufer.

    Keine Liebe.

Claudia hatte nach einem Jahr eine Stelle in München angenommen und sich zwei Monate später per Sprachnachricht von ihm getrennt. Eine Fernbeziehung sei nicht ihre Vorstellung vom Zusammensein, hatte sie gesagt und ihn zurückgelassen wie einen ausgesetzten Hund. So machte man das heutzutage.

    Jetzt aber wendete sich das Blatt.

    Seine Bewerbung war exzellent formuliert gewesen, seine Arbeitsproben überzeugend, das persönliche Gespräch vor einer Woche in München freundlich und zuversichtlich verlaufen. Die *Süddeutsche Zeitung* wollte ihn, und er wollte hier raus.

    Er strich sich wieder ums Kinn, dann öffnete er die Mail.

Sehr geehrter Herr Alieva, Bezug nehmend auf Ihre Bewerbung und unser gemeinsames Gespräch, müssen wir Ihnen leider mitteilen, dass wir uns für einen anderen Bewerber …

Sein Blick verlor sich, und die Schrift verschwamm, bis er seine Fratze wieder im Bildschirm erkannte. Das Bild erschreckte ihn. Er wirkte so müde. Es waren die verlorenen Jahre, die er sah.

    Mit der Faust schlug er gegen den Monitor. Er wollte schreien und biss sich auf die Zunge. Als er krachend aufstand, fiel sein Stuhl nach hinten.

»Ich. Bin. Weg.«

»Dann bis morgen, Schatz«, rief Maren. Sie stellte die Kaffeebecher in einer Reihe ins Regal. Der blaue gehörte ihr, der grüne ihm. Das Logo der Freiwilligen Feuerwehr darauf, ein Leiterwagen, der durch eine lodernde Flamme raste. Der Becher war ein Geschenk zum Tag der offenen Tür gewesen. Er hatte einen launigen Bericht über das ehrenamtliche Engagement und das Warten auf den nächsten Einsatz geschrieben. Aber lodern tat hier nichts mehr.

Jetzt sah Caro hinter ihrem Computer hervor. »Wird es wieder nichts mit dem Pulitzerpreis?«

Ihr Sarkasmus war unerträglich. Sie versteckte sich dahinter wie im Kragen ihres schwarzen Rollkragenpullovers. Sie hatten eine Nacht miteinander verbracht. Ein Fehler. Trotzdem wünschte er sich, sie würde ihn in die Arme nehmen und ihm schützend über den Kopf streichen. In ihrer Wärme würde er sich geborgen fühlen. Sie war eine gute Freundin. Warum nicht mehr? Warum ging nirgends *mehr* für ihn?

»Hey, Merab, alles klar?«, fragte sie jetzt besorgter und rollte mit ihrem Stuhl in den Gang.

»Manchmal frage ich mich, warum ich mit dem, was ich habe, nicht zufrieden sein kann. Maren und du seid es doch auch. Sorry, das war gemein, aber ich …«

»Vor zehn Jahren habe ich mich das auch noch gefragt. Das wird schon.«

Sie meinte es gut. Sie war älter, kannte das Leben. Ha! Vielleicht war ja doch mehr zwischen ihnen. Ein kleines bisschen jedenfalls. Er nickte ihr zu und stampfte durch die Tür nach draußen. Die kalte Luft schnitt ein Loch in seine Lunge.

Er hatte verdammt Lust auf ein Bier, aber es wäre ein Klischee, wenn er sich jetzt betrinken würde. Den Gefallen würde er sich nicht tun.

Am Ende der Straße zog Pauls Toyota Spuren in den frischen Schnee. Sicherlich brachte er einen umwerfenden Bericht über das Modellflugzeugfliegen mit. Paul konnte sich begeistern, er war ein Kind mit Frau, zwei Töchtern, einem Haus, einem Hund und einer Position als Chefredakteur, die für ihn ein gottverdammter Segen war.

Für ihn selbst waren diese Zeitung, dieser Ort, dieses ganze Leben eine Endstation.

Er schloss die Jacke. Seine Mütze hatte er im Büro vergessen, aber er würde nicht zurückgehen, er würde einfach nach Hause laufen, sich vielleicht doch einen Drink genehmigen und sich so verloren fühlen wie der kleine Junge, den sein Vater nachts aus dem Bett geschüttelt hatte. »Nach Deutschland«, hatte sein alter Herr ihm ins Ohr geflüstert. »Wir gehen nach Deutschland.« Georgien hatte er nie wiedergesehen.

Seit jeher glich sein Leben einem langen Marsch ohne Ankunft.

Pauls Auto kam näher. Also lief er schnell in die entgegengesetzte Richtung. Mit einem Bier würde er zumindest gut schlafen können. Dann müsste er sich nicht wieder die ganze Nacht Claudias Fotos auf dem Laptop ansehen.

4.

Unbeeindruckt von den Bergen bahnte sich der Zug seinen Weg ins Tal. Die Sonne stand noch über dem Grat und warf ihre Streifen auf die Wiesen. Wo kein Schnee lag, senkten die Kühe ihre Mäuler. Das stillgelegte Zementwerk, der alte Steinbruch, die Wanderwege, die Schlucht, in der sich jede Saison jemand verirrte. Sie hatte sich schon damals gefragt, ob diese Menschen ein Tor in eine andere Welt durchschritten hatten, das sie augenblicklich vergessen ließ, was sie auf den ersten Blick verloren glaubten: ein Leben an diesem Ort.

Der Wind schnitt durch das einen Spalt geöffnete Fenster am Gang. Ein Schauer lief ihr über den Rücken.

Noch war alles in Bewegung.

Bald kam die Dämmerung.

Sie stand am Ausgang und zählte die Häuser, die jetzt vorbeizogen. Sogar die Zäune erkannte sie.

»Ich fange neu an.«

»Werde meine eigene Chefin.«

»Schaue nach vorn.«

»Bleibe nicht stehen.«

Bei jedem leisen Ausspruch schlug sie leicht mit der Stirn gegen die Fensterscheibe.

»Nur keine Angst.«

Zehntausend Menschen wohnten hier. Eine gute Anzahl, um eine Hausarztpraxis zu führen. Hier konnte sie ihren Beitrag zur Gemeinschaft leisten, viel besser als in der Stadt, wo ihre Bemühungen in der Hektik des Alltags untergingen. Zeit für die Patienten statt Hetze. Ein offenes Ohr für die Sorgen statt nur ein Kopfschütteln beim Blick auf die Uhr. Jetzt konnte sie die Ärztin sein, die sie immer hatte sein wollen: zugewandt, verständnis- und vertrauensvoll. Den Stress und die Anonymität des Krankenhauses würde sie nicht vermissen. Es gab andere Dörfer, die ihr ohne die Last der Vergangenheit ein unbeschwertes Zuhause hätten bieten können. Aber hier war sie geboren, hier war sie aufgewachsen, und hier war es eben passiert. Das alles war lange her. Sie war nicht mehr das Mädchen, das nur wegwollte. Jetzt, mit Anfang dreißig, kam sie verändert zurück, war attraktiv, war klug, war eine Medizinerin, die das Gestern vom Heute trennen konnte.

Die Gebäude standen jetzt dichter, und doch weitete sich die Gleisanlage in vier parallel in den Kopfbahnhof führende Abschnitte auf. Ihr Zug fuhr ganz rechts, erreichte den Bahnsteig und kam zum Stehen. Es war das Ende des Gleises und des Landes. Wer weiter wollte, musste die Berge überwinden. Einen Tunnel gab es nicht, nur enge Serpentinen, die im Winter gesperrt blieben.

Sie atmete tief ein.

Da war wieder der Schmerz unterhalb ihres Herzens.

Reisende drängten an ihr vorbei, streiften sie am Arm und überholten sie. Kannte sie manche von ihnen? Noch aus der Schule womöglich? Nicht alle hatten es hier rausgeschafft. Viele waren geblieben. Sie hatte damals den Kontakt zu allen abgebrochen, aber über Saskia erfuhr sie hin und wieder etwas, hörte von Hochzeiten, Geburten, Todesfällen.

Als sie die Letzte war, griff sie nach dem Koffer und stieg aus.

Der Schaffner stand neben dem Ausgang und blies ihr Rauch ins Gesicht.

Saskia wartete am Ende des Bahnsteigs mit einem kümmerlichen Blumenstrauß vor dem Bauch und hielt Ausschau nach ihr. Ihre Schwester trug eine praktische Garderobe aus Jeans, Timberland-Stiefeln und einer funktionalen Outdoorjacke. Ihre Wollmütze baumelte aus der großen Seitentasche, das blonde Haar fiel ihr bis über die Oberarme. Die Nase war wie der Mund lang und schmal. Die Wangenknochen hoch und ausdrucksvoll. Sie hatte einen Kaugummi im Mund. Hager war sie geworden. Ihre Augen lagen in schwarzen Höhlen. Sie war vier Jahre jünger, aber das Tal machte alt.

Saskia wartete bereits ihr Leben lang auf eine Flucht, auf etwas Glück, auf das Leben. In der einen Nacht hatte Saskia ihre tränennasse Hand gehalten, ihren geschundenen, zitternden Körper, sie getröstet und ihr durch die Dunkelheit geholfen. Niemanden hatte sie in der Zeit danach an sich herangelassen. Nur Saskia. Sie war ein guter Mensch. Nur für sich selbst fehlte ihr einfach manchmal die Kraft.

»Hey!«

Ein Lächeln. Sie ging auf sie zu.

»Du humpelst ja«, sagte Ellen. Ihre Schwester nahm sie in die Arme.

»Vorsicht! Die Blumen.«

Saskia roch wie eine Frau, die lange nicht in der Stadt gewesen war. Ihre Haut war rau wie Kies.

»Wie schön.« Ihre Finger strichen über Ellens Wange. »Ich bin so glücklich. Du bist wirklich hier.«

Sie drückte ihr die Blumen an die Brust.

»Ich kann es selbst noch nicht glauben.«

»Gib mir deinen Koffer.«

»Nicht nötig, das geht schon. Was ist mit deinem Bein?«

»Nichts. Ein Ausrutscher. Bin umgeknickt.«

»Soll ich es mir ansehen?«

»Ach was. Komm. Ich bin mit dem Wagen da. Hast du Hunger?«

Sie verließen den Bahnsteig, der Parkplatz lag gegenüber, dahinter lauerte der Ort. Sie wusste nicht, was für ein Auto Saskia besaß. Was wusste sie überhaupt über ihre Schwester? Auch Saskia hatte sich entwickelt, war erwachsen geworden, war eine hübsche Frau, traf ihre eigenen Entscheidungen.

Sie fühlte sich fremd, obwohl sie jeden Stein kannte.

»Kannst du mich erst an der Praxis absetzen?«

»In deinem neuen Refugium? Ich bin so stolz auf dich.«

»Ich bin noch mit Dr. Schwarz verabredet.«

»Weißt du noch, wie Mama uns immer zu ihm geschickt hat? Diese gruselige Puppe im Wartezimmer. Einmal hat er mir die Schulter eingerenkt.«

»Das war nach dem Sturz beim Skifahren.«

»Scheiße, hat das wehgetan. Gott, ich spüre immer noch seine kalten Finger auf meinem Rücken. Willst du wirklich ganz allein in dem großen Haus bleiben? Schlaf doch erst mal bei uns.«

»Ist schon gut, wirklich. Ich fange lieber gleich an, mich einzuleben.«

»Hätte nie gedacht, dass du meinen Tipp mit der Praxis aufgreifst.«

Das hatte sie auch nicht vorgehabt. Aber nachdem Christoph mit ihr Schluss gemacht hatte, schien ihr ein Neuanfang das Richtige zu sein. Dass er hier stattfand, war den Umständen geschuldet und auch Saskias Hartnäckigkeit.

Zukunft als Chance.

Doch wie sollte sie überhaupt ohne Christoph ein neues Leben beginnen? Hatte sie mal darüber nachgedacht? Ständig dachte sie an ihn. Eine Liebe loszulassen war so schwer, wie einen Körper zurückzulassen. Damit hatte sie immerhin Erfahrung.

Saskia ließ sich seitlich in den Fahrersitz fallen und stellte die Beine einzeln unter das Lenkrad. Es war ein grauer Passat, nicht mehr ganz neu, aber gut in Schuss. Leise schloss sie die Tür, und die Geräusche verstummten. Nur ein Piepen, als Saskia zurücksetzte.

Es schneite lautlos.

Die Tankstelle war außer Betrieb, das Dach eingefallen. Das chinesische Restaurant an der Ecke. *Ling Chinese Food*. Die Straßen zerschnitten die Gemeinde in ihre Einzelteile, die historische Mitte, das abweisende Gewerbegebiet, die eingezäunten Wohngebiete, der Supermarkt, die Diskothek. Sie hatte es damals nicht erwarten können zu tanzen, zu rauchen, die Jungs verrückt zu machen. Saskia war zu jung gewesen.

»Warst du mal da?«, fragte sie und tippte gegen die Scheibe.

»Im *Scala*? Einmal. Mit Bruno.«

Scala! Ein gewagter Name für eine Dorfdisco.

Oben am Hügel das Gymnasium.

Es hatte sich nur wenig verändert. Es war immer noch ein enges Tal.

»Wie läuft's mit Bruno?«, fragte sie.

»Papa hat nach dir gefragt«, antwortete Saskia.

Sie wich ihr aus, denn Saskia wusste, was sie von Bruno hielt. Nicht viel. Aber sie würde sich nicht einmischen, sie würde mit beiden zurechtkommen.

Sie fuhren durch den Kreisel. Es war der zentralste Punkt des Ortes. Hamburg war von hier achthundert Kilometer entfernt. Nichts deutete auf vegane Straßencafés hin. Keine Millennials mit Chai Latte am Spielplatz. Der bestand aus einer Schaukel, einer Rutsche und einem Karussell, auf dem sie als Kind ihre Runden gedreht hatte.

»Halt dich gut fest.«

Ihre Mutter hatte sie angestoßen, war die ersten Runden neben ihr hergelaufen, das Metall des Karussells in der einen und ihren roten Mantel in der anderen Hand. Dann hatte sie losgelassen, war schwindelig zur Bank getaumelt und hatte dort auf sie gewartet. Mit Taschentüchern und Äpfeln.

Sie erreichten die Straße.

Sie war pünktlich.

Sie legte die Hand auf Saskias Unterarm, spürte den flachen Atem ihrer Schwester und den des Dorfes.

Einfach festhalten.

Es war kurz vor fünf, die Sonne verschwunden.

Sie war zurück.

5.

Saskia hielt den Wagen an. Das Haus war dunkler als auf den Fotos und kleiner als in Ellens Erinnerung. Ein zweistöckiges, frei stehendes, quadratisches Gebäude mit vier Gauben im Dach. Sprossen unterteilten die Fenster in sechs Rechtecke. Dahinter dünne graue Vorhänge. Vermutlich lag es nur am diffusen Licht der hereinbrechenden Dunkelheit, dass ihr das Haus unheimlich erschien. Schneeflocken legten sich auf die Windschutzscheibe und verhinderten weitere Blicke.

Eine kleine, etwas heruntergekommene Villa.

Sie hatte alles per Telefon, Post und online abgewickelt. Sie hatte die Katze im Sack gekauft.

»Soll ich mit reinkommen?«, fragte Saskia.

»Nicht nötig. Wir müssen noch einiges wegen der Patienten besprechen, die ich übernehme.«

»Kommst du später zum Essen? Gegen sieben!«

Ellen nickte beiläufig.

»Schön, dass du wieder da bist«, sagte Saskia und legte ihre Hand auf Ellens. Sie wollte ihre Hand zurückziehen und wie in dem Kinderspiel wieder obendrauf legen, aber stattdessen sah sie Saskia nur an. Ihr Gesicht wirkte verunsichert, als würde sie jeden Moment erwarten, dass sie sie aufforderte, zum Bahnhof zurückzukehren. Saskia drückte ihre Hand noch fester, sie wollte sie nicht wieder gehen lassen.

Ellen nahm eine Haarsträhne hinters Ohr.

»Ich bin jetzt Hausärztin«, sagte sie. »Wenn du also Schnupfen hast, dann weißt du, wo du mich findest.«

Sie öffnete die Autotür.

»Du kannst auch jederzeit zu mir kommen«, sagte Saskia. »Wenn es dir nicht gut gehen sollte.«

»Ich weiß«, antwortete sie.

»Ich meine nur, ich weiß, dass es nicht leicht für dich ist.«

»Danke, Saskia. Bis nachher.«

Ihre Schwester wendete den Wagen, blinkte links, dann rechts. Sie wollte sich auf diese Weise verabschieden, aber es fühlte sich für sie wie eine Warnung an.

Ihr Atem kondensierte in der kalten Luft.

Sie zog den Koffer durch den Schnee und öffnete das kleine Tor zum Grundstück. Auf dem Weg kamen ihr frische Fußspuren entgegen. Der Eingang befand sich auf der rechten Seite des Hauses, eine Treppe führte nach oben. Es gab zwei Fahrradständer und eine Sitzbank unter einer Eiche. Dort würde sie im Frühling ihre Kaffeepause machen. Sie freute sich. Es war doch schön hier.

Gestärkt stieg sie die Stufen zum Eingang hinauf und klingelte. Ihr Herz klopfte wieder gegen ihren Brustkorb, aber nicht so heftig wie zuvor im Zug.

»Da sind Sie ja!«

Die Frau trug einen weißen Arzthelferinnenkittel und musterte sie, aber nicht unhöflich. Ellen bemerkte sofort die Narbe, die sich von der Oberlippe bis zum rechten Jochbein zog. Sie vermutete eine schlecht verheilte Schnittwunde.

»Kommen Sie herein. Sie können den Koffer erst einmal hier abstellen.«

Nach dem Windfang folgte ein breiter Flur. Die Wände waren gräulich, einst waren sie wohl weiß gewesen. Die langen Dielen erinnerten sie an einen Tanzboden und damit ein wenig an ihre Wohnung zu Hause.

Zu Hause, dachte sie, das war jetzt hier.

»Martha Lehmann. Bitte nennen Sie mich einfach Martha.«

Martha lief voraus und blieb erst am Empfangstresen stehen. Ihr glattes Haar fiel ihr streng gescheitelt bis auf die Schultern. Trotz oder vielleicht gerade wegen der Narbe war sie eine schöne Frau in den besten Jahren. Vielleicht ein bisschen darüber hinaus.

»Ellen Roth.«

Etwas verlegen gaben sie sich die Hand. Sie hatte Dr. Schwarz versprechen müssen, Frau Lehmann, meine Martha, wie er sie am Telefon genannt hatte, zu übernehmen. Martha arbeitete seit über fünfzehn Jahren für Schwarz, und es würde ihr vieles leichter machen, jemanden an ihrer Seite zu haben, der die Leute hier kannte. Sie musste sie nur für sich gewinnen. Leider war sie darin nicht besonders gut. Es hatte noch zwei andere Arzthelferinnen gegeben, aber beide hatten gekündigt. Es würde nicht leicht sein, hier Ersatz zu finden. Zunächst war sie mit Martha allein.

»Ein Kaffee zum Ankommen?«

»Ich würde gern erst Dr. Schwarz begrüßen.«

»Ach, leider, er ist bereits abgereist.«

Ellen sah auf ihre Armbanduhr.

»Aber wir hatten siebzehn Uhr vereinbart.«

Martha hob die Handflächen gen Himmel. »Ich weiß, ja, aber es ist ihm etwas dazwischengekommen. Ich werde Ihnen aber alles zeigen.«

Sie öffnete die Tür zum Sprechzimmer. Ein schwerer Schreibtisch dominierte den Raum, den Schwarz ihr hinterließ. Seitlich davon stand ein anatomisches Skelett auf einem Rollstativ. Es gab eine Behandlungsliege, zwei Patientenstühle und Regale mit Fachliteratur.

»Etwas dazwischengekommen.«

Martha zog den Vorhang auf. »Er hat Ihnen auf dem Schreibtisch einige Unterlagen zurechtgelegt.«

»Wir wollten eine persönliche Übergabe machen, einige wichtige Patientenakten durchsprechen. Ich verstehe nicht ganz ...«

»Es tut mir leid!« Marthas Stimme wurde bestimmter. »Das ist nicht seine Art. Ich bin sicher, er kommt die Tage noch einmal vorbei, und dann können Sie sich unterhalten. Bis dahin werde ich Ihnen die heiklen Fälle raussuchen, damit Sie die Akten studieren können.«

Ellen spürte den Stich in ihrer Brust.

»Ich mache uns jetzt einen Kaffee.«

Martha ließ sie allein. Sie legte den Mantel über Schwarz' Stuhl. Etwas fiel dabei aus der Seitentasche. Eine Schachtel, rotes Papier mit dunkelroten Rosen, gelbe Schleife. Sie schüttelte es, aber es war kein Widerstand zu spüren, nur ein leises Rieseln. Sie legte Lisas Geschenk auf den Schreibtisch, sie würde sich später darum kümmern.

Die alten Möbel waren gewöhnungsbedürftig, würden aber für den Übergang ausreichen. Von der Fachliteratur konnte sie das nicht behaupten. Die meisten Bände waren mehr als zehn Jahre alt.

Sie schlug die erste Akte auf dem Schreibtisch auf. Annemarie Gruber, neunundvierzig Jahre, hochmalignes Non-Hodgkin-Lymphom. Die Krankheit verlief in den meisten Fällen tödlich, und tatsächlich war die Patientin schon vor Jahren verstorben. Warum lag diese alte Akte oben? Die anderen Fälle waren aktueller, die Krankheiten alltäglicher. Sie rückte den Stapel gerade und schob ihn ein Stück zur Seite. Zum Vorschein kam eine Schreibtischunterlage aus weichem Leder.

Der Raum roch muffig, als sei er lange nicht genutzt worden.

Sie kippte ein Fenster und ging zurück zum Empfang. Ein Desktop-Computer mit Röhrenmonitor nahm fast Marthas ganzen Arbeitsplatz ein. Auf dem mit Telefonnummern und Männchen vollgekritzelten Block lag ein abgekauter Bleistift.

In einem anderen, schmalen Zimmer standen eine weitere Liege, ein altes Ultraschallgerät unter einer Plastikhaube und daneben eine vertrocknete Geltube. Es gab eine Patiententoilette und ein Wartezimmer mit sieben Stühlen. Die Toilette war blau gefliest, das Wartezimmer dunkelrot gestrichen. Sie blätterte in einer der ausliegenden Zeitschriften. Eine Ausgabe vom letzten Jahr.

Das hier war keine gut laufende Praxis, sondern eine abgewirtschaftete Rumpelkammer.

»Milch und Zucker?«

Die Narbe verhinderte, dass sie Marthas Alter einschätzen konnte. Sie würde in den Akten nachsehen.

»Gibt es eine Reinigungskraft?«, fragte Ellen.

»Oh ja, die Rosi.«

»Können Sie Rosi anrufen? Ich würde mich freuen, wenn sie käme und etwas Ordnung machen würde.«

»Heute noch?«

»Spätestens morgen.«

»Ich werde versuchen, sie zu erreichen.«

»Danke.«

»Milch?«

»Schwarz.«

Martha stellte die Tasse auf das Tischchen mit den alten Zeitschriften, und Ellen setzte sich in einen der Stühle. Der Kaffee war stark, und es war viel zu spät für Koffein. Ihre Schlaflosigkeit würde sie so bestimmt nicht loswerden.

»Die Wohnräume sind oben?«, fragte sie.

»Genau.« Martha deutete mit dem Kopf zur Decke. »Dort ist es leider sehr kalt. Die Heizung funktioniert nur hier unten, aber es gibt noch einen alten Ofen, den Sie vielleicht übergangsweise ... Ich werde gleich morgen den Installateur benachrichtigen.«

»Hat Dr. Schwarz denn nicht oben gewohnt?«

»Nein, schon längere Zeit nicht mehr.«

Marthas strenger Blick schloss weitere Fragen aus. Sie gab ihr die Kaffeetasse zurück. Auf dem Weg aus dem Zimmer blieb sie mit der Schuhspitze an einem Kabel hängen, das unter der Türschwelle hervorkam, und stolperte in den Flur.

»Hoppla«, sagte Martha. »Sie sollten sich hier vorsehen.«

6.

Die breite Holztreppe führte im Foyer schwungvoll in den ersten Stock, aber sie wollte das ganze Haus sehen und öffnete zuerst die Kellertür. Neben dem Geländer fand sie den Lichtschalter und stieg hinunter. Es roch nach Fisch, es war kalt, feucht und dunkel. Der Keller war klein und eng. Ungewöhnlich für so ein großes Haus. In einer Ecke ächzte die Heizung wie ein sterbendes Tier. An den Wänden lehnten Regale mit vergilbten Akten, es gab eine Werkbank und ein verstaubtes, aber gut gefülltes Weinregal sowie einen Stuhl, der mitten im Raum stand, als ob hier unten Verhöre stattfanden. Gegenüber war eine Tür, die Treppe dahinter führte nach oben in den Garten. Sie schaute kurz durch das kleine vergitterte Fenster, dann ging sie wieder hinauf ins Erdgeschoss, wo Martha schon auf sie wartete.

»Was suchen Sie dort unten?«

»Die Heizung sieht wirklich alt aus.«

»Ist sie.«

»Dann schaue ich mal, wie warm es oben ist.«

»Nach Wärme kann man nicht schauen«, sagte Martha spitz. Dann lächelte sie. »Ich werde, solange Sie oben sind, versuchen, Rosi zu erreichen.«

Dunkelgrüner Teppich bedeckte die Dielen, trotzdem knarrte

der Boden oben stärker als im Erdgeschoss. Es war unangenehm kalt, und sie verschränkte die Arme vor der Brust.

Drei Räume.

Der erste musste als zweites Arbeitszimmer gedient haben. Noch ein schwerer Schreibtisch, Regale, ein Gemälde an der Wand. Ein regionales Bergpanorama. Kurz versuchte sie, den Gipfeln die richtigen Namen zuzuordnen, aber bereits am dritten scheiterte sie.

Hinter der nächsten Tür lag ein Bad. Eine Wanne, ein Waschbecken, ein Spiegel, eine Toilette. Rosi hatte hier einiges sauber zu machen. Sie sehnte sich nach ihrer Wohnung in Hamburg. Fehler, dachte sie, das alles war ein riesiger Fehler.

Das Schlafzimmer war fast quadratisch und an einer der Wände stand ein Doppelbett mit einer unbezogenen Matratze. Zwei Fenster gingen zum Garten hinaus. Die Pflanzen standen hoch und wucherten über den Rasen. Ein halbmondförmiges Gesicht starrte hoch zu ihr, und sie erschrak. Es war ein rostiges Kunstwerk. Es drehte sich im Wind.

In diesem Zimmer schien es am kältesten zu sein. Sie drehte den Heizkörper auf, aber es war wohl vergeblich. Auf einem Stuhl lagen Decke und Kissen, aber keine Überzüge oder Laken, und ihr eigenes Bettzeug steckte noch in den Kisten in Hamburg, die erst in den nächsten Tagen eintreffen würden.

Sie setzte sich auf die Kante des Bettes. Es federte und quietschte. Kein Auge würde sie bei dem Krach zumachen. Im niedrigen Nachttisch lag eine Bibel.

»Rosi kommt morgen früh«, hörte sie Martha von unten rufen.

»Haben Sie den Installateur erreicht?«, rief sie zurück.

»Noch nicht.«

Sie zog die breite Matratze vom Bett, nah an den Heizkörper.

Wenn die Heizung erst repariert war, würde hier unten ein warmer, stiller Platz sein.

»Benötigen Sie Hilfe da oben?«

»Nein, danke.«

Sie wollte nicht, dass Martha reinkam.

Das Haus war in schlechtem Zustand, aber es hatte Potenzial. Potenzial sagte sie laut, damit sie das Wort glaubte. Die Räume waren groß, die Dielen würden nach dem Abschleifen hell sein, und die Treppe war geradezu herrschaftlich. Für größere Renovierungsarbeiten hatte sie kein Geld, aber bestimmt kannte Bruno Handwerker, die auch ohne Rechnung arbeiteten.

Sie fand noch eine dünne Wolldecke, breitete sie über die Matratze aus und legte sich hin. Was würde sie geben, läge Christoph jetzt neben ihr. Es war ein Haus wie geschaffen für eine Gemeinschaftspraxis. Zwei Ärzte, zwei Kinder, eine Familie.

Die Luft auf dem Boden war eisig.

Sie musste die Sache allein zum Laufen bringen. Und das würde sie. Sie benötigte keinen starken Mann. Sie war selbst stark genug.

»Ich würde jetzt nach Hause gehen«, rief Martha.

»Ist gut.«

»Haben Sie alles, was Sie brauchen?«

»Danke.«

»Bis morgen.«

Ja, bis morgen, dachte sie. Morgen war ein neuer Tag, ein neuer Anfang. Sie zog die Knie eng an ihren Körper und hörte im selben Moment die Haustür zuschlagen.

Jetzt musste sie sich ausruhen.

Allein sein.

Ein wenig schlafen.

Nur das Abendessen bei Saskia durfte sie nicht vergessen.

Ihre kleine Schwester Saskia. Allein ihren Namen auszusprechen weckte Kindheitserinnerungen.

Es hatte auch schöne Tage hier gegeben.

7.

Sein Name stand auf dem Umschlag. Karl Haußer. Die letzten Tage hatte er entweder Rechnungen oder Arztbriefe erhalten, und was er von Ärzten hielt, war klar. Er entnahm den Brief und legte ihn auf den rechten Stapel. Er würde sich morgen darum kümmern.

Er stand auf und klappte den Laptop auf dem Schreibtisch zu. Das Licht im Zimmer erlosch. In der Dunkelheit erkannte er draußen plötzlich den Garten. Sie hatten lange nicht auf der Terrasse gesessen, nicht einmal im Sommer. Er strich sich durch sein schütteres Haar und seinen vernachlässigten Bart. Seine Haut wirkte rauer als gestern, und die Furchen, die sich von der Nase bis zu den Mundwinkeln zogen, wurden von Tag zu Tag tiefer. Er hustete und streckte sich vom langen Sitzen. Seine Schultern waren immer noch kräftig, das T-Shirt fiel über seinen flachen Bauch. Fünfzig Sit-ups. Kein Problem. Er war ein attraktiver Mann gewesen und war es meistens noch. Aber er verleugnete auch nicht, dass er alt war. Fast siebzig. Auch wenn man es ihm nicht sofort ansah, spürte er die Jahre in seinen Knochen.

Der Flur war eng, die Treppe war aus dunklem Holz.

»Evi, ich gehe noch mal mit dem Hund raus«, rief er nach oben.

Nebenan in der Küche brannte die nackte Glühbirne. Den

Lampenschirm hatte er vor ein paar Wochen mit einem gefrorenen Baguette zerschlagen. Er war frustriert gewesen, aber das war keine Entschuldigung für diesen Ausbruch. Er schämte sich und musste dringend einen neuen Lampenschirm besorgen. Einen, der auch Evi gefiel.

Von oben schien ein wenig Licht aus dem Schlafzimmer bis auf den Treppenabsatz.

»Evi?«

Haußer warf den Briefumschlag in den Altpapierkorb in der Abstellkammer und nahm seinen Regenmantel vom Haken.

»Connor, komm!«, sagte er zu dem Hund. Der Labrador hob seine dreiunddreißig Kilo von der Decke. Haußer kraulte ihm das Maul, gab ihm ein Leckerli aus der Manteltasche und schlüpfte auf der vorletzten Treppenstufe sitzend in seine Winterstiefel. Er drehte den Kopf nach oben.

»Evi?«

Er musste hoch und nach ihr sehen. So ging das den ganzen Tag. Rauf, Fieber messen, runter, Tee aufsetzen, Suppe kochen, die ganze Korrespondenz erledigen. Die Ärzte sagten, er mache das beeindruckend, und verdammt, er machte es wirklich gut. Er würde alles für sie tun, aber das Amt hielt ihn mit lächerlichen Zahlungen hin.

Während Connor auf der Fußmatte wartete und wahrscheinlich dachte, er hätte noch eine Weile schlafen können, polterte er die Treppe hinauf. Beide kannten die Prozedur.

»Evi, ich gehe mit Connor um den Block.«

»Ja, gut«, sagte sie leise und lächelte. »Ich komme mit, okay?«

Er trat an ihr Bett, strich über ihre Wange, übers Haar. Fast vierzig Jahre. Manche Wege trennen sich nie und gehen doch unweigerlich auseinander.

»Wo gehst du lang?«, fragte sie.

»Den Weg am Wald und dann über die Anlage zurück.«
»Da bist du lange nicht rumgelaufen.«
»Nun, ich ...«

Er zog die Bettdecke ein Stück höher, kontrollierte auf einem der Monitore ihre Herzfrequenz und dachte daran, all die Geräte abzuschalten, den Stecker zu ziehen und mit Connor zu verschwinden, bis es vorbei wäre. Er würde es nicht für sich tun, sondern für sie. Aber je öfter er daran dachte, desto sicherer wusste er, dass er dazu nicht in der Lage war. Nicht bei ihr.

Sie drückte schwach seine Hand, dann fielen ihr die Augen zu. Vielleicht würde es auch Gott für ihn erledigen.

»Der Hund braucht Bewegung«, sagte er noch leise. Und er selbst benötigte einen klaren Kopf.

Er küsste sie auf die Stirn.

Die Kälte draußen würde ihn auf Linie bringen.

Und wenn er zurück war, würde er ihr die Windeln für die Nacht wechseln und noch ein wenig fernsehen. Im Dritten lief im Spätprogramm *Der Stadtneurotiker*. Er liebte den Film, er liebte New York, er liebte die junge Diane Keaton, die ihn an Evi erinnerte. So würde er es machen. Er dimmte das Licht, nahm die Leine vom Nagel in der Abstellkammer und zog den Hund hinter sich raus.

Noch einmal nach New York fliegen.

Unwahrscheinlich.

Der Schnee hatte alle Ritzen gefüllt, die Spuren des Tages verwischt und eine beruhigende Neutralität geschaffen, reinen Tisch gemacht. Haußer genoss die Stimmung, wenn der Nachthimmel nicht ganz schwarz, sondern leicht violett war. Es war doch okay hier. Was brauchte er New York?

»Na los!«, sagte er zu Connor.

Der Hund zog nach links. Sie gingen immer links.

»Heute nicht, mein Lieber. Wir gehen eine größere Runde.«

Die Straße hoch, zweimal abbiegen, am Waldrand entlang, an den Schanzen vorbei und durch den Ort zurück. Das war eine gute Dreiviertelstunde. Das war in Ordnung. Er hatte Evi schon länger allein gelassen. Als die Leine sich straffte, trottete Connor nach rechts hinter ihm her.

Wenn Evi starb, hatte er nur noch Connor, und der war, wie er, bereits im Rentenalter. Nicht mehr lange, und er wäre ganz allein. Niemand konnte Evi ersetzen und vermutlich auch kein anderer Hund Connor. Er selbst konnte gut und gerne noch zehn Jahre oder mehr machen. Ihm blieben nur die alten Filme von Woody Allen. Allen hatte in seiner langen Karriere fast einen Film pro Jahr gedreht, aber auch so hätte er sie nach einem Monat alle gesehen und was dann?

Erst seit fünf Jahren war er in Pension.

Er hatte schon über eine Hausmeisterstelle nachgedacht. Oder darüber, jemandem beim Renovieren zu helfen. Ein Haus auf Vordermann bringen. Das konnte er, darin war er gut. Er war zwar nur Polizist gewesen, aber handwerklich trotzdem recht geschickt. Im Keller hatte er jede Menge Werkzeug, und kräftig genug war er auch. Für einige Stunden in der Woche könnte er dort untertauchen.

»Hier lang!«

Er zog Connor in den Wald. Die Bäume folgten jedem seiner Schritte. Unten pulsierte schwach der Ort. Auch er ein sterbendes Herz. Wie Evi hatten diese Häuser und Straßen keine Zukunft. Die Jungen zogen in die Städte, die Alten starben. Die Geschäfte standen leer. Die Metzgerei geschlossen, der Tennisverein öffnete seine Plätze nur noch am Wochenende. Der Geigerhof, das größte Gasthaus am Platz, hatte letztes Jahr Insolvenz angemeldet. Übrig blieb das Jagdschlösschen. Auch die Hotels kämpften. Die Lage der zahlreichen Ferienwohnungen konnte er nicht einschätzen, aber er wusste, dass der Bürgermeister von Wirtschaft keine Ahnung hatte. Rüdiger Gruber. Gruber und er waren Freunde gewesen. Zumindest hatten sie beruflich miteinander zu tun gehabt. Gruber stand ganz oben auf der Liste der Freien Wähler, und es war erstaunlich, wie weit einen die Netzwerke hier trugen. Neulich hatte ihm noch jemand erzählt … Wer war es noch gleich gewesen? Er kam nicht drauf.

»Connor, hey.«

Er zog ihn aus dem Gestrüpp zurück auf den Weg.

Richtig, die Praxis des alten Schwarz würde von einer jungen Frau weitergeführt. Das hatte er gehört. Aber nicht von Gruber, obwohl er sich vorstellen konnte, dass er es eingefädelt hatte. Die Tochter vom Roth. Sie war wieder da. Ellen! Nach dem Abitur war sie gleich fortgegangen. Dass sie jetzt eine Praxis in der Provinz übernahm, ließ entweder darauf schließen, dass sie ihrer Herkunft nicht entfliehen konnte, oder, dass ihre Karriere in der Stadt ins Stocken geraten war. Sie bekamen hier ja meist nur die zweite Wahl. Vielleicht war es auch eine Mischung aus beidem.

Bei dem Gedanken, dass sie zurück war, lief es ihm kalt den Rücken herunter. Nichts ruht für immer, dachte er. Er musste vorsichtig sein, am Ende wurden alte Geschichten aufgewärmt, und darauf konnte er gut verzichten. Trotzdem sollte er sie sich einmal ansehen. Nur um sie richtig einschätzen zu können. Außerdem konnte er ihr bei dieser Gelegenheit das Ding an seinem Fuß zeigen.

»Connor, wir gehen zu den Hügeln hoch, na los, mein Alter!«

Er ließ den Hund ein Leckerli aus seiner Hand fressen.

Der Weg entfernte sich vom Waldrand und wand sich hinauf, hinter der Kuppe sah er die Skisprunganlage. Das war stets ein imposanter Anblick, den man mit etwas Marketing zu etwas Besonderem machen konnte. Viel Besonderes gab es hier nicht, aber die wenigen Möglichkeiten, die es gab, lagen brach.

Er wartete, bis Connor sein Geschäft erledigt hatte.

Ellens Schwester Saskia war nie aus dem Kaff herausgekommen, arbeitete an der Rezeption des Bürgerhofs und war unter ihren Möglichkeiten verheiratet. Bruno. Kleinere Delikte, Diebstahl, Hehlerei, Schwarzarbeit, aber nichts wirklich Schwerwiegendes. Das war aber alles vor der Hochzeit gewesen. Saskia machte wohl einen besseren Menschen aus Bruno. So war Saskia eben. Er mochte sie. Ihr Sohn musste ungefähr so alt sein wie Katies Mädels.

Er blieb stehen und schrieb seiner Tochter eine kurze SMS. Das tat er selten. Die Distanz war zu groß. Nicht für die SMS, aber für alles andere.

Es wäre schön, wenn du kommen könntest.
Mama geht es nicht gut.

So oder so ähnlich klangen alle seine Nachrichten. Meist antwortete Katie erst nach ein oder zwei Tagen. Möglicherweise benötigten ihre Texte aber auch einfach nur die lange Zeit, um von Atlanta hierher ans Ende der Welt zu fliegen.

Ich denke oft an dich, fügte er diesmal noch hinzu. Er wollte eines dieser Icons ergänzen, ein Herz vielleicht, aber er bekam es nicht hin und drückte schließlich auf Senden.

Die beiden kleinen Schanzen waren nur für Ortskundige zu erkennen, sie lagen wie zwei Haarsträhnen dicht beieinander auf dem kleineren Hügel. Dahinter ragte die große Schanze wie ein ausgestreckter Mittelfinger in die Nacht. Die Scheinwerfer erhellten den Beton. Vor dem dahinterliegenden schwarzen Waldrand sah es so aus, als zucke ein Blitz vom Himmel, der diesen schwer zu liebenden Flecken menschlicher Ansammlung vernichtete.

Er hielt inne.

Oben an der Schanze war etwas.

Was genau, konnte er oder wollte er nicht sagen. Ein schmales Etwas, das sich leicht im Wind bewegte. Er massierte sich mit der freien Hand den Nacken. Dann zog er an der Leine.

Der Weg führte in eine Senke, in der er seine Beobachtung für einige Minuten einstellen musste, bis es wieder hinauf ging. Der Schanzenkopf kam wieder in sein Blickfeld, und er erkannte nun, was es war. Er beschleunigte seine Schritte, Connor schnaufte hinter ihm. Als er unterhalb des Bauwerks stand, sah er noch immer in den Himmel.

Ein Mensch.

Nur diese zwei Worte gingen ihm durch den Kopf. Ein Mensch. Ein spektakulärer Ort, um sich das Leben zu nehmen. Selbst im Tod waren seine Nachbarn eitle Geschöpfe. Aber vielleicht war es kein Nachbar, vielleicht war es ein Tourist, und das wäre viel schlimmer, denn wenn man jetzt hierherkam, um Selbstmord zu begehen, konnten sie auch die letzten Hotels schließen. Aber vielleicht war es kein Suizid.

Er griff nach seinem Handy. Es klingelte sechs Mal, bis sein Anruf angenommen wurde.

»Hey, Merab«, sagte er. »Ich glaube, ich habe hier was für dich.«

Connor legte sich neben seinen Füßen auf den Boden. Er selbst war auch müde, musste aber noch einen weiteren Anruf machen.

»Haußer! Lange nichts von dir gehört«, sagte die Stimme, die im Revier die Nachtschicht schob und dem alten Freddy Streibl gehörte.

»Wir haben hier eine Leiche.«
»Ach, hör doch auf«, sagte Freddy.

8.

Sie wachte auf, wusste nicht, wo sie war, und suchte nach Orientierung.

Ein fremdes Zimmer.

»Hey, Ellen«, sagte eine Stimme in ihrem Kopf, die aus der Vergangenheit kam und sie erschaudern ließ.

Sie blickte auf die Matratze. Hier hatte sie geschlafen? Wie lange lag sie schon hier? Eine Minute, eine Stunde, einen Tag? Was hatte sie in den letzten Stunden getan?

Sie massierte ihre Stirn.

Es war das Haus von Dr. Schwarz. Nein, es war ihr Haus. Sollte es werden. So war es geplant, oder nicht? Sie übernahm die Praxis.

»Komm schon! Komm ...«

Sie kannte die Stimme.

Es war immer dieselbe.

Sie ignorierte sie. Das hatte doch all die Jahre funktioniert. Oder war etwa jemand da draußen im Flur und rief nach ihr?

Ohne ein Geräusch zu machen, kam sie langsam hoch, schlich barfuß durchs Zimmer. Wann hatte sie ihre Strümpfe ausgezogen? Sie konnte sich nicht erinnern. Sie war wohl von der Reise erschöpfter, als sie angenommen hatte.

Sie fühlte den Stich in der Brust und auch etwas Angst, aber das war unnötig, neurotisch, kindisch. Sie trat mit festem Schritt durch die Tür, stolperte über die hohe Schwelle und fiel auf den im Flur ausgerollten Teppich auf die Knie. Staub wirbelte durch die Luft.

Herrgott.

Niemand war hier. Keine Stimme. Nichts.

Mit den Fingerspitzen zog sie zwei Fäden aus dem Teppich. Dafür hatte sie also so viel Geld ausgegeben. Nein, die Bank hatte es bezahlt, sie hatte sich bis über beide Ohren verschuldet.

»Ich bin zurück!«, rief sie ins Treppenhaus. Dann schwächer: »Es geht mir gut.«

Nichts war gut.

Sie hatte Schwierigkeiten, sich zu konzentrieren, und manchmal auch, sich zu erinnern. Das ging nun schon eine ganze Weile so. Seit sie die Entscheidung getroffen hatte. Es waren keine Blackouts, das nicht, aber sie wollte nicht ausschließen, dass sich ihr Zustand zu etwas Ähnlichem auswuchs.

Sie rappelte sich auf.

Es lag nur daran, dass sie mit Christoph ihre Vertrauensperson verloren hatte und nun alles mit sich allein ausmachen musste. Ihr fehlte ein Gegenüber für ihre Worte und Gedanken.

Ihr Schädel brummte. Statt Christoph hatte sie nun diesen leeren kalten Raum mit seiner verschlissenen Matratze, in einem von ihr seit Anfang des Monats gemieteten Haus, mit einer Praxis, die diesen Namen kaum verdiente, in einem Ort, von dem sie sich geschworen hatte, nicht zu ihm zurückzukehren.

Hatte sie etwa zwei Stunden geschlafen?

Fast zwei Stunden.

Eine weitere Wolldecke lag neben der Matratze. Da stand ihr Koffer. Sie hatte ihn doch unten gelassen. Martha musste ihn hier abgestellt und die Decke über sie ausgebreitet haben. Wie aufmerksam, dachte sie. Aber war Martha nicht nach Hause gegangen? Sie musste zurückgekehrt sein und sie schlafend vorgefunden haben, hatte sie nicht stören wollen.

»Martha? Sind Sie da?«, rief sie laut.

Das Haus antwortete mit Stille.

Ihr Handy zeigte acht Nachrichten von Saskia. Das Abendessen.

Verdammt.

Sie öffnete den Koffer und holte ihre Strickjacke heraus. Die Wolle um ihre Schultern wärmte sie sofort. Sie überlegte, welche Hose sie anziehen sollte und was Saskia wohl gekocht hatte, um sie willkommen zu heißen.

Aber dann klappte sie den Koffer wieder zu. Saskia hatte sie zum Abendessen eingeladen, ja, aber erstens war es sowieso schon zu spät, und zweitens konnte sie noch eine Weile auf Bruno verzichten. Drittens hatte sie keinen Hunger.

Sie würde einfach das tun, was sie immer tat, wenn sie nachdenken oder für sich sein wollte.

Im Koffer lagen einige Bügel, und sie hängte ihre Blusen an das Kopfende des Bettgestells. Die anderen Kleidungsstücke stapelte sie auf dem Lattenrost, bis sie die Trainingshose fand.

Saskia hatte ihr die Idee mit der Praxis wie einen Virus injiziert, der sich langsam in ihr ausgebreitet und Besitz von ihr ergriffen hatte, bis sie keine abwehrenden Argumente mehr gegen die Idee hatte vorbringen können.

»Du suchst doch schon so lange eine Veränderung. Jetzt, da mit Christoph Schluss ist, täte dir ein Tapetenwechsel gut. Was hält dich in Hamburg? Und Papa will dich sehen, bevor er … Er stirbt bald, Ellen.«

»Na und?«

»Er vermisst dich.«

»Aber ich nicht ihn. Ich komme nicht zurück, ich finde hier was, ich werde ...«

»Eine Praxis in Hamburg? Kannst du dir das leisten? Die Villa vom Schwarz ist ein wundervolles Haus mit großem Garten. Wir waren als Kinder dort. Was für eine wunderbare Geschichte, wenn du es übernimmst. Gut, es braucht vielleicht etwas frische Farbe, aber ich wette, Bruno hilft dir.«

»Du kannst mich nicht überreden«, sagte sie, aber etwas in ihr war ins Wanken geraten. Eine Möglichkeit hatte sich aufgetan.

Sie warf die Strickjacke in hohem Bogen auf die Matratze und zog ihre Bluse aus. Das Laufen würde ihren Kopf frei machen. Das Laufen war immer ihr Mittel gewesen, besser als jede Tablette.

»Hier wärst du nicht allein«, hatte Saskia gesagt.

»Ich bin nicht allein.«

»Du bist mutterseelenallein in dieser wahnsinnig großen Stadt. Kein Christoph mehr. Keine Freundin.«

»Lisa!«

»Von der erzählst du nicht mehr so viel wie früher.«

Das war richtig. Lisa hatte jemanden kennengelernt.

»Das Krankenhaus macht dich fertig.«

»Was weißt du, was mich fertigmacht?«, hatte sie ihre Schwester angeblafft, wie so oft, wenn Saskia den Nagel auf den Kopf traf.

Sie legte den Sport-BH an, zog das Funktions-T-Shirt über. Es war so kalt, als stünde sie bereits draußen. Das Laufen würde sie wärmen.

»Hamburg ist einfach nur dreckig und groß. Und in der U-Bahn wirst du nur belästigt.«

»So ein Quatsch, Saskia.«

Tatsächlich aber war sie belästigt worden. Ein Kerl. In der U-

Bahn. Alle hatten zugeguckt, keiner geholfen. Im Dorf würde ihr so etwas nicht passieren. Hier gab es nur einmal in der Stunde einen Bus.

»Du wirst endlich zur Ruhe kommen!«

Die Fleecejacke noch. Mütze, Handschuhe.

Einen Moment stand sie auf der Treppe und lauschte den Bewegungen des Hauses. Sie stimmten noch nicht mit ihren eigenen überein. Aber es würde gelingen, es musste gelingen.

Saskia hatte recht gehabt. Es war ruhig. Jetzt. Hier.

Noch einmal würde sie nicht fortlaufen.

Nur joggen.

Sie schnürte die Schuhe.

Draußen hatte es aufgehört zu schneien. Sie öffnete das niedrige Türchen zum Fußweg.

»Hier kannst du ein neues Leben beginnen«, hatte Saskia gesagt.

Sie lief los, aber sie wurde das Gefühl nicht los, nicht allein zu sein. Womöglich war es nur die Erinnerung, die sie einholte, und die sehr viel schneller rannte als sie selbst.

9.

Claudia mit dickem Schal an der Ostsee im Winter. Claudia im Hotelbett neben ihm. Claudia in ein Handtuch gewickelt auf Lanzarote. Ihre Haut braun, ihr Haar hell. Sie streckte die Hand nach ihm aus wie er nach dem Foto. Du fehlst, dachte er. Noch immer, jeden Tag, musste er an sie denken.

Merab klappte den Laptop zu und schraubte den Korken auf die Weinflasche. Dann zog er seine Hose an, streifte den Pullover über die nackte Brust, suchte seine Stiefel und griff im Hinausgehen nach Jacke, Handy und Schlüssel. Er war schon draußen in der Nacht, als er noch einmal ins Haus ging, die Kellertür öffnete und hinunterging.

»Hast du ein Fernglas?«, hatte Haußer gefragt.

Natürlich hatte er ein Fernglas. Eines vom georgischen Militär. Das sollte reichen. Er musste es nur in dem ganzen Gerümpel finden. Er schob den Stuhl beiseite, öffnete die Schubladen der Werkbank. Nur ein Hammer. Auch in den Holzkisten und in den von der Feuchte aufgeweichten Kartons fand er es nicht. Dann musste es eben ohne gehen. Er zog die Nase hoch, es stank hier unten wie in einer Kloake. Das Haus war alt und würde nie mehr trocken werden. Er hatte die Hand schon am Lichtschalter, als er das Fernglas auf dem Regal liegen sah, gleich hinter dem Seil, das Claudia gekauft hatte, um damit eine Hängematte im Garten aufzuhängen. Dazu war es nicht mehr gekommen. Er hatte es trotzdem behalten, es war ein gutes Seil.

Er war an diesem Abend alles andere als in Stimmung für einen so späten Ausflug, aber wenn Haußer rief, war es nie umsonst. Haußer redete nicht viel, kümmerte sich vor allem um seine kranke Frau und seinen Hund, kannte aber den Ort und seine Menschen zu gut, um sich gänzlich zurückzuziehen. Er war einfach schon zu lange hier. Als Haußer seinen Dienst im Ort angetreten hatte, war er gerade erst zum Kommissar ernannt worden. Bei den Kollegen war er beliebt gewesen. Aber es gab auch Gerüchte über eine Affäre mit einer Polizeiobermeisterin, die er bei einem Dienstvergehen zudem gedeckt haben soll. Er hatte der Geschichte immer mal auf den Grund gehen wollen, aber Haußer war einer seiner wenigen Freunde hier, und so hatte er die Sache auf sich beruhen lassen, sie war ohnehin lange her, Haußer nicht mehr im Dienst und mit Evi so schon gestraft genug. Haußers Frau hatte eine therapeutische Praxis im Zentrum geführt, bis sie krank wurde. Er wusste nicht genau, woran sie litt, Haußer sprach nicht darüber. Evi hatte ihrem Mann immer beigestanden, was Haußers Liebesaffäre weniger bedeutsam erscheinen ließ. Nun war es an ihm, Evi beizustehen. Außerdem gab es genug Leute im Dorf, denen Haußers Eigensinn einst ein Dorn im Auge gewesen war und die ihn gern hätten stolpern sehen. Allen voran Bürgermeister Gruber selbst. Wenn Gruber einmal integer gewesen sein sollte, dann war das lange her, und er konnte sich gut vorstellen, dass er ein Dienstvergehen Haußers ausgenutzt hätte.

Er nahm das Fahrrad, was bei diesem Wetter keine gute Idee war. Abwechselnd hielt er den Lenker mit der rechten oder der linken Hand und steckte die jeweils andere zum Wärmen in seine Jackentasche. Die Reifen zogen eine geschwungene Spur hinter ihm her.

Zu viel Wein, zu viel Claudia.

Er stieg vom Sattel, um fester in die Pedale zu treten und den Hügel hinaufzukommen, als das Hinterrad durchdrehte, wegrutschte, und er sich gerade noch mit dem Fuß abfangen konnte. Sein Atem tauchte seinen Kopf in eine weiße Wolke. Genau die Nacht, die er sich gewünscht hatte.

Haußer stand wie verabredet unter der großen Schanze. Der Hund pinkelte gegen den Beton. Kurz spürte er die Leine unter den Reifen, als er sie überfuhr.

»Ich bin betrunken«, rief er und ließ das Rad neben den Weg fallen. Der Ständer war längst abgebrochen.

»Guten Abend, Merab«, sagte Haußer.

Er sah bereits etwas durchgefroren aus. Connor stellte sich jetzt wieder neben ihn. Sie reichten sich die kalten Hände.

»Was hast du da?«, sagte Haußer und zeigte auf seinen Kopf.

Er fuhr sich durch die Haare, und ein paar weiße Krümel segelten hinab. »Ach, das ist Styropor. Musste den halben Keller durchwühlen, um das hier zu finden.« Er zog das Fernglas hervor.

»Gib mal her.«

Haußer legte den Kopf in den Nacken, hob das Glas vor seine Augen und drehte am Einstellrad.

»Scheiße«, sagte Merab, der Haußers Blick nach oben folgte. »Ist es das, wofür ich es halte?«

Haußer gab ihm das Fernglas.

»Wer ist das?«, fragte er.

»Johannes Gruber«, sagte Haußer. »Der jüngere der beiden Brüder. Fahrraddiebstahl mit fünfzehn, kleinere Sachbeschädigungen, nichts wirklich Ernstes.«

»Du vergisst wohl nie einen Vorfall?«

»Ich vergesse nicht die Menschen.«

»Selbstmord?«

»Sieht ganz danach aus.«

»Hast du die Polizei gerufen?«

»Klar habe ich das. Aber nett, wie ich bin, habe ich auch an deine Karriere gedacht. Ist doch eine gute Story.«

Das war sie tatsächlich. Eine, die über diesen Ort ausstrahlen und ihm helfen könnte. Das konnte er richtig groß aufziehen. Der Sohn des Bürgermeisters bringt sich um. Dafür würde es starke Gründe geben, Gründe, die vielleicht auch den alten Gruber nicht gut dastehen lassen würden. Das ergab nicht nur einen Artikel, das war genug Stoff für eine ganze Serie. Und die würde man auch in München lesen. »Tragisch. Wie gut kanntest du ihn? Hatte er Probleme, familiäre, finanzielle, psychische?«

»Was weiß denn ich?« Auf Haußers Gesicht lag der silbrige Glanz des Mondes. »Gott hab ihn selig.«

Es war gespenstisch, und es war verdammt kalt. Er trug kein Unterhemd unter seinem Pullover, die Jacke war dünn und die Nacht war ihm längst in die Glieder gefahren. Aber das war es wert. Wie gut, dass Haußer ihn entdeckt hatte und nicht jemand anderes, der ihn nicht verständigt hätte. Aber was machte Haußer so spät und so weit ab von seiner gewöhnlichen Tour hier draußen?

»Was sagst du als Polizist dazu? Könnte es auch ... Mord sein?«

Haußer kniff die Augen zusammen. »Ich bin kein Polizist mehr, ich bin nur mit dem Hund draußen. Aber es ist doch offensichtlich.«

»Was?«

»Das ist ein Schrei, ein verzweifeltes Haschen nach Aufmerksamkeit.«

Das wurde immer besser. Merab zog sein Handy raus und nahm eine kurze Sprachsequenz auf, er wollte kein Detail vergessen.

»War Johannes nicht ein ruhiger Typ, schüchtern fast, stand eher im Schatten seines Bruders, oder nicht? Passt so eine Inszenierung zu ihm?«

Oder doch eher zu einem Mörder?, dachte er.

»Ich bin kein Seelenklempner«, sagte Haußer. »Nur schon viel zu lange hier draußen, ich muss nach Evi sehen.«

»Geht es ihr gut?«

»Gut ist keine Kategorie, in der wir leben. Kannst du ihn kurz halten?«

Haußer gab ihm Connors Leine und trat hinter einen Baum. Der Hund tapste durch den Schnee, während er noch einmal hochsah. Die Polizei würde jeden Moment hier sein. Vermutlich wollte Haußer seinen alten Kollegen nicht begegnen. Das würde ihn zu sehr an den Job erinnern, dem er auch so viele Jahre später noch nachtrauerte. Einmal Polizist, immer Polizist.

Als er Schritte hörte, drehte er sich um, wollte Haußer die Leine zurückgeben, aber es war nicht Haußer. Auf dem Weg stand eine Frau. Claudia, schoss es ihm durch den Kopf, und er ballte die Faust, um sich zu konzentrieren. Natürlich war es nicht Claudia.

Er kannte die Frau nicht, hatte sie nie hier gesehen. Sie musste eine Touristin sein, die wohl ebenso schlecht schlafen konnte wie er und sich mit Sport durch die Nacht brachte, was besser war als mit Wein. Sie trug ein Joggingoutfit, ihr Gesicht glühte rot, und eine Haarsträhne klebte an ihrer Wange. Ihre dünnen Turnschuhe waren vom Schnee durchnässt. Sie nahm ihre Mütze ab und starrte hoch zur Leiche. Ihr auf die Schulter fallendes braunes Haar erinnerte ihn an die junge Winona Ryder, die gleichen dunklen Augen, das schmale Gesicht, die Wangenknochen. Vielleicht hatte er aber auch nur zu viele alte Filme gesehen, etwas, was er mit Haußer gemeinsam hatte.

»Darf ich mal sehen?«, fragte sie.

Aus dem Hintergrund tauchte Haußer wieder auf, hantierte noch mit dem Reißverschluss seiner Hose.

»Das ist kein schöner Anblick.«

»Macht nichts«, sagte sie.

Er gab ihr das Fernglas. Sie drehte am Schärfenrad, betrachtete einen kurzen Augenblick den Toten und riss sich das Glas von den Augen. Ihr Atem, der vorher keuchend gewesen war, stockte, und der weiße Dampf aus ihrer Nase versiegte kurz.

»Wie lange hängt er schon da?«

»Das wissen wir nicht.« Haußer war neben ihn getreten.

Sie wich ein paar Schritte zurück. War das Angst in ihrem Gesicht? Und da war noch etwas, das Merab nicht klar deuten konnte. Vielleicht Regungslosigkeit.

Ohne ein weiteres Wort rannte sie plötzlich in den Wald zurück.

»Mein Gott, wer war das?«, fragte er.

»Die neue Ärztin«, sagte Haußer.

»Die neue Ärztin?«, wiederholte er. »Du kennst sie?«

»Vielleicht gehe ich mal wegen meines Fersensporns zu ihr.«

»Die Praxis vom Schwarz.« Er erinnerte sich, dass sie in der Redaktion darüber gesprochen und sich vorgenommen hatten, ein Interview mit der Neuen zu führen, wenn sie die Anfangszeit erfolgreich hinter sich gebracht hatte.

Er gab Haußer die Leine zurück.

»Ob sie ihn kennt?« Er zeigte mit dem Finger himmelwärts.

»Sicher kennt sie ihn. Sie ist hier aufgewachsen. Johannes ist ihr Alter. Connor, na komm.«

»Hat er da was im Maul?«, fragte Merab.

Haußer beugte sich vor und schob Connor die Finger zwischen die Zähne. »Aus! Gib her.«

»Was ist das?«

Haußer hielt einen Gummiball mit einem Lederriemen in den Händen.

»Es ist nichts«, sagte er und steckte das Ding in seinen Mantel. »Na los jetzt.«

Er zog den Hund hinter sich her, und wie die Ärztin verschwand er ohne weitere Erklärung im Wald.

Merab dachte an die Ärztin. Er dachte an München und dass die Verantwortlichen dort sich noch ärgern würden, dass sie ihn nicht eingestellt hatten. Er dachte an Johannes, den er nicht gekannt hatte, was ihm den nötigen Abstand ermöglichte. Nichts schlimmer, als wenn er um den Toten weinen müsste. Nein, er musste beinahe lachen, über das Glück, das sich ihm hier offenbarte.

In der Ferne sah er die Blaulichter der näher kommenden Polizeiwagen.

Er dachte an Haußer und den Gegenstand in seiner Manteltasche.

Er dachte an Mord.

10.

Die Wände der Turnhalle waren aus rauen, roten Ziegeln. An der Stirnseite hingen Seile, an denen sie versuchte hochzuklettern. Ein oder zwei Meter schaffte sie leicht, sie wog wenig und war sportlich. Sportabitur in Volleyball. Die mündliche Theorieprüfung hatte sie mit vierzehn Punkten bestanden. Bio mit dreizehn. Politik hatte sie ohnehin immer interessiert. Nur Mathe war schwer gewesen.

Von draußen drang Partylärm in die Halle: Die Band spielte als erste Zugabe einen Song von *Wir sind Helden*. Das waren sie ja auch in dieser Nacht: Helden. Bei der Zeile *Bitte gib mir nur ein Wort* sangen alle mit. Sie auch, nicht ahnend, dass sie so viel mehr würde geben müssen.

Ellen schlug die Haustür hinter sich zu und streifte die Joggingschuhe ab. Ihre Zehen waren schon fast erfroren. Zitternd zog sie sich die völlig durchnässten Strümpfe aus. Sie würde sich übergeben. Gleich hier im Windfang ihrer Praxis. Sie zitterte am ganzen Körper.

Johannes!

Sie drehte den Schlüssel zweimal im Schloss, stolperte rücklings bis zum Empfangstresen und keuchte vornübergebeugt, die Hände auf die Knie gestützt.

Die Turnhalle stand offen. Sie konnte einfach so hineingehen.

Ein paar Basketbälle werfen. Heidi war gleich hinter ihr. Und Greta. Die Jungs waren da. Sie trugen zum ersten Mal Sakkos. Sie trumpfte den schweren Ball auf dem Boden auf, warf und verfehlte den Korb. Die Jungs lachten, sie lachte über die Jungs. Der Dünne, der der Ältere war, grinste den Dicken an. Sie würde sein Gesicht nie vergessen, es lag eine gierige Unruhe darin, denn er kannte die Zukunft und sie nur seinen Namen.

Sie hatte sein Gesicht auch jetzt vor Augen. Doch es war sein Bruder, der tot an einem Seil hing.

Hatte sie etwas damit zu?

Sie schlug sich gegen die Stirn. »Was, verdammt noch mal, stimmt nicht mit dir?«, schrie sie sich an. Sie biss die Zähne zusammen, aber die schwarzen Löcher konnte sie nicht füllen.

Heidi und Greta waren bereits am Ausgang gewesen. Sie winkten und wollten, dass sie ihnen folgte, dann waren sie draußen.

Wartet, dachte sie.

Sie warf noch einmal, ohne zu zielen, traf die Wand, und der Ball trumpfte einige Male auf, bis er zu den Jungs rollte und der eine ihn mit dem Fuß stoppte.

Der Dünne stand vorne, der Dicke ein Stück hinter seinem Bruder. »Hallo, Ellen!«

Sie rannte ins Bad und übergab sich in die Toilette ihres neuen Zuhauses.

Nicht nur sie war zurück.

Alles kam wieder hoch.

11.

Es war fast Mittag. Am frühen Morgen hatte es kräftig geschneit, und Merab kämpfte sich auf dem Rad durch die noch nicht geräumten Straßen. Geschlafen hatte er kaum. Lange hatte er im Bett an die Decke gestarrt und an den baumelnden Körper gedacht und dann doch wieder an Claudia.

Die Polizei hatte in der Nacht nur seine Personalien aufgenommen und ihn nach Hause geschickt. Sie hatten offensichtlich nicht die gleichen Interessen wie er. Ein Journalist an einem Tatort, da sträuben sich den Polizisten die Nackenhaare. Die beiden jungen Beamten, die am Morgen an seiner Tür geklingelt hatten, um ihn zu befragen, hatten ihm verraten, dass kein Suizid vorlag. Wie hatten sie es genannt? Fremdeinwirkung.

Die beiden waren jung und unerfahren gewesen und wollten keinen Fehler machen, also verrieten sie ihm nicht mehr. Ein Mord war das reinste Dynamit für seine Karriere, es würde ihn hier herauskatapultieren, solange er keine Fehler machte und die Story professionell aufzog. Er konnte es nicht fassen.

Er bog mit dem Rad in seine Zielstraße ein.

Er wusste, dass die Beamten auch Haußer noch zu Hause besucht hatten, aber mit Evi hatte er einen guten Grund für sein Verschwinden. Doch Haußer hatte die Leiche gefunden. Ein Toter war für Haußer jedoch nichts Ungewöhnliches, er musste Hunderte in seiner Laufbahn gesehen haben. Die Polizei würde ihn gefragt haben, warum er mit Connor weiter gegangen war als gewöhnlich. Das war eine wirklich gute Frage, wenn er so darüber nachdachte. Als ob Haußer gewusst hatte, dass er etwas finden würde? Wenn Haußer ... Nein, das ergab keinen Sinn. Haußer war jeden Abend mit dem Hund draußen und noch dazu sein Freund. Und doch. Er dachte daran, wie Haußer Connor dieses Ding aus dem Maul genommen hatte.

Er lehnte das Rad gegen den Zaun, klopfte sich den Schnee von der Hose. Die Villa war ziemlich runtergekommen, die Fassade rissig, und unterm Dach waren die Spuren eines alten Wasserschadens zu erkennen. Die Büsche hingen schwer vom Schnee über dem Kiesweg, der bereits freigeschaufelt war.

Vor dem Eingang nahm er seine Mütze ab. Er war frisch rasiert, fuhr sich aber noch mal ums Kinn und ertastete zum ersten Mal seit Wochen die Konturen seines Gesichts. Es gefiel ihm gar nicht mal so schlecht.

Er klingelte, und umgehend summte der Türöffner. Im Eingang roch es nach Feuchtigkeit, wie etwas, das lange am Grund eines Sees gelegen und nun geborgen worden war. Die Wände des Flurs waren einst tapeziert gewesen. Er erkannte eine gestreifte und gräulich übergestrichene Bordüre, die bis auf halbe Höhe der Wand hinaufragte. Es wirkte wie ein Haus aus einem Film. Eine einsame Nacht mit Netflix und zu viel Wein trat vor seine Augen.

»Guten Morgen, kann ich Ihnen helfen?«

Die Frau hinter dem Empfang hieß Lehmann. Das las er auf ihrem Namensschild. Es sah aus, als würde es auf Lehmanns großen Brüsten schon eine Weile ruhen. Ihre Stimme klang freundlich, aber ihr Gesicht hatte etwas Verhärtetes. Das kam wohl von der Narbe. Ihr Dekolleté verriet ihr Alter, das sie mit ihren langen Haaren zu verbergen suchte.

Irgendwoher kannte er sie.

»Ich möchte Frau Dr. Roth sprechen.«

»Haben Sie einen Termin?«

»Nein, ich wollte nur …«

»Die Praxis ist noch nicht eröffnet. Wir sind noch in der Umbruchphase. Oder ist es etwa ein Notfall?«

Ein Fenster stand irgendwo offen, und ein kalter Wind streifte seinen Rücken.

»Ein Notfall?«

»Ein akuter medizinischer …«

»Ja, genau, ein Notfall.« Er verzog den Mund mit einem gespielten Schmerz. »Mir ist schwindlig. Seit dem Morgen schon, und ich habe Herzrasen. Das macht mir Sorgen.«

Er legte sich die Hand auf die Brust und griff theatralisch mit der anderen an die knapp einen Zentimeter überstehende Tischplatte, um sich mit Daumen und zwei Fingern daran festzuhalten.

»Martha, ich würde gern wissen …«

Die Ärztin stand in der Tür ihres Behandlungszimmers. Zumindest nahm er an, dass es ihr Zimmer war. Sie trug einen viel zu großen dunkelgrünen Wollpullover, der aussah wie selbst gestrickt und ihre schlanke Figur verbarg. Jetzt im Licht sah sie noch immer aus wie Winona Ryder, in etwa so wie in Francis Ford Coppolas unterschätzter Dracula-Verfilmung. Aber wahrscheinlich war sie älter als Winona Ryder damals. Sie musste Mitte dreißig sein.

»Der Herr fragt nach einem Termin.«

»Wir haben noch nicht geöffnet«, sagte Roth.

Angenehme Arztstimme, vertrauenerweckend und doch bestimmt. Die widersprüchlichen Gefühle, die er in der Nacht in ihrem Gesicht gesehen hatte, waren verschwunden. Oder war sie nur geübt darin, sie zu verbergen?

»Ihm ist schwindlig«, sagte Lehmann und auch, wenn sie es nicht hinzufügte, schwang ein *Angeblich* in ihrer Aussage mit.

»Schon gefrühstückt?«, fragte Roth.

»Nur Kaffee.«

»Tja, da hätten wir das Problem. Essen Sie ein Müsli mit Obst und Nüssen. Und trinken Sie ein großes Glas Wasser.«

»Aber das Herzrasen?«

Sie musterte ihn.

Er war sich sicher, dass sie ihn wiedererkannte. Sicherlich wollte auch sie über die Nacht reden, über die der ganze Ort sprach. Ein Bürgermeistersohn hing nicht oft hoch oben an der Skischanze. Warum hatte sie so schnell die Flucht ergriffen? Er musste wissen, ob sie etwas wusste. Er musste wissen, ob ihre Rückkehr irgendwie in Zusammenhang mit den Ereignissen stand, auch wenn er keine Idee hatte, was das sein konnte.

Als sie ihm in die Augen sah, dachte er an Claudia, und es war, als betrüge er sie, denn er erwiderte den Blick der Ärztin, bis sie sich umdrehte und er ihr ins Behandlungszimmer folgte.

12.

»Also gut, kommen Sie kurz rein. Ich höre Sie ab.«

Er spürte, wie nervös er war.

»Sehen Sie bitte über das Chaos hinweg«, sagte sie und wies ihn zur linken Wand herüber.

»Da haben Sie ganz schön was aufzuräumen.« Er lächelte, und sie lächelte schmal zurück.

Wie Maulwurfshügel türmten sich medizinische Bücher auf dem Boden. Auf dem Weg zur Behandlungsliege versuchte er, keines umzustoßen. Staub lag in der Luft, aber die Fenster waren geschlossen. Auf dem Schreibtisch hohe Papierstapel, der Mülleimer ein Grab Bleistifte. Daneben eine Säule mit Fachzeitschriften, an der eine weitere mit Ausgaben des *Bayerischen Ärzteblattes* lehnte.

»Mein Vorgänger ... Na ja, Sie sehen ja selbst.« Roth zog aus einer der Schreibtischschubladen ein Stethoskop hervor und hob es in die Höhe. »Ausziehen!«, rief sie und lächelte ihn an.

Er legte die Jacke ab, zog das Sakko aus und öffnete sein Hemd.

»Wie kommt es, dass Sie die Praxis übernehmen? Sie sind nicht von hier.«

»Ich bin hier aufgewachsen. Meine Schwester lebt hier, und sie hat mir den Tipp gegeben. Oder besser gesagt: Sie hat mich überzeugt, dass die heimatliche Provinz auch ihre schönen Seiten hat.«

»Welche das wohl sind?«

Sie steckte sich das Stethoskop in die Ohren.

»Medizinisch interessante vielleicht. Atmen Sie ein.«

Er holte tief Luft. Roth legte ihre kühlen Fingerspitzen auf seinen Rücken. Sie roch so anders als der Raum, anders als alles, was er hier gewohnt war. Sie roch nach Metropole. Nach einem Ausweg. Nach frischem Benzin in einem leeren Tank.

»Ich kann keine Erkältung feststellen, geschweige denn ein Herzrasen.«

»Sie sind ziemlich schnell weggerannt gestern Nacht«, sagte er. Sie legte das Stethoskop um ihren Hals und hielt sich an beiden Enden fest. »Was haben Sie durchs Fernglas gesehen?«

Ihr Duft schien zu verfliegen. »Dasselbe wie Sie.«

»Ich hatte das Gefühl, dass Sie den Toten kennen. Von früher vielleicht?«

»Sind Sie Polizist?«

»Der Tote ist Johannes Gruber, Sohn des Bürgermeisters. Wussten Sie das?«

Sie hatte etwas schauspielerisch Lässiges an sich. Die weißen Turnschuhe, die weite Hose, die jetzt verschränkten Arme. Sie war einfach toll. Und sie kannte Johannes. Das war ziemlich offensichtlich.

»Wie ist Ihr Name?«, fragte sie.

»Merab Alieva. Sagen Sie einfach Merab.« Wieder lächelte er. Er wollte nicht aufdringlich sein, sie nicht in die Ecke drängen, aber seine Neugier, diese alte Berufskrankheit, die hätte sie bei ihm leicht diagnostizieren können.

»Johannes Gruber ist einem Mord zum Opfer gefallen.«

Er schloss die Knöpfe seines Hemdes.

»Er wurde umgebracht?«

Sie war überrascht, und die Information verwirrte sie ganz offensichtlich. Unruhig lief sie hinter ihrem Schreibtisch auf und ab und wartete, dass er sich anzog.

»Ich frage mich, was ein Mörder damit bezwecken will, sein Opfer so auszustellen?« Er wartete einen Moment und dachte wieder an Claudia. Er vermisste sie so sehr, dass er sich in Roths Gegenwart falsch fühlte. Gleichzeitig wollte er die Ärztin umarmen, die so bleich geworden war, dass sich ihr Gesicht kaum noch von der Wand abhob.

»Sind Mörder nicht daran interessiert, die Leiche möglichst gut zu verstecken? Und dann der ganze Aufwand. Die Schanze. Die Höhe. Die Nacht. Er hätte ihn doch auch an einem Dachbodenbalken aufknüpfen können.« Sie war sichtlich irritiert.

»Kennen Sie Johannes?«

Sie schrieb etwas auf einen Block und reichte ihm mit ausgestrecktem Arm das Papier.

»Ein homöopathisches Mittel gegen Schwindel. Nehmen Sie das, dann geht es Ihnen besser.«

Sie wollte, dass er ging, und er konnte es ihr nicht verübeln.

»Tut mir leid, dass ich hier so reingeplatzt bin.«

»Sie sind von der Presse, richtig?«

Er hob ergeben die Schultern.

»Hören Sie, ich kenne Johannes nicht. Ich bin ja gerade mal ein paar Stunden hier. Was sollte ich damit zu tun haben?«

»Niemand verdächtigt Sie.«

»Vielleicht hatte er Feinde? Oder sein Vater hat welche, und die haben ihm eine unmissverständliche Botschaft geschickt.«

Sie war gut. Darauf war er noch nicht gekommen. Der alte Gruber war schon verdammt lange im Amt und hatte eine Menge Feinde. Wahrscheinlich konnte er viele von denen recherchieren. In dieser langen Liste könnte sich der Täter gut verstecken.

»Es gibt schon einige dubiose Bauprojekte. Da wurde immer mal wieder drin herumgestochert.«

»Nun, dann sollten Sie das vielleicht auch tun.« Sie spielte mit einem kleinen Geschenk, das auf ihrem Tisch lag. »War Johannes denn in diese Projekte involviert?«

»Das ließe sich herausfinden.«

Für einen Moment trat Stille in den Raum, die sie beide nutzten, um sich anzuschauen, und es war ihm nicht unangenehm, im Gegenteil. Doch sofort schoss ihm Claudia in den Kopf, und er faltete das Rezept und steckte es in die Innentasche seiner Jacke.

»Ich werde auch in den alten Jahrbüchern der Schule blättern«, sagte er und nahm ihren Blick wieder auf.

Sie schob das Geschenk über den Tisch, bis es am Fuß der Lampe hängen blieb, setzte sich und biss sich auf die Unterlippe.

»Also gut, Sie Superjournalist. Ich war mit Johannes zusammen auf der Schule, ein Jahrgang. Das bedeutet aber nicht, dass ich ihn kannte, er war auch nicht in meiner Clique oder so etwas, nicht mal annähernd.«

»Darf ich Sie noch etwas fragen?«

»Das machen Sie doch sowieso.«

»Gestern Abend. Sie waren erschrocken, logisch, man sieht ja nicht jeden Tag eine Leiche und schon gar nicht so.«

»Glauben Sie mir«, unterbrach sie ihn, »ich habe schon viele Leichen gesehen.«

Sie war Ärztin. Natürlich kannte sie sich mit dem Tod aus.

»Was haben Sie gedacht, als Sie ihn da haben hängen sehen?«

»Was für eine Scheiße, das habe ich gedacht.«

»Und dann sind Sie einfach weggelaufen.«

»Ich bin nicht weggelaufen, ich war joggen.«

»Sie sind einfach weitergejoggt? Nach diesem Ereignis?«

»Es war mein erster Tag hier. Ich habe lange mit mir gerungen, ob ich wiederkommen soll, und dann dieser Empfang. Da wollte ich, ja, ich wollte eben joggen.«

»Ein Empfang? Wie meinen Sie das?«

Sie stand auf, ging zur Tür und öffnete sie.

»Ich habe zu tun, Merab.«

Ihm wurde ein wenig warm, als sie seinen Namen nannte, und er hatte ein schlechtes Gewissen, dass er sie so ausgefragt hatte. Sie war tatsächlich erst angekommen, und dann das. Sie hätte wirklich einen schöneren Empfang verdient gehabt.

»Gut, dann lasse ich Sie mal arbeiten«, sagte er. »Danke fürs Abhören.«

»Sie haben mir noch nicht gesagt, wie Ihre Zeitung heißt.«

»Es gibt hier nur eine.«

»Und die ist immer noch so schlecht wie früher?«

»Deshalb werde ich bald wechseln. Es könnte sein, dass das meine letzte Geschichte hier ist.«

»Ich komme zurück, und Sie wollen weg.«

Bedauerte sie das etwa?

»Tja, ist eben nicht gerade Hawaii hier.«

»Dann können Sie die Story gut gebrauchen, oder nicht? Eine aufsehenerregende Geschichte, gut recherchiert, exzellent geschrieben. Wäre eine gute Bewerbung für Sie.«

Ihre Augen waren dunkel, und sie verbarg darin mehr, als sie preisgab. Sie hatte ihn schnell durchschaut. Er war eben ganz offensichtlich nur ein Schnüffler und kein Investigativjournalist wie in den Filmen, die er so gern sah.

»Vergessen Sie nicht, ihr Müsli zu essen«, sagte sie und geleitete ihn hinaus.

Vor dem Haus beobachtete er noch eine Weile ihren Schatten, der im Zimmer auf und ab ging. Dann machte er sich auf den Weg in die Redaktion. Claudia, dachte er, sei mir nicht böse, aber du bist gegangen, und ich bin noch hier.

Dann dachte er plötzlich an den Tod.

13.

Das war also ihr erster Patient? Ein Journalist in einer klischeehaften Cordjacke und noch dazu Simulant. Aber er war nicht unsympathisch gewesen, er hatte sogar gut ausgesehen. Wahrscheinlich war er ein paar Jahre älter als sie, Jahre, die er hier verbracht hatte, Jahre, die mehr zählten als anderswo.

Sie schluckte noch eine Kopfschmerztablette. Schon am Morgen hatte sie eine genommen, weil sie nicht hatte schlafen können.

In der Nacht hatte sie immer nur daran gedacht und sich geschämt. Johannes war tot, und sie fand es großartig. Ja, sie war froh. Ob die Polizei sie auch verhören würde? Sie hatte Merab nicht gefragt, ob er von ihr berichtet hatte. Hatte er? Natürlich hatte er, aber er konnte nicht wissen, dass sie ein Motiv besaß.

Ein verdammt gutes sogar.

Merab war es in erster Linie wichtig, das Spektakel für seine kleine Karriere zu nutzen.

Ihr Handy piepte. Schon wieder eine Nachricht von Saskia. Die hundertste an diesem Vormittag. Ja, sie würde zum Essen kommen. Nein, sie würde nicht noch länger warten. Sie war erst einen Tag hier, und schon zerrte alles an ihr.

Sie würde ihren Vater treffen.

Was soll's, dachte sie, ewig konnte sie der Begegnung nicht

aus dem Weg gehen, also konnte sie es ebenso gut hinter sich bringen. Nach dem Tod ihrer Mutter hatte er es auch nicht leicht gehabt, allein mit zwei Töchtern, das hielt sie ihm zugute, aber er hatte sie im Stich gelassen, und das konnte sie ihm nicht verzeihen.

Sie massierte sich die Schläfen. Die Kopfschmerzen und das Chaos im Zimmer überforderten sie.

Es klopfte. Martha wollte eintreten, blieb aber doch in der Tür stehen.

»Hier ist ein weiterer Patient, Ellen.«

Sie zeigte auf die Unordnung. »Die Praxis ist noch nicht so weit, Martha.«

»Ja, aber er blutet.«

Blut war der Grund, warum sie Medizin studiert hatte. Ihre Doktorarbeit hatte sie über die Überwindung der Blut-Hirn-Schranke geschrieben. Blut, dieser rote Treibstoff, der sich ständig erneuert. Beim Ritzen, damals, in den Monaten danach, hatte sie fasziniert beobachtet, wie das Blut aus ihrer Haut auf die Badezimmerfliesen getropft war. Es sammelte sich in den Fugen und bildete rote Quadrate. Es waren entspannende Momente gewesen, aber heute ließ sie es nur noch selten so weit kommen. Manchmal an Weihnachten. Und manchmal wachte sie mit Schnittwunden auf und konnte sich nicht daran erinnern, sich geritzt zu haben. Die Lücken waren groß.

»Schön. Er soll reinkommen.«

Martha drückte die Tür weiter auf, und ein Mann schob sich an ihr vorbei. Er hielt seine in ein Tuch gewickelte Hand nach oben. Das Blut rann ihm den Unterarm hinunter.

»Mein Gott, was haben Sie getan?«

»Es ist nur ein Schnitt.«

Er steckte noch halb in einer abgewetzten Winterjacke, die

ihm von der Schulter rutschte, als er sich auf die Liege setzte. Darunter trug er einen Kapuzenpullover mit einem Logo, das sie zwar kannte, aber nicht sofort zuordnen konnte. Er musste ein Skifahrer sein. Seine Füße steckten in schneebedeckten Stiefeln.

Ellen zog sich Handschuhe über und begann, das Tuch, eher ein Putzlappen, von seiner Hand zu wickeln.

»Ganz schön tief.«

»Eine kaputte Bindung. So ein scharfes Ding hat mir hineingeschnitten.«

Er war fast so alt wie sie, aber wenn sie ihn von früher kannte, konnte sie sich nicht an ihn erinnern. Er roch nach Schweiß und Zigaretten und lächelte gegen seine Schmerzen an.

»Du bist die neue Ärztin. Dr. Schwarz hat mir gesagt, dass du kommst. Aus Hamburg, richtig? Bist hier zur Schule gegangen. Vielleicht erinnerst du dich an mich? Ich war eine Klasse unter dir.«

»Tut mir leid, ich glaube nicht.«

»Vogl. Andreas Vogl.«

Sie kannte den Namen, aber nicht sein Gesicht. Sie war damals ziemlich wählerisch mit ihren Freunden gewesen und hatte sich für Jüngere kaum interessiert. Und später, da hatte sie sowieso nur noch weggewollt.

»Halten Sie die Hand bitte weiter hoch. Geht es Ihnen ansonsten gut? Schwindel? Ein Taubheitsgefühl vielleicht?«

»Alles okay soweit.«

Sie spülte die Wunde mit Kochsalzlösung aus.

Er sah ihr direkt ins Gesicht.

»Sehnen scheinen keine verletzt zu sein. Sie haben noch mal Glück gehabt, aber ich muss das nähen.«

Er nickte unbekümmert. »Hast du vom Toten gehört? Oben an der Schanze?«

Sie zog den Faden durch die Nadel.

»Der Sohn vom alten Gruber. Vom Bürgermeister. Er müsste in deiner Stufe gewesen sein.«

»Ja, ich weiß. Wollen Sie eine Betäubung?«

Sie hielt die Nadel hoch, aber er schüttelte den Kopf.

Kurz presste er die Augen zusammen, als sie zu nähen begann.

»Ganz schönes Theater«, sagte er. »Nette Begrüßung für dich. Wie gut kanntest du Johannes?«

»Kaum.«

»Hast du ihn mal gesehen in den letzten Jahren?«

»Nein.«

»Im Radio haben sie gesagt, dass sie ihn aufschneiden. In der Pathologie. Auch schon mal so etwas gemacht?«

»Bitte halten Sie die Hand ruhig.«

»Sie sagten, er sei in den Stunden vor seinem Tod gefesselt und geknebelt gewesen. Sie haben Gummireste in seinem Mund gefunden.«

»Warum Gummi?« Kurz sah sie ihn direkt an.

»Na, weil man ihm wohl mit etwas aus Gummi den Mund gestopft hat. Sie vermuten, dass es so ein Sextoy war.«

»Das ist ja schrecklich«, sagte sie. Aber fühlte es sich wirklich schrecklich an? Oder war es nur gerecht?

»Es tut mir leid. So etwas ist hier einfach noch nie passiert. Ich kannte Johannes auch nicht gut, eben so, wie man die anderen von der Schule kennt. Es ist wirklich schrecklich, was ihm angetan wurde. Ich werde auf jeden Fall zu seiner Beerdigung gehen. Du auch?«

»Wann findet die Beisetzung statt?«

»Wenn die Polizei die Leiche freigibt, denke ich. Machen die das nicht so? Das ist wie im Fernsehen.«

Er war aufgewühlt, es nahm ihn sichtlich mit. Mit dem Tod hatten die Menschen hier wenig Kontakt und wenn doch, betraf es meist die Alten. Sie kannte den Tod. Er war vielseitig und einfallsreich, und sie hatte im Krankenhaus das Spiel einige Male gegen ihn verloren.

»Bin froh, dass du hier bist. Gut, wieder eine Ärztin vor Ort zu haben. Ist nicht leicht, die Stellen auf dem Land zu besetzen, will ja niemand hin hier.«

Seine Blicke wanderten langsam von ihren Händen über ihren Unterarm. Sie hatte die Ärmel hochgekrempelt, und er sah ihre Narben.

»Fertig mit der Naht!«, sagte sie und ging schnell zur Tür. »Martha, ich brauche Verbandszeug.«

Martha öffnete eine Tapetentür unterhalb der Treppe, hinter der sich ein Materiallager befand, das Ellen noch nicht kannte. Auf den Regalen in dem niedrigen Raum lagerten mehr Kanülen, Nierenschalen, Verbandsmaterialien und Instrumente, als sie im Krankenhaus vorrätig gehabt hatten.

»Da sollten wir mal aufräumen.«

»Keine Sorge, das habe ich im Blick«, antwortete Martha.

Vogl stand am Fenster, als sie zurückkam. Hartes Licht schien in sein kantiges Gesicht. Äste kratzten von draußen an der Scheibe, in der Ferne war das Bergmassiv zu erkennen.

»Sie sollten doch die Hand hochhalten.« Sie begann, ihm einen Verband anzulegen, dann hielt sie einen Moment inne. »Warum sagten Sie, es wäre eine nette Begrüßung für mich gewesen?«

»Na ja, wir hätten die neue Ärztin auch mit Luftballons empfangen können, aber nein, der Ort hat nicht vergessen, dass du eine von uns bist, und zeigt sich von seiner besten Seite.«

Wenn es ironisch klingen sollte, kam es so nicht bei ihr an. Sie fixierte den Verband. »Fertig.«

»Dank deiner guten Arbeit tut es schon nicht mehr weh.« Er tastete seine bandagierte Hand ab. »Der Gruber tot! Dabei hat er es gut gehabt auf dem Hof. Sein Bruder ist zwar ein Arsch, aber der Betrieb ist solide, und die beiden sollten ihn übernehmen.«

Zwei Gesichter, Fratzen eigentlich, zuckten durch ihren Kopf. »Ob der Bruder? ... Na, eher nicht.«

»Hoffen wir, dass es sich nicht entzündet.«

»Wie viele Tote hast du schon gesehen? Hunderte? Ich meine, so als Ärztin kennst du dich aus, oder? Wie ist das, wenn das Leben entweicht?«

Sie trat zurück und konnte sich nicht erinnern, ihn in der Schule gekannt zu haben. Er war ihr unangenehm.

»Frau Lehmann gibt Ihnen draußen einen Termin zum Fädenziehen. So in sieben Tagen.«

Er mühte sich zurück in seine Jacke.

»Fährst du Ski?«, fragte er. »Ich spendiere dir einen Skitag mit Skipass, Ausrüstung und einer Sonnenbrille, die du behalten darfst. Als Dankeschön.« Er hob seine bandagierte Hand. »Mir gehört der Skiverleih unten im Zentrum.«

»Ich fürchte, im Moment habe ich hier genug um die Ohren.«

Er sah sie an, und sie bemühte sich, seinem Blick standzuhalten. Warum wurde sie von allen angestarrt? Weil sie die Neue war.

»Wenn du hier mal Hilfe brauchst, mit dem ganzen Krempel, meine ich. Ich kann gerne mal mit anpacken, wenn was in den Keller muss.«

Verdammt, was bildete er sich ein? Natürlich konnte sie Hilfe gebrauchen, aber da würde sie eher diesen Merab fragen. Der sah auch aus, als könnte er zupacken.

»Mit Ihrer verletzten Hand?«

Er schien beinahe überrascht zu sein. »Schade«, sagte er. »Aber das heilt sicher schnell.«

»Wir sehen uns in einer Woche«, sagte sie.

»Oder früher«, sagte er und reichte ihr seine Linke.

Es war ein seltsames Gefühl, seine weichen Finger verkehrt herum in ihrer Hand zu spüren.

»Nun«, sagte er, »alles ist zu etwas gut.«

»Wie meinen Sie das?«

»Nun ... Johannes wurde ermordet. Es wird einen Grund geben und jemanden, der sich über das Ergebnis freut.«

Sie freute sich. Aber sie unterdrückte dieses Gefühl, denn es war unrecht und ein Widerspruch zu dem Eid, den sie als Ärztin geleistet hatte. Doch was fühlte sie wirklich?

»Es gibt immer einen guten Grund«, sagte er.

Sie wich zurück. »Auf Wiedersehen, Herr Vogl.«

»Bitte, sag doch Andreas.«

Er ging, aber sein Zigarettengeruch blieb.

Einen Moment lang dachte sie, dass ihre Rückkehr in Johannes' Tod begründet lag. Konnte sie ausschließen, dass sie es nicht irgendwann selbst getan hätte? War ihr etwa nur jemand zuvorgekommen? Ja, es gab immer einen Grund, und sie hatte einen. Es war ein verdammt guter Grund, um böse zu sein.

14.

Die Tage wurden kürzer, die Dunkelheit dichter und Evis Leben dünner. Der Faden, an dem sie hing, war kaum mehr sichtbar. Aber heute hatte sie sich noch einmal aufgebäumt, war mit seiner Hilfe aufgestanden und hatte sich gewaschen, wenigstens das Gesicht. Sie war so leicht, dass er sie wie eine Braut erst die alte knarrende Treppe hinunter und dann über die Schwelle des Wohnzimmers trug. Nun saß sie auf dem Sofa, eingehüllt in die karierte Wolldecke. Der Wind drückte gegen die Scheiben, und die dunkle Holzdecke auf ihr Haupt.

»Hat Katie sich gemeldet?«

Jeden Tag fragte sie, und jeden Tag nahm er ihr die Hoffnung. Wenn Katie nicht bald zu Besuch käme, würde Evi sie nie wieder sehen. Sie hatten sich vor langer Zeit wegen Kleinigkeiten gestritten, längst hatte er vergessen, worum es eigentlich ging.

»Wir hatten kurz Kontakt. Katie macht sich auf den Weg.«

Evis Körper sackte zusammen, sie konnte sich kaum noch halten. Er stopfte ihr ein Kissen in den Rücken und lehnte sie sanft zurück.

»Du lügst mich an.« Sie lächelte. »Aber das ist nett von dir.«

Er strich ihr über die Wange und küsste sie auf die Stirn.

»Gib mir das Bild«, bat sie.

Er durchschritt die enge Stube dieses alten Hauses und holte den Bilderrahmen von der Wand, der schon immer dort zu hängen schien. Das Foto zeigte Katie, ihren Mann Ben und die zwei Kinder, Mary und Jenna, sie saßen zusammen auf ihrer amerikanischen Veranda und lachten in die Kamera.

Während Evi das Bild betrachtete, ging er in die Küche, nahm die Zeitung vom Tisch, die Brille aus seinen Haaren und las noch einmal Merabs Artikel.

Sohn des Bürgermeisters erhängt
von Merab Alieva

In der gestrigen Nacht ...

Er übersprang die Zusammenfassung. Die Polizei hatte Merab gezwungen, es noch in der Schwebe zu halten, ob ein Selbstmord oder Mord vorlag, dabei wussten alle Beteiligten, dass es ein Tötungsdelikt war. Er war zwar nicht mehr einer der Beteiligten, aber er hatte seine Verbindungen.

Gewalteinwirkungen am Hals, Brandspuren auf Armen und anderen Körperteilen. Die Leiche war in die Gerichtsmedizin überstellt worden.

Rüdiger Gruber war auf einem Foto neben dem Artikel zu sehen. Er wurde zitiert: »Es gab keine Anzeichen für einen Selbstmord. Johannes war weder depressiv noch sonst irgendwie labil. Mein Sohn hat sich nicht umgebracht. Die Polizei muss endlich ihre Arbeit tun und den Täter finden.«

Typisch Gruber.

Er griff nach dem Telefon.

Am anderen Ende der Leitung beantwortete man seine Frage.

Evi war auf der Couch eingeschlafen, ihr Kopf zur Seite gefallen, ihr Mund offen. Sie sah aus, als habe sie ihren Körper verlassen, aber ihr leichtes Schnarchen ertönte klar und deutlich.

Er trug sie nach oben.

Evi drückte seine Hand. »Ich werde ein wenig schlafen.«

Ihre Stimme war ein Hauch im Zimmer, der ihn im Nacken packte. Er wartete noch einen Moment, bis sie die Augen schloss und ihr der Griff abhanden kam.

Jedes Mal, wenn er sie allein ließ, fühlte er sich schuldig. Und jedes Mal, wenn er deswegen zu Hause blieb, hatte er das Gefühl, verrückt zu werden. Die Räume wurden enger, und er rang nach Luft. Es war ein Geben und Nehmen, ein stetiges Ausloten der richtigen Balance. Sie verschloss die Augen vor ihren Schmerzen und ließ ihn hinaus, er ging und kam wieder. Das war ihre stille Übereinkunft. Es gelang ihm mittlerweile besser, aber er war nie perfekt. Die Skrupel und die Schuld packten und verfolgten ihn.

Evis Bettdecke hing etwas herunter, und er richtete sie. Dann verließ er das Zimmer.

Connor wusste stets vor ihm, was geschah. Der Hund wartete an der Treppe mit der Leine im Maul. Haußer kraulte ihn hinter den Ohren. »Guter Junge.«

Es schneite nicht, die Straßenränder waren geräumt oder niedergetrampelt, und der Himmel war weißgrau. Er beeilte sich, wegen Evi, aber auch, weil er eigentlich ins Bett wollte.

Das Jagdschlösschen lag nicht weit vom Marktplatz entfernt und war früher ein beliebtes Lokal gewesen. Auch heute war es gut besucht, denn es gab keine Konkurrenz mehr. Unglaublich, dachte er, dass Gruber trotz allem seine wöchentliche Vorstandssitzung abhielt. Aber die Flucht in den Alltag konnte den Schmerz verdrängen. Das wusste er selbst nur zu gut.

Im Wirtshaus war es stickig und voller Rauch. Die Decke war kaum zu sehen. Hubert, der Wirt, ein hundert Kilo schwerer, schlagfertiger Hüne, der seit Jahren nicht älter zu werden schien, hatte das Rauchverbot nie durchgesetzt, geschweige denn eingeführt. Und Gruber schritt nicht ein, solange er seine Parteiversammlungen kostenlos im Saal abhalten konnte und die meisten im Dorf froh waren, hier noch so leben zu können, wie sie es für ihr gutes Recht hielten. Die Kellner trugen Schürzen und dicke Bierkrüge, die Musik war zünftig.

Haußer lockerte seinen Schal und sah sich um. Nicht alle der schweren Holztische waren besetzt. Er wählte einen Platz am Fenster nahe der Tür und bestellte Kassler mit Sauerkraut und für den Hund eine Schale Wasser. Beides kam schnell. Er trank das Bier langsam.

Er schaute auf die Uhr und kratzte mit dem Messer das letzte Fleisch vom Knochen, als sich die Tür zum Saal öffnete. Zehn Männer und eine Frau. Sie waren fast alle in seinem Alter oder älter. Sie drückten ihre dicken Bäuche gegen die Theke. Er kannte die meisten von ihnen, auch wenn er ihnen normalerweise aus dem Weg ging. Grubers persönlicher Wahlverein. Sie organisierten ihm die nötigen Stimmen, er hatte den Laden im Griff. Gruber gewann jede Wahl mit absoluter Mehrheit. Ein Schelm, wer an Ungenauigkeiten bei der Stimmenauszählung dachte. An Grubers politischem Gestaltungswillen konnte es jedenfalls nicht liegen.

Die Gruppe machte einen betroffenen Eindruck. Zumindest versuchten alle, ihr Beileid aufrichtig wirken zu lassen. Womöglich hatte einer von ihnen Gruber empfindlich treffen wollen. Die Politik, so provinziell sie auch sein mochte, war stets dreckig.

Gruber umarmte einen der Männer, der ihm kameradschaftlich die Hand auf den Rücken legte. Einige der Gruppe verabschiedeten sich.

Als Gruber ihn entdeckte, grüßte er ihn von der Theke aus und kam dann rüber.

»Haußer, sieh an. Willst du endlich in die Partei eintreten?«

»Mein Beileid, Rüdiger.«

Gruber war groß, mindestens einen Meter neunzig, und seine Schultern waren trotz seines Alters noch breit und durchtrainiert. Er setzte sich ihm unaufgefordert gegenüber. Seine Finger fielen wie ein Satz schwerer Nägel auf den Tisch. Gruber konnte mit seinen Händen einen Hund töten.

»Das mit deinem Sohn tut mir sehr leid.«

Grubers Augen wurden schwarz. Haußer spürte die Trauer, die in ihnen schimmerte, und auch wenn er annahm, dass sie bei Max' Tod stärker gewesen wäre als bei Johannes', so war sie doch unübersehbar. Es gab eine Menschlichkeit in Gruber, die nur wenige in ihm erkannten.

»Gibt es etwas Neues?«, fragte er.

»Unsere Staatsbeamten haben keinen Schimmer, wo sie anfangen sollen. Stell dir vor, sie haben Johannes' Wohnung durchsucht, statt die Schanze und das Gebiet drum herum noch einmal abzusuchen. Da muss doch etwas sein.«

Er dachte an den Gummiball mit Lederriemen, der noch immer in seiner Manteltasche steckte.

»Ich hoffe, dass bald jemand aus der Stadt kommt, der etwas von seinem Geschäft versteht. Was ist mit dir?«

»Mit mir?«, fragte Haußer.

»Kannst du nicht ein paar Untersuchungen anstellen? In deiner Freizeit. Du hast doch genug davon, und immerhin weißt du, was du tust.«

Er war nicht überrascht, dass Gruber es versuchte, aber nein, er war aus dem Spiel. »Ich bin im Ruhestand, Rüdiger.«

Gruber beugte sich einschüchternd vor. Haußer roch das Bier in seinem Atem und fasste nach Connors Leine unter dem Tisch.

»Was ist mit diesem Ausländer von der Zeitung? Der ist doch dein Kumpel. Weiß der etwas? Ihr habt doch zusammen die Leiche ... Ihr beide habt doch Johannes entdeckt.«

»Merab ist in Ordnung.«

»Ich habe dich nicht gefragt, ob du mit ihm einen trinken willst, sondern ob er etwas herausgefunden hat. Der ist doch an der Geschichte dran.«

»Er weiß nicht mehr als du und ich.«

»Ha!« Gruber stand auf. »Ich muss zurück an die Theke und diesen Trotteln Bier ausgeben, selbst heute. Sieh sie dir an, Haußer, wie sie sich gegenseitig darin überbieten, wer mir am tiefsten in den Arsch kriecht. Ich bin es so leid. Das Alter setzt mir zu, Haußer, und jetzt diese Sache ... Johannes, mein Sohn.«

Gruber wischte sich mit seiner großen Hand über die Augen.

Er hatte ihn noch nie so verletzt gesehen.

»Wer könnte etwas so Schwerwiegendes gegen Johannes haben, dass er ihn tötet? Oder gegen dich? Es gibt wohl eine Menge Leute, Rüdiger, die sich nicht als deine Freunde bezeichnen würden.«

»Gehörst du auch dazu?« Gruber setzte sich wieder und zeigte mit dem Finger auf ihn. »Ich bin Politiker. Da macht man nicht allen alles recht, und weißt du, warum? Weil man es bei meiner Mehrheit nicht muss.«

Haußer versuchte, einen neutralen Gesichtsausdruck beizubehalten. »Eine Veranstaltungshalle, an der Millionen hängen, ist ein triftiger Grund für einen Mord, meinst du nicht?«

»Johannes hatte mit dem Projekt nichts zu tun.«

»Johannes war dein Sohn. Wer ihn trifft, trifft auch dich.«

»Kann sein.«

Er wusste, dass Gruber längst selbst diese Möglichkeit durchgespielt hatte.

»Rüdiger, da ist noch was anderes.«

»Raub mir nicht meine Zeit, Karl.«

Er beugte sich ein Stück nach vorn. »Wenn im Zusammenhang mit diesem Fall alte Geschichten hochkommen sollten, möchte ich, dass du mich aus der Sache raushältst.«

Gruber wurde laut: »Mein Sohn ist tot, und du kommst mir mit diesem Mist?« Gruber drückte die Brust durch. »Hast du etwa Schiss, Haußer? Hätte ich mir denken können, dass du deswegen gekommen bist.«

»Juristisch sind die Vorfälle verjährt.«

»Dann verstehe ich nicht, was du willst.«

Der Kellner kam und räumte den Teller ab. »Noch ein Bier?«

Er winkte ab. Gruber hob einen Finger.

»Ich will nicht in einen Strudel geraten, den ich Evi nicht erklären könnte«, zischte er.

»Ach du großer Gott. Das macht dir Sorgen? Also gut, ich habe ebenso wenig ein Interesse daran wie du, schon aus politischen Gründen. Aber versprechen kann ich es dir nicht. Jemand hat ihn umgebracht, Karl.«

Sie nickten sich über den Zigarettenrauch hinweg nahezu unsichtbar zu. Gruber nannte ihn nur selten beim Vornamen. Eigentlich sagten alle schon seit Ewigkeiten Haußer zu ihm. Er war sich nicht sicher, ob ihm das immer gefiel.

»Ellen Roth ist wieder da«, sagte er nach einer Weile, »das lässt sich nicht ignorieren.«

»Erzähl mir was, das ich nicht weiß.«

»Ein Zufall?«

»Bitte, Karl. Die Roth kommt nach zig Jahren wieder hierher, und das Erste, was sie tut, ist, meinen Sohn umzubringen? Das ist doch absurd.« Gruber versenkte sein Gesicht in den Händen.

»Sie hat ein Motiv, Rüdiger.«

»Ja, tatsächlich, das hat sie.«

Sie dachten beide kurz darüber nach. Gruber würde Ellen Roth umbringen, wenn sie irgendwie involviert sein sollte, da war er sicher.

Das Bier wurde gebracht.

»Was ist mit Max?«

»Was willst du andeuten, Haußer?«

Gruber wischte sich den frischen Bierschaum vom Mund.

»Wenn das etwas mit der Sache von damals zu tun hat, dann ist auch er in Gefahr.«

»Quatsch, Haußer. Die Roth ist ja keine schwarze Witwe.« Gruber lachte ein verzweifeltes Lachen. »Max ist ganz von der Rolle. Die Sache hat ihn völlig aus der Bahn geworfen. Er war nicht in der Lage, seinen kleinen Bruder zu beschützen. Genauso wenig wie ich meinen Sohn.«

Haußer wartete, bis Gruber das Bier ausgetrunken hatte. Es waren nur vier große Schlucke. Dann sagte er: »Ich glaube, wir verstehen uns, Rüdiger. Ich bin nicht gerade stolz auf die Geschichte.«

»Wie gesagt, ich kann nichts versprechen. Und außerdem ist Evi doch fast …« Er schluckte den Rest des Satzes hinunter.

Haußer stand auf und sah ihn von oben herab an. Grubers Gesicht war alt geworden, fahl und grau. Es würde einer seiner letzten Kämpfe sein, und er war sich sicher, dass auch Gruber das wusste.

»Connor, komm, der nette Herr lädt uns ein.«

»Tut mir leid«, murmelte Gruber, »ich wollte nicht …«

»Ich bin Ellen begegnet, Rüdiger. Und seitdem kommt mir

das alles wie Unverdautes wieder hoch.«
Damals war er schwach gewesen. Er war es immer noch.

Er griff nach seinem Mantel, und beim Gehen drückte er Grubers Schulter.

»Ich mochte Johannes«, sagte er.

Dann war er draußen in der Nacht.

15.

Merab startete sein Auto. Auf dem Weg kam er an Haußers Holzhaus vorbei. Im Küchenfenster brannte ein schwaches Licht. So könnte man die ganze Situation bei Haußer beschreiben, dachte er. Ein schwaches Licht.

Die Straßen waren verschneit, und er fuhr langsamer, als ihm lieb war. Wie so oft schossen ihm die Gedanken durch den Kopf. Die neuen Bremsen für den Wagen. Die Arbeit. Der Mord. Claudia. Sogar der verfluchte Klimawandel machte ihm heute zu schaffen. Dabei ging es jetzt nur um eines. Seine Story. Und Ellen Roth vielleicht.

Er kurbelte das Fenster herunter, ließ kalte Luft herein und stellte das Radio an. Dean Martin sang *April in Paris*. Schön wär's, dachte er. Dean Martin, dass den noch jemand spielte. Laut sang er mit und fühlte sich besser.

Er parkte nicht direkt vor dem Haus, sondern ging die letzten Meter zu Fuß. Die Villa lag im Dunkeln. Auf dem Weg zum Eingang rutschte er auf einer glatten Stelle aus und fiel auf die Hüfte. Immer wenn er aufgeregt war, passierte ihm ein Missgeschick. Vor Schmerz biss er die Zähne zusammen.

»Sie schon wieder, Merab!«

Da stand sie. Dabei hatte er noch nicht einmal geklingelt. Sie schien auf dem Sprung zu sein. Er konnte von Glück sagen, dass er sie nicht verfehlt und den ganzen Weg umsonst gemacht hatte. Sie war noch hübscher als am Morgen. Eine Mischung aus Eleganz und Sportlichkeit, die ihr verdammt gut stand und die ihn so oder so ähnlich damals auch auf Claudia aufmerksam gemacht hatte. Sie half ihm auf, er klopfte sich den Schnee vom Hintern.

»Alles in Ordnung mit Ihnen?«

Er rieb sich die schmerzende Stelle. Das würde einen schönen blauen Fleck geben.

»Ich wollte gerade los«, sagte sie.

»Ich halte Sie nicht lange auf. Aber ich habe etwas rumgeschnüffelt.«

Er zog sein Handy hervor und zeigte ihr ein Foto. »Wissen Sie, wer das ist?«

Zuckte sie zurück?

»Das ist Max.«

»Richtig, Johannes' Bruder.«

Natürlich kannte sie auch ihn.

»Sie waren ein Herz und eine Seele. Man hat sie im Ort ständig zusammen gesehen. Max war der Umtriebige, und Johannes ist ihm treu gefolgt. Sie sollten bald den Hof übernehmen, und wer weiß, vielleicht sind sie auch in andere Geschäfte ihres Vaters eingestiegen.«

»Was wollen Sie damit andeuten?«

»Mordtheorie eins: Jemand rächt sich wegen eines krummen Deals, will sie womöglich als Geschäftspartner aus dem Weg räumen. Was auch immer, ein Angriff gegen die Familie. Sie vermuteten doch selbst, dass Gruber womöglich Feinde hatte.«

»Sie haben zu viel *Die Sopranos* gesehen.«

»Na gut. Zweite Möglichkeit: Johannes wollte aussteigen, und Max konnte das nicht zulassen.«

»Er bringt seinen eigenen Bruder um? Glaube ich nicht. Sie haben eben gesagt, die beiden waren sehr eng miteinander.«

»Wenn er Gefahr lief, dass seine Geschäfte auffliegen würden? Vielleicht hatten sie Streit. Niemand geht gern ins Gefängnis.«

Sie trat von einem Fuß auf den anderen. »Merab, ich fühle mich geehrt, dass Sie gekommen sind, um das mit mir zu besprechen, obwohl wir uns erst seit heute Vormittag kennen …«

»Seit gestern Nacht«, warf er ein.

»Richtig. Aber solange Sie diese Gerüchte nicht mit etwas Stichhaltigem untermauern können, halte ich Ihre Theorien für ziemlichen Quatsch. Und außerdem bin ich schon spät dran.«

Sie trat auf den Fußweg, und er folgte ihr.

»Okay, zugegeben, ich tappe noch im Dunkeln. Sagen Sie es mir. Warum wurde er umgebracht? Ich habe keinen Anhaltspunkt.«

Sie blieb stehen und fummelte am Saum ihrer Jacke. Als sie den Knopf geschlossen hatte, sagte sie: »Ich würde Ihnen ja gern helfen, wirklich, aber ich habe nun mal auch keine Ahnung.«

»Warum sind Sie damals nach dem Abitur eigentlich fort von hier?«

»Es gibt vor Ort offensichtlich keine Universität, an der man Medizin studieren könnte. Das ist der Grund, deswegen bin ich weg.« Irgendetwas huschte über ihr Gesicht und versank in ihren Augen. Sie waren auf einmal schwarz.

»Und jetzt sind Sie plötzlich wieder in diesem Kaff.«

»Was für einen Zusammenhang konstruieren Sie da?«, fragte sie.

»Um Gottes willen, gar keinen, ich habe nur laut gedacht.« Er fuchtelte mit den Händen durch die Luft und musste schrecklich unsicher wirken, was er war. »Sie sind ja tatsächlich erst ein paar Stunden zurück.«

»Ich könnte Ihnen sonst was erzählt haben, wer weiß schon, welchen Zug ich wirklich genommen habe.«

»Jetzt machen Sie sich selbst verdächtig.«

»Da haben Sie was für Ihre Story.« Sie schob sich die Haare hinter die Ohren und atmete aus, die Luft vor ihrem Gesicht kondensierte. Leise sagte sie: »Ich kann kein Mitleid mit Johannes empfinden, das ist alles.«

Sie wirkte traurig, und er hätte gern etwas Aufmunterndes zu ihr gesagt, aber er wusste nicht, was. Vielleicht wäre sie froh, jemanden zum Reden zu haben, jemanden wie ihn.

»Guten Abend, Merab«, sagte sie.

Er überlegte kurz, ihr zu folgen, entschied sich dann aber dagegen. Er hatte sie in die Enge treiben wollen, sehen, ob sie in der Aufregung etwas sagen würde, was sie nicht sagen wollte, etwas, das er für seinen Artikel verwenden konnte. Schließlich war da irgendetwas gewesen in der Nacht, an der Schanze, hinter all dem Schweiß in ihrem Gesicht. Er hatte es doch gesehen. Aber jetzt fühlte er sich schlecht. Er agierte unprofessionell. Er hatte nichts, woraus er eine Geschichte machen konnte. Mord, das waren vier Buchstaben, die leicht zu schreiben waren, aber sie mit Fakten zu untermauern, war schon schwieriger. Deswegen hatte er Ellen Roth zugesetzt, und nun tat es ihm leid, er war ein erbärmlicher Journalist, aber er würde sie trotzdem noch einmal befragen. Er wollte erneut die Nähe zwischen ihnen spüren, sie legte sich wie eine Salbe auf den Schmerz, den Claudia hinterlassen hatte.

Aber in Ellens Persönlichkeit steckte auch etwas Bedrohliches, von dem er nicht wusste, ob es klug war, es zu wecken. Sie würde nicht zögern, sich zu verteidigen.

Sicher war nur eines: Er brauchte dringend Material für seine Story, und er würde es auftreiben.

16.

Sie wartete hinter der nächsten Ecke, bis Merab zu seinem Auto gegangen war, dann lief sie zurück ins Haus, drückte die Tür fest zu, setzte sich auf die unterste Treppenstufe und schlug sich gegen den Kopf. Sie wollte es herausschlagen, es einfach für immer loswerden. Kurz dachte sie an die Messer in der Küche und an die weiche Stelle an ihrem Oberschenkel.

»Fokussiere dich«, sagte sie zu sich selbst. »Atme.«

Sie konnte Merab sagen, wer Johannes wirklich war. Von all dem Schmerz erzählen. Aber sie hatte alles fest verschlossen, all die Jahre, und da würde es bleiben, es nützte auch nichts, dass sie sich gegen den Kopf schlug. Wenn die Sache herauskam, konnte sie die Praxis vergessen, die Leute würden reden, sie schief ansehen, sie meiden. Vergangenheit war Vergangenheit, und sie war vorbei. Johannes war tot. Das war gut. Mehr brauchte niemand zu wissen.

Gar nichts würde sie sagen. Da konnte dieser Merab sie noch so sehr provozieren, oder was sonst hatte sein erneutes Auftauchen für einen Zweck gehabt?

In ihrem Zimmer zog sie den Lippenstift nach, verteilte die Farbe durch zwei geübte Lippenbewegungen, kontrollierte sich im Spiegel und stellte beruhigt fest, dass sie sportlich aussah. Ein bisschen Winona Ryder, als sie noch jung war. Sie versuchte zu lächeln. Die Ringe unter den Augen ließen sich kaschieren. Alles würde gut werden. Sie sagte es laut. »Alles wird gut.«

Und jetzt ging sie zu Saskia, zu Bruno und zu ihrem Vater, der nur ein alter Mann war und dem sie womöglich verzeihen konnte. Und wenn es nicht gut werden würde, dann würde ihr immer noch ein nächtlicher Lauf durch die Straßen bleiben. Oder eine Klinge, die sanft in ihre Haut fuhr.

Nein, sie durfte nicht in alte Muster verfallen. Sie würde es schaffen.

Aus der Seitentasche ihres Koffers zog sie eine Mütze und den dazu passenden Schal. Beides hatte sie vor knapp drei Wochen in Hamburg in einem Schaufenster gesehen und, obwohl es sehr teuer war, spontan gekauft. Das helle Blau der Wolle passte wunderbar zu ihrem dunklen Haar. Es kam ihr vor, als wäre das schon eine Ewigkeit her.

Sie verließ das Haus.

Das Quartier schlief schon fast. Die Vorgärten ächzten unter der Last des Schnees. Sie sah müde Ehemänner Einfahrten freischaufeln.

Sie beeilte sich, aber sie würde zu spät kommen.

In all den Jahren hatte sie Saskia nur einmal besucht. Am Anfang war es ihr nicht möglich gewesen. Ihr Zimmer. Die Aussicht bis zur Schule. Später hatte sie es auf Christoph geschoben, die Arbeit, die knappe Zeit. Sie hatte viele Ausreden gehabt. Schon lange plagte sie ein schlechtes Gewissen deswegen.

Es gab auch schöne Erinnerungen. Sie dachte an das Schwimmen in klaren Seen und an die langen Samstagnachmittage im Wald mit ihrer Mutter. Sie bestimmten Bäume und Sträucher. Im Herbst sammelten sie Pilze. Abends wurde vorgelesen. Ihr Vater spielte in diesen Erinnerungen nur eine Nebenrolle. Er war wie ein hartnäckiger Fleck in der Couchgarnitur, auffällig und ärgerlich, aber auch hinnehmbar. Als sie älter wurde, hatte er sich immer mehr in ihr Leben eingemischt. Meistens ließ sie seine Tiraden über sich ergehen, hier gab es ohnehin nicht viel, was er ihr hätte verbieten können. Kein Kino, kein Freizeitheim. Nicht einmal einen Laden, in dem man Musik kaufen konnte. Manchmal waren sie ins Mittelzentrum gefahren, wie ihr Vater es genannt hatte. Bei Musik-Schröder kaufte sie von ihrem Taschengeld CDs. *Tocotronic*. Auf dem Cover saßen die drei dünnen Jungs in Flugzeugsesseln. *Wir sind hier nicht in Seattle*, sangen sie. Das stimmte. Sie war ein bisschen verknallt in Tocotronic-Dirk und wäre am liebsten mit ihm davongeflogen.

Sie stand vor dem Haus, in dem sie aufgewachsen, in dem ihre Mutter gestorben war und in dem ihr Vater und Saskia noch immer lebten. Nichts konnte den Mauern etwas anhaben. Die Balken trugen das Dach seit mehr als hundert Jahren. Stur trotzten sie den Jahreszeiten und den Generationen. Die ihrer Großeltern, ihrer Eltern, ihrer selbst und nun schon der nächsten. Ihr Neffe war sieben. Anton würde irgendwann der Besitzer des Hauses sein, wenn die anderen längst nur noch Erinnerungen waren. Und da er ein kluger Junge war, würde er es behalten wie die anderen vor ihm. Selbst hier stiegen die Immobilienpreise. Aber er könnte es auch verkaufen, der Geschichte ein Ende setzen, für sie alle nach Seattle gehen und seinen Sohn vielleicht Dirk nennen.

Sie dachte noch einmal an Merab.

Er tat selbstbewusst, hatte sie überrumpeln wollen, aber sein gesenkter Blick, seine hochgezogenen Schultern sagten etwas anderes. Er war schüchtern, und das gefiel ihr. Er war irgendwie süß gewesen, wie ein tollpatschiger Kater. Und doch verstand er vielleicht etwas von seinem Job.

Irgendwann würde sie es ihm womöglich erzählen, denn bisher hatte sie hier kaum jemanden sonst zum Reden.

Sie klingelte.

Sie sah noch einmal hinter sich und zur Straße. Sie durfte sich nicht täuschen lassen, Merab war auf eine gute Story aus, er würde keine Rücksicht auf sie nehmen. Aber sie würde nicht noch einmal Opfer werden. Nie mehr. Koste es, was es wolle.

17.

Natürlich war Anton viel älter, als sie ihn in Erinnerung hatte. Sobald er in der Tür stand, überkam sie eine große Zuneigung, sie ging in die Knie und umarmte ihn fest.

Was sollte sie zu ihm sagen? *Was bist du groß geworden.* Was war aus den Onkeln und Tanten geworden, die diese blöden Sätze zu ihr gesagt hatten? Sie kannte ihre Familie nicht wirklich, sie war ein Fremdkörper. Familie war nichts, zu dem man zurückkehrte, Familie war etwas, vor dem sie geflohen war.

Sie löste sich von Anton, hielt ihn aber noch an den Schultern.

»Mama! Tante Ellen ist da.«

So alt war sie also. Eine Tante. Fehlte nur, dass sie ihm Schokolade zusteckte. Sie ließ ihr Mitbringsel in der Handtasche.

»Ellen, wie schön.«

Eine eng geschnittene rote Bluse betonte unvorteilhaft Saskias Bauch. Warum ging sie nicht fort von hier? Irgendwohin, wo Bruno sie nicht fand. Es war gefährlich hier. Ein Mord. Ein Mörder.

Sie schüttelte die Gedanken ab. Es ging darum zu bleiben, hier zu leben, zu arbeiten, sich ein Leben aufzubauen. Sie musste schaffen, was Saskia längst geschafft hatte. Sie drückte Saskia an sich.

»Entschuldige, ich bin zu spät.«

»Na komm, das Essen ist fast fertig.«

Saskia ging vor und zog ihr Bein nach, aber nicht mehr so stark wie am Bahnhof. Aus der Küche roch es nach Fleisch. Im Wohnzimmer roch es nach ihrem Vater. Eine Mischung aus alter Haut und Pflege, wie sie sie aus dem Krankenhaus kannte.

»Und? Läuft die Praxis?«

Vor Jahren hatte Bruno begonnen, das Wohnzimmer zu renovieren, und wie bei ihrem letzten Besuch bedeckte der Parkettboden nur die Hälfte des Raumes, das große Ecksofa stand auf rohem Estrich. Er erhob sich, wirkte unverändert, noch immer der Junge aus der Schule, der mit dem Abitur nicht zurechtkam, es aber verstand, sich durchzumogeln. Seine Hände waren groß, wie früher hatte sie ein wenig Angst vor ihnen, und sie fragte sich, ob sie etwas mit Saskias Humpeln zu tun hatten. Er sah sie an wie in den Pausen, und wie damals kam sie sich nackt vor.

»Ich hatte schon zwei Patienten«, sagte sie, und es klang wie eine Rechtfertigung.

»Ich hätte nicht gedacht, dass du das durchziehst.«

»Nun, hier bin ich.«

Dieser Vogl mit seiner Schnittwunde war ein echter Notfall gewesen, und das hatte Merabs vorgetäuschte Krankheit doppelt wettgemacht. Sie war am richtigen Ort, konnte helfen, wurde gebraucht und musste nicht mit letzter Kraft den Apparat eines Krankenhauses am Laufen halten. Und mit Martha würde sie schon zurechtkommen, sie musste nicht ihre Freundin werden, sie musste nur tun, was man ihr sagte. Und mit Bruno würde sie sich ebenfalls arrangieren.

»Saskia hat Fleisch gemacht, das magst du doch.«

»Setz dich«, sagte Saskia, schob sie rüber in die Küche und zum Esstisch. Bruno folgte ihnen, seine Hosenbeine hatten Taschen an den Oberschenkeln und seine Hausschuhe Löcher.

»Zu mir, zu mir«, rief Anton.

Sie quetschte sich zu ihrem Neffen auf die Bank. Die Holzdecke in der Küche war niedrig, sie saß wie früher mit eingezogenen Schultern da. Alles schien aus Holz zu sein. Die Wände, die Möbel, die Salatschüssel.

»Schau, das habe ich gemacht.«

»Das ist toll, Anton.« Seine Bleistiftzeichnung, die er stolz auf ihren Teller legte, war wirklich gut. »Du wirst mal ein Maler.«

»Grafiker«, sagte er.

»Hey, das ist eine gute Idee.«

»Wer will Lasagne?«, fragte Saskia. »Keine Sorge, Ellen, diese Hälfte ist vegetarisch. Anton, nimm den Zettel weg.«

Saskia füllte Antons Teller vom rechten Teil der Auflaufform, dann ihren vom linken.

»Was?«, fragte sie Bruno. Er zog die Augenbrauen hoch. »Du solltest auch mal auf das Hack verzichten.«

»Ich will nicht vom Fleisch fallen.«

Er lachte über die Doppeldeutigkeit seiner Worte und vermutlich auch über seine Schlagfertigkeit, aber sein Lachen klang unsicher.

»Kommt er nicht runter?« Sie deutete mit dem Zeigefinger nach oben.

»Das kann er nicht mehr.« Saskia stellte die Lasagne ab und setzte sich.

Die Lampe hing tief, das Geschirr war das alte ihrer Eltern. Beim Essen wurde kaum gesprochen. Sie beobachtete Saskia und Bruno und war überrascht, wie liebevoll sie miteinander umgingen. Und doch schien Saskia ein wenig erstaunt, dass Bruno sie berührte und sofort aufsprang, als sie noch Wein wollte. Wem spielte er etwas vor? Ihr natürlich. Aber sie hatte sich geschworen, sich nicht einzumischen. Saskia war erwachsen und wusste, was sie tat.

Anton holte weitere seiner Zeichnungen, und sie lobte sie noch mehr als die erste. Zum ersten Mal seit Tagen lehnte sie sich gesättigt zurück.

»Willst du ihm Hallo sagen?«, fragte Saskia. »Er hat schon nach dir gefragt.«

»Dann kann ich dir oben mein Zimmer zeigen«, rief Anton.

Sein Zimmer war früher ihres gewesen.

Sie strich ihm durchs Haar, atmete lange aus und starrte auf die glatte Oberfläche ihres Weins. Ein schwarzes Loch öffnete sich. Sie musste nur aufstehen und hineinfallen. Kurz sah sie sich weinend vor der Haustür stehen, dieselbe, durch die sie eben gekommen war. Und ihr Vater, der sie nicht in den Arm nahm, weil sie nicht wie sie war, nicht wie Saskia und schon gar nicht wie ihre Mutter. Und ein Körper hing an einem Seil und war tot.

»Ich habe ihn überlebt«, sagte sie plötzlich.

»Was?«

»Johannes. Er ist tot, und ich lebe.«

»Manchmal trifft es die Richtigen«, sagte Bruno.

Sie sahen sich in die Augen wie zwei Menschen, die sich blind verstehen, und es machte ihr Angst.

»Ich sehe mir dein Zimmer nachher an, Anton. Erst muss ich Opa begrüßen.«

Im Treppenhaus hingen Familienfotos. Saskia, ihre Mutter, alle zusammen auf der Terrasse im Garten. Saskia ähnelte ihrer Mutter so viel mehr. Dieselbe zarte Gestalt, in der so viel Kraft steckte. Sie selbst war mehr wie ihr Vater.

Unnahbarer.

18.

»Da bist du also.«

Seine Stimme war die eines langjährigen Rauchers, dunkel und rau. Die Lampe auf dem Nachttisch warf etwas Licht auf sein Gesicht und einen Schatten auf das Bett. Die Decke flach, fast ohne Falten bis zum Kinn, die Arme auf dem Laken. Sein Körper war nur noch die Hälfte von dem, wie sie ihn kannte. Er musste dünner sein als sie. Ein Infusionsbeutel an einem Ständer, Pflegeutensilien auf einem Beistelltisch. Es roch nach Schweiß und Medikamenten, nach Desinfektion, nach Krebs und Tod. Der Raum zog sich um ihn zusammen wie ein ins letzte Loch geschnallter Gürtel.

»Hallo, Papa.«

Sie küsste ihn nicht, umarmte ihn nicht. Sie konnte ihn nicht berühren. Wie bei einer Visite blieb sie am Ende des Bettes stehen. Der Patient war sie selbst.

»Saskia hat mir erzählt, dass du kommst und was du vorhast.«

Von all den Worten, die es gab, wusste sie kein einziges. Er war so klein und alt, und doch war sofort alles wie immer. Sie wartete, was er tat oder auch nicht, und was er sagte. Meist war es unumstößlich gewesen.

»Warst du das?«, fragte er.

Sie schluckte trocken. Draußen vermischten sich Schwarz und Weiß zu Grau.

»Hast du ihn umgebracht?«

Sie umfasste fest das Bettgestell und lehnte sich vor: »Vielleicht war ich es ja«, blaffte sie ihn etwas zu heftig an. Sie zog die Nase hoch und stieß sich zurück in den dunklen Raum.

»Sie werden dich früher oder später verdächtigen. Du kramst die alte Sache besser nicht hervor.«

Draußen vor dem Fenster, hinten in der Ferne, der schwarze Riegel, das war die Schule. Das Leben dort war ihr leichtgefallen, während Saskia sich nichts sehnlicher gewünscht hatte, als dazuzugehören. Und wenn alles so gelaufen wäre, wie sie es sich vorgestellt hatte, dann würde sie jetzt Christophs Kind in sich tragen. Aber ein Kind, hatte er gesagt, bremst unsere Karrieren aus. Lass uns warten, ein Jahr, zwei Jahre. Nun war Saskia die Mutter, Bruno ihr Ehemann, und sie war allein.

»Sie ziehen eine Verbindung zwischen damals und heute«, sagte er, »und das wird dich belasten.«

»Mich?«

Er hustete laut und lang. Die Bettdecke flatterte nicht einmal.

»Warum sollte ich es eigentlich nicht jemandem sagen? Die Polizei wäre sicher an ein paar Hintergründen interessiert.«

»Ich habe dir damals deinen verdammten Ruf gerettet. Nur deswegen kannst du jetzt hier überhaupt wieder aufschlagen und diese Praxis übernehmen. Herrgott, warum bist du noch immer so undankbar?«

»Du warst es, der keine Anzeige wollte. Ich habe stillgehalten. Weil ich mich schämte. Weil ich nicht ins Rampenlicht gezerrt werden wollte. Das habe ich auch für dich getan. Damit das Hotel weiterlief. Damit nicht geredet wurde. Über uns!«

»Du hast doch vor allem an dich gedacht. Konntest doch gar nicht schnell genug wegkommen.«

»Und du konntest mir nicht einmal in die Augen sehen, geschweige denn, mich in den Arm nehmen. Konntest deine eigene Tochter nicht trösten.«

Wie sehr hatte sie unter seine Flügel kriechen wollen, um den Schutz zu finden, den sie so dringend gebraucht hatte.

»Ich habe dich zu Dr. Schwarz gebracht. Ich habe mich gekümmert.«

Das hatte er tatsächlich. Am nächsten Morgen hatte er sie ins Auto gesteckt und war mit ihr zu ihm gefahren. In die Praxis, in der sie nun selbst … Es war verrückt, was sie da auf sich nahm. Was hatte sie nur gedacht? Dass es leicht sein würde?

»Na, Johannes hat ja jetzt Gerechtigkeit bekommen, wenn es das ist, worum es dir geht. Mehr, als ihm lieb sein kann.«

Sie wusste nicht, ob sie ihren Vater je geliebt hatte. Nach dem Tod ihrer Mutter hatte er sich verändert, war hart und gleichgültig geworden. Er hatte das nie wieder ablegen können. Er hatte sie zu sehr vermisst.

»Ellen! Komm her.«

Mühsam hob er die Hand und winkte sie herbei. Vorsichtig, ganz langsam, näherte sie sich dem Bett, und er umfasste ihren Unterarm. Einen Herzschlag lang dachte sie, er würde sterben. Seine Augen fielen zu, und sein Griff lockerte sich. Dann packte er sie plötzlich fester und zog sie zu sich hinab, sodass sie seine leise Stimme hören konnte. »Es ist gut, dass er tot ist. Das ist schön für dich.«

Sie griff nach seiner Hand. Seine Finger waren wie verbogene Drähte, seine Haut wie Papier. Die Bettdecke senkte sich, als er lautlos ausatmete.

Mühsam versteckte sie ihre Tränen in der dunklen Tiefe des Zimmers.

Das einzige Geräusch, das blieb, als er einschlief, war sein Urin, der in den Beutel an der Bettkante tropfte.

19.

»Bleib doch noch«, sagte Saskia.

»Es ist mir ein Rätsel, wie du das schaffst mit ihm. Ich habe ein schlechtes Gewissen, weil ich dich all die Jahre mit ihm alleingelassen habe.«

»Jetzt bist du ja da. Willst du einen Schnaps?«

»Ich sollte mir doch Antons Zimmer ansehen.«

»Nächstes Mal. Bruno bringt ihn gerade ins Bett.«

Ellen war erleichtert. Saskia schenkte rote Flüssigkeit in zwei Gläser.

»Wenn wir doch Vampire wären«, sagte Saskia.

»Wären wir unsterblich«, antwortete sie.

Sie prosteten sich zu. Als ihre Mutter ihnen die spannende Geschichte vorgelesen hatte, hatten sie wohl beide nicht geahnt, dass nicht sie das Leben, sondern das Leben sie aussaugen würde.

»Papa hat dich vermisst«, sagte Saskia.

»Na ja, wenn es so ist, hat er es erfolgreich verborgen.«

»Ihr werdet euch wieder näherkommen.«

»So lange hat er nicht mehr«, sagte Ellen, »das ist dir klar, oder?«

Saskia stellte ihr Glas auf den Tisch. Sie mochte keine Konflikte und blendete manchmal das Offensichtliche aus. Aber sie war nicht naiv, natürlich wusste sie, dass es zu Ende ging mit ihm. Und sie hatte Angst vor seinem Tod.

»Sag Anton, ich komme bald und sehe mir sein Zimmer an.«
»Willst du nicht doch noch etwas bleiben?«
»Ich bin müde.«
Saskia brachte sie zur Tür.

»Sieh es doch mal so mit Johannes, einer weniger, vor dem du dich fürchten musst. Das sollte dir den Start hier doch erleichtern«, sagte Saskia. Ihr Gesicht war hart und ließ keinen Zweifel an ihren Worten erkennen.

Als Ellen auf dem Weg zur Straße war und kurz ihrer Schwester zum Abschied winkte, schloss Saskia nur leise die Tür.

Der Gedanke, der Ellen durch den Kopf schoss, war so schrecklich und abwegig, dass sie sich in den Arm kniff, um ihn zu vertreiben. Sie selbst hatte es sich oft vorgestellt, wie Johannes auf dem Boden vor ihr liegen würde, ein Messer tief in seiner Brust. Und wenn sie es konnte, konnte Saskia es auch. Sie waren Schwestern.

20.

Ihr Kopf schmerzte nicht mehr so stark wie auf dem Hinweg, aber sie spürte, wie der Schnaps hinter ihren Schläfen arbeitete. Sie lief einige Schritte, blieb stehen und lauschte in die Dunkelheit.

War da etwas?

Jemand?

»Saskia?«

Zwischen den parkenden Autos, hinter den Hecken und Zäunen, in den Bäumen? Ein Mann? Einer mit nassen Fingern und stinkendem Mund? Mit Bier im Haar und Wurst zwischen den Zähnen? Der lachend auspackte, was er ihr geben würde?

Hinter ihr war wie immer nichts und niemand.

Sie rieb sich die Augen.

Hatte sie alles unterschätzt? Die Rückkehr? Die Stimmungsschwankungen? Das ganze Leben hier? Warum hatte sie alles hinter sich gelassen, um dort anzukommen, wo mehr Vergangenheit lauerte als irgendwo sonst? Christoph war an allem schuld. Warum war er gegangen? Sie hatte doch nichts falsch gemacht.

Der schwarze Asphalt vor ihr, der irgendwann am Abend vom Schnee geräumt worden war, ließ sich leise von frischen weißen Flocken bedecken. Sie spürte die Kälte in ihrem Gesicht und sah in den Himmel.

Es war schön hier.

Sie würde die großen schwarzen Löcher einfach umlaufen, sie ignorieren, sie gar nicht sehen. Doch es war gefährlich. Zu oft schon war sie gefallen.

Zwei Straßen weiter stoppte sie erneut.

Da war doch was.

Ein Geräusch.

Sie lauschte, um dann ihre Schritte wieder zu beschleunigen. Doch schon am nächsten geparkten Auto drehte sie sich wieder um. Ein Schatten sprang hinter einen Baum. Ihr Herz schlug heftig gegen ihre Brust, ihre Knie zitterten.

»Hallo?«

Die Erinnerung explodierte in ihrem Kopf wie ein Schuss. Bleib ruhig, ganz ruhig.

Bevor sie erstarrte, tat sie das Einzige, was keinen Sinn ergab. Sie rannte auf den Baum zu, sprang dahinter und schrie so laut sie konnte.

Die Gestalt riss schützend die Arme hoch: »Ellen, ist ja gut! Beruhige dich.«

Sie packte und schüttelte ihn. »DU!« Sie konnte es nicht fassen. »Scheiße verdammt, Bruno, was zum Teufel tust du hier?«

»Ich wollte sichergehen, dass du gut zu Hause ankommst.« Er versuchte sie mit seinen ausgestreckten Handflächen zu beruhigen.

»Stalkst du mich etwa?«

»Nein, natürlich nicht.«

»Gott, du bist verheiratet, du hast einen Sohn.«

»Es ist nicht so, wie du denkst.«

»Wie dann? Erkläre es mir.«

Er kam hinter dem Baum vor, auf seinen schmalen Schultern lagen Schnee und Blätter.

»Ich mache mir Sorgen um dich«, flüsterte er.

Er schwitzte, wie damals in der Schule, als er bei jeder Gelegenheit im Vorbeigehen ihren Arm gestreift hatte. Und dieser Zettel in ihrer Schultasche, den sie nicht vergessen konnte: *Ich will dir nah sein, dich riechen, dich lecken.* Sie ekelte sich vor ihm.

Aber sie hatte es beiseitegewischt, wie alles, was Jungs ihr damals sagten. Sie hatte seinen Brief nur Heidi gezeigt, in einem Moment, in dem sie sicher sein konnte, dass Bruno sie sah. Danach war er nie wieder in ihre Nähe gekommen. Und Saskia hatte von all dem nichts wissen wollen, weil sie davon geblendet gewesen war, dass jemand sie küsste.

»Geh nach Hause«, sagte sie. »Ich komme gut alleine klar.«

»Du hättest nicht kommen sollen, Ellen. Geh zurück nach Hamburg. Lebe dort, wo dich niemand kennt. Aber nicht hier, hier ist es nicht gut, nicht sicher. Vielleicht bist du die Nächste.«

Sie biss sich so fest in die Wange, dass sie Blut schmeckte.

»Eines sag ich dir, Bruno, ich laufe nicht mehr weg!«

»Hoffentlich ist das kein Fehler. Aber ich bin hier, Ellen. Du kannst auf mich zählen.«

»Auf dich? Ha!«

Sie ließ ihn stehen.

Er stapfte auf den Gehweg zurück, enttäuscht den Kopf gesenkt, wie jemand, der gegen Mauern rennt. Irgendwie tat er ihr leid. Er war gefangen in seinem kleinen Leben, aus dem er nie herausgefunden hatte. Womöglich war das aber auch nie sein Ziel gewesen. Sorgte er sich tatsächlich? Oder war er noch immer scharf auf sie?

Sie raffte die Jacke enger um sich.

»Gute Nacht, Bruno.«

Mit durchgedrücktem Rücken ging sie in ihre Richtung und schob in ihrer Jackentasche den Schlüssel so in ihre Faust, dass er spitz zwischen ihren Fingern herausragte. Das frische Blut im Mund spuckte sie in den Schnee.

21.

Wo steckte Bruno so lange? Nachdem Ellen sich verabschiedet hatte, war er wortlos hinausgegangen, obwohl es schon spät war. Etwas war anders als in den letzten Tagen. Er war anders. Und das lag an Ellen. Saskia hoffte, dass Bruno ihr keine Angst machte.

Sie trank einen Schluck und zwang sich zur Ruhe, auch wenn sie nur kurz andauern mochte. Zumindest kein flimmernder Fernseher, den sie ertragen musste. Sie lehnte sich im Sessel zurück und dachte an ihre Mutter, dachte an das Haus, das damals nicht viel anders ausgesehen hatte als heute. Nur das Acrylgemälde gegenüber an der Wand hatte damals natürlich noch nicht hier gehangen. Müde stellte sie ihr Weinglas auf den Tisch, bevor sie noch etwas verschüttete. Es war der Tisch ihrer Eltern. Die Wolldecke wärmte sie. Auch sie war alt und hatte schon als Kind um ihre Schultern gelegen. Wo war Bruno? Sie begann, sich Sorgen zu machen, aber trotzdem fielen ihr die Augen zu. Ellen machte ihn ganz verrückt. So wie damals. Das hatte sie nicht bedacht.

Sie rutschte tiefer in den Sessel, geriet in eine andere Zeit, in einen warmen Tag, der alles verändern würde.

»Wir gehen jetzt los«, rief sie selbst.

»Du bleibst in Ellens Nähe!«, sagte ihr Vater.

Er kniete vor dem Beet, seine Hände steckten in der Erde. Auf seinem nackten und verschwitzten Rücken klebte der Dreck.

Sechs Uhr abends. Die Luft mild, der Sommer leicht, ihre Haut erwartungsvoll.

Sie versteckte die Kleider im Korb unter den Küchenhandtüchern, zwei volle Schüsseln sicherten die Fracht. Eine mit Nudelsalat, wie ihre Mutter ihn gemacht hatte, eine mit kalten Frikadellen. Ihr Vater zog die Plastikfolie ein Stück ab und aß, ohne zu fragen, zwei der Fleischklöpse. Auf dem Gartentisch stand sein Bier. Sie ertrug still seine Musterung.

»Warte, ich nehme dir ein paar raus«, sagte sie und legte ihm vier weitere Frikadellen auf den Gartentisch.

Ellen kam auf die Terrasse und zwinkerte ihr zu. Sie trug den Lidschatten, den sie so mochte.

Wenn er die kurzen Kleider, die nicht annähernd bis über die Knie fielen, entdeckte, müsste Ellen auf ihre Abiparty verzichten und Saskia darauf, mit ihr gehen zu dürfen. Sie würde Carsten verpassen, könnte ihn nicht aus der Ferne beobachten und sich vorstellen, was sie sagen würde, wenn er sie ansprach. Was nicht passieren würde, denn sie war wie die Luft im Raum, anwesend und doch unsichtbar.

Ihr Vater sah auf die Uhr. Sportschau-Zeit. Ein kleines Stück Frikadelle hing zwischen seinen Schneidezähnen. Das Bier würde es im Laufe des Abends herausspülen. Er sah traurig aus. Er zog sich immer mehr in sich zurück, sah seine Töchter durch die immer kleiner werdenden Löcher in seiner dicken Wand und kam immer seltener hinter ihr hervor. Sie alle vermissten Mama, jeder auf seine Weise. Und so hart er auch war, sie wollte nicht auch noch ihren Vater vermissen müssen.

Plötzlich stellte er das Bier beiseite, wischte sich die dreckigen Hände an der kurzen Hose ab und nahm sie beide in den Arm.

Er stank nach Schweiß und Erde, seine Haut klebte, und dennoch genoss sie diesen seltenen Moment.

»Habt Spaß«, murmelte er und ging ins Haus.

Auf den Straßen lag noch der Rest des Tages. Der Wind griff unter ihr Kleid, als sie sich hinter der Tankstelle umzogen. Rote Blumen auf weißem Grund. Es war schön, aber sie fühlte sich doch wie ein Kind. Ellens Kleid war schwarz, eng geschnitten und schulterfrei. Die Träger ihres BHs teilten ihre Haut in hellbraune Hälften. Ihre Jeans stopfte sie in den Korb. Ihre Beine waren schlank und sonnengebräunt.

»Jetzt komm«, sagte Ellen und lief voraus.

Sie blieb zurück, in ihrer gewohnten Position. Von hinten hatte Ellen etwas von ihrer Mutter, die schmale Taille, der unbeschwerte Gang. Und auch wenn Ellen wie sie jeden Tag an ihre Mutter dachte, musste sie doch nicht so oft weinen. Sie fühlte sich nicht allein, sie war beliebt.

Der Schulhof war mit Lampions geschmückt, die an Schnüren über Biertischgarnituren hingen. In der großen Eiche baumelte eine weitere Lichterkette, auf dem Sportplatz brannte ein Feuerkorb. Für die Schulband, die später Hits der *Pet Shop Boys* spielen sollte, war eine Bühne aus Paletten aufgebaut. Benny war der Sänger und in den Keyboarder verliebt, aber niemand außer ihr wusste davon. Er war auch einer der Unsichtbaren, nur wenn er auf der Bühne stand, begann er zu leuchten. Sie fragte sich, was ihre Bühne im Leben sein würde. Würde sie den Mut haben, sie zu betreten?

Kaum angekommen, stürmte Ellen los. Alle fühlten sich zu ihr hingezogen, und schnell bildete sich eine Gruppe um sie, wie eine Horde Tiere, deren viele Namen sie sich nicht merken konnte.

Sie stellte den Nudelsalat zum Buffet. Herr Brinkmann brachte Tomatensalat.

»Meine Frau zieht die Tomaten im Garten. Sie schmecken wie aus Italien. Warst du mal in Italien?«

Sie schüttelte den Kopf.

»Ist doch gar nicht so weit«, sagte Brinkmann. Er war nett. Einer, der sich kümmerte. Sie hatte bei ihm Geschichte, und er hatte ihr noch eine Drei gegeben, obwohl die Arbeit danebengegangen war. Mündlich mache sie gut mit, hatte er gesagt, aber sie wusste, dass er nur auf den Tod ihrer Mutter Rücksicht nahm.

The Cure dröhnten über den Hof. Henner Schleich, den alle nur Schleichi nannten, weil er so langsam ging, stand hinter dem Mischpult. Er trug ein schwarzes T-Shirt und hielt sich einen Kopfhörer ans rechte Ohr.

Frau Scharper kam in Pumps, Herr Moldenhauer in Shorts. Auf der rechten Wade ein Drachen-Tattoo. Nur wenige aus Saskias Klasse waren da. Niemand, mit dem sie sich unterhalten wollte. Sie lief umher, suchte Benny, aber er war nirgends zu sehen, und auch bei den zwei Bäumen am Fahrradständer, wo er manchmal rauchte, hockten nur Frederike und ihre Freundinnen, die im nächsten Jahr die Hauptdarstellerinnen sein würden. Sie ging zurück zum Buffet, probierte die Tomaten und nahm noch etwas vom Nudelsalat. Auf den Stehtischen schwammen kleine abgeschnittene Rosenköpfe in Wassergläsern. Sie roch daran, und der Sommer kitzelte tatsächlich kurz in ihrer Nase.

Bruno, den sie nur flüchtig kannte, stellte sich zu ihr. Er war ein Stück kleiner als sie, aber vielleicht lag es nur daran, dass er das Kinn zur Brust senkte und angestrengt auf den Tisch blickte. Lange sagte er nichts, aß nur den Nudelsalat.

»Ist lecker«, meinte er schließlich.

»Habe ich gemacht.«

»Echt?«

Er trank sich Mut an. Sein Hemd war zu groß, und seine Finger spielten mit der Tischkante.

»Bist du mit Ellen da?«

Bruno sah nicht aus wie Carsten, aber womöglich war er ihr in seiner Schüchternheit ähnlicher als die anderen.

»Fährst du in den Ferien weg?«, fragte er, und als Saskia gerade antworten wollte, lief Ellen vorbei, und Bruno sah ihr nach.

Und da war auch Carsten. Seine dunklen Haare hingen ihm in die Stirn. Er trug eine locker gebundene Krawatte über einem bunten Hemd und drehte eine Ray-Ban am Bügel. Sie griff nach ihrem Teller, damit sie etwas zum Festhalten hatte. Er kam auf sie zu. Sie ahnte, dass er ihr Herz schlagen sehen würde, es hob ihr Kleid wie der Windstoß hinter der Tankstelle.

»Ich werde die Ferien über hier sein«, sagte Bruno. »Wir ... wir könnten doch mal zusammen schwimmen gehen.«

Brunos Blick klebte wie ein Parasit in ihrem Nacken, aber sie konnte jetzt keine Rücksicht nehmen, nicht heute, nicht bevor sechs Wochen lang in ihrem Leben nichts anderes passieren würde als die Geschichten der anderen.

»Hallo, Carsten«, murmelte sie.

Sie hatte es leise gesagt, zu leise, um aus der Unsichtbarkeit herauszukommen.

»Carsten, hi«, versuchte sie es noch einmal.

»Hey, Saskia«, sagte er. »Hast du auch schon Abitur gemacht?«

Sie versuchte zu lächeln. »Nein, ich bin mit Ellen hier.«

»Wo ist sie? Ich habe sie noch nicht begrüßt.«

»Hey, Carsten, hast gar nichts zu trinken!«

Max kam von der Seite und hielt drei Bierflaschen zwischen seinen Fingern. Carsten stieß mit ihm an. Johannes war immer da, wo sein Bruder war. Er nahm die dritte Flasche, und weil er nichts sagte, trank er am schnellsten.

»Das ist ein schönes Kleid«, sagte Bruno und sah an ihr herab. Es klang unaufrichtig, aber sie drehte sich dennoch etwas zu ihm.

»Heute werde ich Boris küssen«, sagte plötzlich eine Stimme in ihr Ohr. Benny. Endlich. Er zeigte mit dem Kinn zur Bühne.

»*Today, it's gonna be the day*.«

Bruno konzentrierte sich wieder auf den Tisch.

»Dann tu es auch endlich, und labere nicht wieder nur.«

Ihre Stimme war hart und kalt, und es tat ihr leid.

»Sagt die Richtige.« Benny trank einen großen Schluck und taumelte zur Bühne. Sie wollte seine kläglichen Versuche nicht weiter unterstützen, was konnte sie ihm schon raten?

Kurz darauf begann die Band zu spielen. Der Sound war zu leise und Benny traf nicht alle Töne. Er stolperte über die Bühne und legte seinen Arm um die breiten Schultern von Boris. Weiter war er nie gekommen. Er sang *West End Girls*, aber es klang traurig, er hatte weder den nötigen britischen Akzent, noch trug ihn seine Homosexualität durch den Song. Sie würden sich dennoch küssen, da war sie sich sicher. Alle würden sich heute Abend küssen.

Das Bier schmeckte ihr nicht. Es machte sie müde. Sie bekam Kopfschmerzen. Wann sollte sie zu Hause sein?

»Willst du tanzen?«, fragte Bruno.

Also tanzten sie.

Benny sang *It's a sin*.

Der Abend wurde zur Nacht, und die Zeit zerrieb sich irgendwo zwischen Brunos Fingern auf ihrem Rücken. Zwischen zwei Liedern küsste sie ihn. Er war überrascht und verunsichert, sie war es auch.

Dann suchte sie Ellen.

»Mir ist schlecht.«

War es wegen des Kusses?

»Dann geh nach Hause«, sagte Ellen. »Papa wird noch böse sein, wenn er herausfindet, wie lange du hier warst.«

»Der schläft doch längst«, sagte sie, ohne sich sicher zu sein. »Komm doch mit.«

Ellen schüttelte den Kopf. Sie war nicht betrunken. Ellen hatte alles unter Kontrolle, wusste, wie viel sie vertrug, hatte die besseren Noten, knutschte, vielleicht vögelte sie auch schon. Ellen erzählte ihr längst nicht mehr alles. Sie musste aufhören, Ellen nachzulaufen. Sie musste ihr eigenes Leben finden.

Sie holte ihre leeren Schüsseln und sah noch einmal nach Carsten oder Benny. Auch nach Bruno suchte sie, aber alle waren fort.

Brinkmann kam aus der Turnhalle und schloss sie nicht wieder ab. Sie wusste nicht, warum es ihr auffiel. Vielleicht weil Brinkmann ein zuverlässiger Typ war. Doch trotz seiner Aufsichtspflicht hatte auch er zu viel getrunken.

In sechs Wochen würde sie wiederkommen, sie würde die Jahre durchstehen, ihr Abitur machen, und dann, wenn sie endlich frei wäre, würde sie verschwinden, weit weg, für immer.

Sie sah auf die Uhr.

Die Nacht war alt.

Sie zog den Pullover über das Kleid, auch wenn es noch zu warm war.

Kurz streifte Ellen sie noch einmal am Arm, lief hinter Heidi her, Greta, Sepp, Max, Johannes und auch Carsten. Die Gruppe war aufgedreht vom Alkohol, vom Erwachsenwerden und von der verheißungsvollen Zukunft. Sie dachte daran, sich ihnen anzuschließen, Carsten so zu küssen, wie sie sich bei Bruno getraut hatte. Aber noch bevor sie eine Entscheidung treffen konnte, schloss Max die Hallentür.

Die Straßen waren leer um diese Zeit, und sie brauchte nicht lang. Langsam wurde es still in ihrem Kopf. Die Vögel warteten noch mit dem ersten Gesang des neuen Tages.

Eine Weile stand sie vor dem Haus und dachte an ihre Mutter. Auch noch, als sie die schmutzigen Schüsseln in die Küche stellte.

Sie wollte zur Treppe, aber in der Dunkelheit des Wohnzimmers erhob sich eine Gestalt. Das Gesicht ihres Vaters war vom Schlafen im Sessel zerfurcht, die kurzen Hosen zu eng für seine kräftigen Oberschenkel. An seinen Knien hing noch die Erde des Nachmittags.

Einen Augenblick lang hörte sie nur das Ticken der Standuhr und Bennys Stimme. *It's gonna be the day.*

Er schlug sie mit der flachen Hand ins Gesicht.

Ihre Wange brannte, Tränen schossen ihr in die Augen. Sie ballte die Faust und schlug ihm in den Magen. Und obwohl sie ihm nicht wehtat, erkannte sie an seinem Blick, dass sie ihn mehr verletzt hatte als er sie.

Sie rollte sich in Ellens Zimmer unter der Bettdecke zusammen. Sie würde auf Ellen warten. Gemeinsam einschlafen. Das hatten sie früher immer getan. Aber als sie am Morgen aufwachte, war sie immer noch allein.

22.

Haußer schlich an diesem Vormittag durch die Gänge des Baumarktes vor den Toren des Tals. Er suchte einen neuen Lampenschirm und vielleicht ein neues Werkzeug, um etwas zu basteln, aber er wusste nicht, was. Ein kleines Spielzeug, das er seiner Enkelin nach Amerika schicken konnte. Er würde hinfliegen, wenn Evi tot war, und vielleicht könnte er bleiben, wenn Katie es zuließ.

Am frühen Morgen hatten ihn seine alten Kollegen besucht und ihn noch einmal zu der Nacht befragt. Sie wussten jetzt, dass die Brandwunden des Opfers von einem Viehtreiber stammten, aber die Dinger gab es auf den umliegenden Höfen mehr als Mäuse. Und allein hier im Baumarkt konnte er Hunderte davon kaufen. Damit war nichts zu beweisen.

Die Lampenschirme hatten alle möglichen Formen und Farben, und er fühlte sich von der Auswahl überfordert. Er setzte seine Lesebrille auf und blickte noch einmal auf das Maß, das er sich notiert hatte. Als er den Zettel zurück in die Manteltasche steckte, berührte er den Gegenstand darin. Warum hatte er ihn dabei?

Über die Marktlautsprecher wurde ein Mitarbeiter zur Information gerufen.

Er nahm einen der Schirme. Der würde passen. Auf Werkzeug hatte er keine Lust mehr, aber Draht nahm er noch mit. Im Garten mussten ein paar Pflanzen hochgebunden werden, die der Schnee geknickt hatte. Der Draht war stark genug, um die Last zu tragen. Draht konnte er immer gebrauchen.

Connor wartete im Auto.

Eine Weile saß er hinter dem Steuer, kraulte den Hund auf dem Beifahrersitz und versuchte, seine Gedanken zu beruhigen.

Er atmete schwer, kurbelte das Fenster hinab und dachte erneut an Ellen Roth, an den alten Gruber und an die Leiche.

Wie spät war es? Die Anzeige im Auto war beschlagen, und er rieb sie mit den Fingern frei. Noch früh, aber nicht zu früh und auch nicht zu spät, um schon wieder zu Evi zu müssen. Er mied die Hauptstraßen, es war nicht weit. Als er in einer Seitenstraße parkte, klopfte sein Herz, und er griff erneut nach Connors Fell, um sich seiner Zuneigung zu versichern.

»Du wirst warten müssen, mein Lieber. Ich bleibe nicht lange.«

Er schaute sich um, zog seine Mütze in die Stirn. An der Ecke wartete er eine Minute, und als er sicher war, allein zu sein, überquerte er rasch die Straße und klingelte an einem zweistöckigen Gebäude aus den Sechzigerjahren. Ein Mietshaus mit grauen Wänden und alten Zeitungen in den Briefkästen. Während er wartete, betrachtete er den verkümmerten Rhododendron vor dem Haus. Als es in der Gegensprechanlage endlich knisterte, blickte er kurz in die kleine Kamera über der Tür, der Türöffner summte, und er verschwand im Treppenhaus.

»So früh am Tag, was«, sagte Meg.

Das war keine Frage, sondern eine Feststellung, die ihm nicht gefiel. Meg war nicht ihr richtiger Name. Ihr richtiger Name war Agnieszka. Natürlich hatte er ihren Hintergrund überprüft, aber er war nicht wegen ihres Namens hier. Außerdem mochte er Meg. Warum auch nicht? Es war einfach, sie Meg zu nennen.

»Ich habe nicht viel Zeit«, sagte er.

»Wie immer, he! Dann kommst du rein.«

Die Wohnung war klein und genauso schmucklos wie das ganze Haus. Es roch nach Porridge. Ein Geruch aus der Vergangenheit, als Katie klein und Evi gesund gewesen war.

»Zu trinken?«

»Nein.«

Meg ging auf ihren kräftigen Beinen in die Küche. Das Zimmer war unordentlich, das Bett sah aus, als wäre es vor Kurzem benutzt worden. Es war ihm egal, sie würden es nicht brauchen. An der Wand hingen Peitschen und Masken und ein Foto von Warschau.

»Sorry, wusste nicht, du kommst.« Meg gab ihm ein Bier und zog die Laken glatt.

»Lass das!«

Er zog seine Schuhe aus, seine Hose, seine Jacke, sein Hemd. Die Unterhose war gestreift und alt. Er war zu oft hier gewesen, alles war wie eine Spirale, aus der er nicht mehr herauskam. Er trank doch einen Schluck und legte das Geld auf die Kommode.

»Du Schwein«, sagte Meg zu ihm. Sie klang jetzt streng. In der Küche hatte sie ihren Bademantel abgelegt und trug ein kurzes Lederkostüm, das ihre Brüste hob und ihren dicken Bauch kaum bedeckte. Es roch nach Schweiß wie in einem Boxring.

»Ich bin es verdammt noch mal nicht wert«, sagte er, sank auf die Knie und faltete die Hände. Er war es nicht wert, er hatte seine Familie zerstört, und sein verdammter Job hatte ihn zu dem gemacht, was er war. Dabei hatte er nur versucht, alles richtig zu machen, seine Frau und seinen Hund zu lieben und das bisschen Welt, das ihn umgab. Gerechtigkeit. Er hatte immer nur nach Gerechtigkeit verlangt.

Verzeih mir, Evi.

Meg stellte einen Fuß auf seinen Rücken, und er machte den Mund weit auf. Sie schob ihm einen Ball hinein, und er schmeckte das Gummi auf seiner Zunge.

Er stöhnte.

Meg legte den Lederriemen hinter seinen Kopf und zog ihn so fest es ging.

Der Druck in seinem Körper wuchs und begann das andere zu verdrängen, sein Kopf leerte sich, sein Leid verschwand im Schmerz. Und endlich spürte er die Wärme der Sonne, die durchs Fenster in sein Gesicht schien.

23.

Ellen schob mit den Füßen die Stapel in ihrem Sprechzimmer zur Seite. Hausärzte waren in ländlichen Gegenden rar gesät, also musste sie alles gleichzeitig bewältigen: das Aufräumen, die Sprechstunde, ihre Gedanken.

Sie hörte ein Geräusch an der Haustür. Martha hatte einen Schlüssel, das war einerseits praktisch, andererseits wusste sie nicht, ob es ihr recht war. Schließlich wohnte sie hier. Aber es beruhigte sie auch, so konnte Martha im Notfall …

»Guten Morgen«, rief sie.

Martha zog ihre schneeverklebten Stiefel aus. In einem Jutebeutel trug sie ein zweites Paar bei sich, weiße Turnschuhe, die Ellen recht mutig erschienen für Marthas Alter.

»Immer noch müde?«, fragte Martha. »Das frühe Aufstehen in diesem Job ist doch ganz schön anstrengend.«

»Ich war bei meiner Schwester. Es ist spät geworden.«

»Ich mache uns erst einmal einen Kaffee, damit wir gut in den Tag starten.«

Sie standen sich in der Küche gegenüber. Die Schränke waren vergilbt, aber mit etwas frischer Farbe würde alles besser aussehen. Sie brauchte nur etwas Schwung. Der Kaffee schmeckte gut und gab ihr Kraft.

»Die Dusche wird nicht richtig heiß. Könnten Sie sich um einen Klempner kümmern?«

»Sie Arme, jetzt weiß ich, warum Sie so blaue Lippen haben.«

»Und es wäre toll, wenn Sie die Medikamentenschränke durchgingen und alles wegschmissen, was das Haltbarkeitsdatum überschritten hat. Wir müssen ein Stück weiterkommen. Und wenn Sie mir die Patientenakten für heute auf den Schreibtisch legen würden, wäre das auch sehr hilfreich.«

»Ellen?«, fragte Martha und legte ihre Hand auf ihren Unterarm, »denken Sie, Sie sind dem hier gewachsen?«

»Wie meinen Sie das?«

»Entschuldigen Sie, wenn ich das so sage, Sie kommen aus dem Krankenhaus, haben keinerlei Erfahrung mit einer Praxis auf dem Land, und der Ort ist, nun ja, eben nur ein Dorf. Außerdem habe ich den Eindruck, dass Sie, wie soll ich es sagen? Sich nicht recht wohlfühlen. Die Menschen hier können ablehnend sein. Vielleicht warten Sie noch ein bisschen mit der ersten Sprechstunde.«

»Danke, Martha. Ich gebe zu, dass mir der Anfang nicht leichtfällt. Aber ich kriege das schon hin. Ich baue auf Ihre Hilfe. Oder vermissen Sie Dr. Schwarz?«

Martha stellte ihren Kaffee hinter sich ab, stieß dabei gegen das kleine Milchkännchen und fing es im letzten Moment auf. Ein verhuschtes Lächeln zuckte über ihr Gesicht, und Ellen dachte, dass der Wechsel für Martha auch nicht einfach war.

»Ach, Wolfgang hat die Praxis in den letzten Jahren nicht mehr gut gepflegt, alles ist ihm entglitten. Früher, wissen Sie, war hier alles picobello. Aber jetzt ...«

»Wo ist Schwarz? Warum ist er nicht hier gewesen? Wir hatten einen Termin, und es gibt noch einiges zu klären.«

»Ich bin sicher, er meldet sich bald bei Ihnen.«

Martha kratzte die Narbe auf ihrer Wange.

»Bringen Sie die Medizinschränke bitte auf Vordermann.«

Ellen nahm ihren Kaffeebecher, berührte sie kurz an der Schulter und verließ die Küche. Sie war mit allen Wassern gewaschenen Oberschwestern klargekommen, auch Martha würde sie geschmeidig kriegen.

Im Sprechzimmer öffnete sie die Vorhänge und die Fenster. Warten! Wie lange sollte sie noch warten? Sie wartete seit Jahren.

Energisch warf sie einige Dinge von Schwarz' Schreibtisch in den Papierkorb. Nur einen silbernen Stiftehalter und zwei Buchstützen, zwischen die sie die Rote Liste geklemmt hatte, behielt sie. Das Nachschlagewerk war schon zehn Jahre alt und eigentlich unbrauchbar, aber auf dem Tisch wirkte es vertrauenswürdig, und das konnte sie gebrauchen. Sie ging die Bücherstapel auf dem Boden durch, stellte alles, was ihr noch brauchbar erschien, ins Regal und räumte den Rest neben die Tür. Laut rief sie Martha zu sich und bat sie, den Stapel in den Müll zu werfen.

»Und noch etwas, Martha!«

Martha blieb stehen, die Bücher wogen schwer in ihren Armen.

»Wir eröffnen. Drucken Sie eine Information aus und hängen Sie sie draußen an den Zaun.«

Zehn Minuten später beobachtete Ellen durchs Fenster, wie ihre Sprechstundenhilfe mit einem laminierten Zettel in der Hand hinausging.

Sie brauchte jetzt Alltag. Sie brauchte ihren Job, in dem sie gut war und der ihr Sicherheit gab. Sie würde das auch in diesen Räumen schaffen. Die Patienten kannten es hier nicht anders, nicht alles musste sofort in frischen Farben erstrahlen. Es würde noch viel Arbeit werden, aber sie besaß ausreichend Zeit. Und Ausdauer.

Dann klingelte es.

Ihr erster Patient war ein vierjähriger Junge. Gebrochenes Schlüsselbein.

»Da konnten Sie doch nichts machen. Das wird von ganz allein wieder«, sagte sie zu der aufgelösten Mutter.

»Ich habe nur einen Moment nicht hingesehen.«

Das Wartezimmer füllte sich. Martha hetzte hin und her.

Eine alte Dame kam, die nur reden wollte. Sie schenkte ihr einen Moment. Ein Mann mit Ausschlag, dem eine Kortisonsalbe helfen würde. Ein Bauarbeiter mit Bänderriss. Sie überwies ihn zu einem Spezialisten. Einer Sechzehnjährigen zeigte sie den richtigen Umgang mit Kondomen. Eine Frau mit Rückenschmerzen. Ein erkälteter Mann.

Sie trat in den Flur, band sich das Haar zu einem frischen Zopf.

»Ich mache kurz Mittagspause.«

Martha antwortete nicht, denn in der Tür des Wartezimmers stand eine Frau, die ihnen offensichtlich zuhörte. Sie sah sich um, sie kannte die Frau, aber sie konnte nicht glauben, wen sie sah.

»Wenn du mich nicht besuchst, besuche ich eben dich.«

Die Frau stützte sich auf zwei Krücken, lächelte und kam näher.

»Heidi!«, sagte Ellen. Fast nichts erinnerte an die alte Freundin aus Schulzeiten. Heidis Gesicht hatte an Spannung verloren, und ihr Körper war nicht mehr der einer ehemaligen Sportlerin. Das Mädchen, das sie gekannt hatte, war in den Jahren verloren gegangen.

Ungelenk umarmten sie sich. Heidis Krücken zitterten. Es fiel ihr schwer, sich stabil zu halten, ihre Arme waren nur dünne Zweige.

»Setz dich doch«, bot sie ihr an.

»Nein, ich wollte nur schnell Hallo sagen und sehen, wie es dir geht.«

Heidis Stimme war das Festeste an ihr.

»Ein Skiunfall?«, fragte sie und zeigte auf die Krücken.

»Nein, Krebs.«

Ellen versuchte überrascht zu wirken, aber sie hatte mit der Antwort gerechnet. »Tut mir leid.«

»Ich freue mich so, dass du da bist, Ellen. Immerhin muss ich dann nicht noch auf meine letzten Tage zu dem alten Schwarz.«

Sie half ihr ins Sprechzimmer, aber Heidi wollte sich auch dort nicht setzen. Womöglich fiel ihr das Aufstehen zu schwer. Was sollte sie sie fragen? Ob sie Kinder hatte, die ihre Mutter verlieren würden?

»Wie ist Schwarz denn so gewesen?«

Heidi schien nicht überrascht, dass sie distanziert blieb. Da war sie wieder, ihre Unnahbarkeit. Hatte das ihre Beziehung zerstört? Christoph hatte es ihr mehr als einmal vorgeworfen.

»Du kennst ihn gar nicht?«

»Doch natürlich, ich kenne ihn. Ich meine als Arzt, ich war ja keine Patientin. Aber in den letzten Jahren? Hatte er den Laden im Griff?«

»Er war freundlich, aber immer etwas abwesend. Ich wurde das Gefühl nicht los, dass er nicht immer genau wusste, was er tat. Aber es gab nun mal niemand anderen.« Sie lachte. »Mir ist es jedenfalls deutlich angenehmer, wenn du mich untersuchst.«

»Kann ich machen.«

Heidi blieb stehen. Sie war nicht wegen einer Untersuchung hier.

»Ich würde mich freuen, wenn wir uns bald zu einem Mädelsabend treffen würden, nur wir zwei. Ein bisschen reden. Das bräuchte ich echt mal wieder.«

Sie wollte lieber über alles andere reden als über alte Zeiten, aber sie wollte Heidi nicht enttäuschen. »Gern«, sagte sie also.

»Wie ist das so für dich? Ich meine, wegen Johannes.«

Deswegen war sie also da. Heidi wusste es. Sie war eine der wenigen, die alles wusste.

»Ehrlich gesagt, weiß ich nicht recht, was ich fühlen soll.«

»Seit er tot ist, musste ich viel an damals denken. Mich quält noch immer mein schlechtes Gewissen. Wir hätten auf dich warten müssen.«

Sie sagte nichts. Sie konnte nicht.

»Ich habe mich immer gefragt, warum es dich traf. Du warst beliebt und stark. Warum haben sie sich nicht jemand Schwachen gesucht? Jemanden wie mich.«

»Du warst nicht schwach, du warst Skispringerin.«

»Ich war nicht so hübsch wie du. Bin ich auch jetzt nicht. Und ich werde es auch nicht mehr. Mir bleibt nicht viel Zeit. Ein paar Monate vielleicht noch.« Ihre Stimme war brüchig geworden. »Immerhin, auch wenn man niemandem den Tod wünschen sollte, steckt doch ein wenig Genugtuung darin, findest du nicht?«

Heidi drückte ihre Krücken fester auf den Boden.

»Ich bin Ärztin. Ich habe einen Eid geschworen.«

»Ach Quatsch. Freu dich doch.«

»Für dich ist es einfacher als für mich«, sagte sie.

»Nichts ist einfach.«

Die Freude des Wiedersehens, wenn es die denn gegeben hatte, war abgekühlt. Heidi schüchterte sie ein. Sie hatte etwas an sich, das sie von anderen Todgeweihten aus dem Krankenhaus kannte, eine unerschütterliche Urteilsfähigkeit. Heidi musste keine Rücksicht mehr nehmen. Auf niemanden.

»Ich melde mich, wegen des Mädelsabends«, sagte Ellen. Ihre

alte Freundin brauchte lange, um den Flur zu erreichen. Sie ließ sich von Martha in den Mantel helfen.

»Bitte mach das. Aber betrinken musst du dich dann allein, das würde mich sonst glatt ins Grab bringen.«

Heidi lachte, aber Ellen konnte nicht mitlachen. Heidis schlechtes Gewissen, ihr bevorstehender Tod. Sie konnte jetzt nicht weiter darüber nachdenken, andere Patienten warteten, und ihre Pause musste sie verschieben. Den Rest des Tages arbeitete sie stoisch ab, versuchte sich zu konzentrieren, aber sie dachte doch immer wieder an die Begegnung vom Mittag.

Spät ging sie nach oben, und es dauerte eine Weile, bis unten der Lärm verstummte und sie hörte, wie Martha das Haus verließ. Hungrig irrte sie eine Weile in ihrem Zimmer umher, lehnte sich an das Bettgestell, die Metallfedern klapperten, und die Kleider, die sie dort abgelegt hatte, zitterten. Sie konnte ihre Gedanken nicht ordnen. Sie brauchte einen klaren Kopf.

Im Jogging-Outfit verließ sie das Haus. Schnell lief sie los, die Schuhe versanken im Schnee, aber der Boden war fest genug. Nur langsam wurde ihr warm. Sie joggte ins Zentrum, bog in Saskias Viertel ab und erreichte nach einer Weile den Wald. Die Tannen schwarz, der Boden vereist. Äste knackten unter ihren Sohlen, und der Wind schob seine Finger unter ihre Jacke.

Heidi war eine gute Skispringerin gewesen, kannte die Schanze in- und auswendig. Sie war dort oben quasi aufgewachsen.

Mit Heidi hatte sie ihre erste Zigarette geraucht, hatte mit ihr die Chemiestunden geschwänzt, hatte ihr alles erzählt. Vielleicht war ja genau das der Grund. Die Vergangenheit klebte auch an Heidi und nun, da der Krebs zuschlug, hatte sie plötzlich nichts mehr zu verlieren. Heidi trug Schuld auf ihren Schultern. Sie hatte es ihr nie vorgeworfen, das hatte sie immer selbst getan.

Fast eine Stunde lang lief sie um dicke Bäume und winterfeste Felder, bis sie endlich wieder die Straßen erreichte. Der Ort machte sie noch verrückt. Nun verdächtigte sie schon eine todkranke, auf Krücken angewiesene Frau eines Mordes. Sollte sie sich nicht stattdessen über das Wiedersehen freuen?

Als sie das kleine Tor zum Vorgarten öffnen wollte, tauchte ein Scheinwerfer plötzlich die Fassade in grelles weißes Licht, und erschrocken ließ sie die Pforte los.

Jemand wartete auf sie.

24.

Die Scheinwerfer des großen Autos blendeten sie, hüllten sie und das Haus hinter ihr in gleißendes Licht. Sie legte die Hand über die Augen. Fast lautlos näherte sich der Wagen, wie ein Schneeleopard schlich er auf sie zu. Wenn er Gas gäbe, dachte sie, würde er sie am Gartentor zerquetschen.

Sie konnte den Fahrer nicht sehen, das Innere des Wagens war schwarz, und doch hatte sie keinen Zweifel, wer er war. Vor diesem Moment hatte sie sich jahrelang gefürchtet. Aber sie würde nicht weglaufen, sie war auch gekommen, um die Angst endlich zu überwinden. Denn eines brauchte sie mehr als alles andere: ein Ende der Vergangenheit.

Alles, was in ihren inneren Geräuschkammern verschlossen war, drang an die Oberfläche. Seine tiefe Stimme, die manche Silbe verschluckte, der Klang seiner Schritte, sein Räuspern, das Knacken seiner Finger. Dann sein jugendliches Gesicht, und wie er roch und schmeckte. Obwohl er natürlich älter geworden sein musste, wusste sie, dass er sich nicht verändert hatte, denn manche Menschen verändern sich nicht, und er war einer von ihnen.

Er stieg aus, blieb aber hinter der offenen Tür.

»Jetzt ist es also so weit?« Ihre Stimme war fest, so fest es eben ging. »Du wagst es, mir unter die Augen zu treten?«

»Ich will nur mit dir reden.«

Seine Stimme schoss durch sie hindurch wie ein Feuer. Sie presste den Schlüsselbund in ihrer Hand. Ein Vogel stieg aus einem der Bäume auf und durchbrach die Grenze zum Himmel.

»Es gibt nichts zu bereden«, fauchte sie über die Straße.

»Was hast du getan, Ellen? Sag es mir.«

»Ich habe ihn umgebracht«, schrie sie.

»Wenn du meinem Bruder etwas angetan hast …«

»Was dann, Max? Wirst du es mir dann besorgen?«

»Dann bringe ich dich um.«

Obwohl die Scheinwerfer sie noch immer blendeten, erkannte sie die Angst in seinem Gesicht. Angst vor der Vergangenheit, vor der Polizei, möglicherweise vor jemandem, der irgendwo hier draußen sein mochte. Angst vor ihr. Tatsächlich.

»Wer außer dir könnte eine Rechnung offen haben?«, fragte er.

»So nennst du das. Eine offene Rechnung?«

Max hielt sich an der Wagentür fest. Sie wusste nicht, ob er sogar weinte. Er hatte seinen Bruder geliebt. Sie waren unzertrennlich gewesen. Hatten alles gemeinsam getan. Auch die bösen Dinge.

»Ich hätte dich anzeigen sollen«, sagte sie.

»Das sah der Deal aber nun mal nicht vor.«

»Wovon redest du, welcher verdammte Deal?«

»Tu doch nicht so, als ob du es nicht wüsstest, wie sie es vertuscht haben. Wie sie Johannes und mich gerettet und dich geopfert haben. Und das ist dein verdammtes Motiv, und ich werde es der Polizei verraten.«

Das saß wie ein fester Schlag in den Magen. Sie verkrampfte. Der alte Geschmack schoss ihr auf die Zunge.

»Dann sag es doch. Stell dich«, rief sie. Ihre Lippen waren voll

Speichel, und es war seiner. »Erzähl ihnen, was du getan hast. Du meinst, das belastet mich?«

Er schlug die Autotür zu und kam einen Schritt näher. Sie wich zurück.

»Es tut mir leid, Ellen. Willst du das etwa hören? Es tut mir leid, wir waren jung und ...«

»Fick dich, Max!«

»Johannes und ich standen uns näher als irgendjemand sonst. Und wenn ich denjenigen finde, der ihm das angetan hat, werde ich ihn sehr langsam töten. Ich werde dich sehr langsam töten, Ellen. Hörst du mich?«

Die Tränen brachten sein Gesicht zum Glänzen, kalte Tränen, die gefroren, bevor sie auf den Boden fielen.

»Johannes hat doch kaum etwas getan«, rief er. »Warum er? Warum nicht ich? Warum hast du ihn zum Schweigen gebracht?«

Sie konnte nicht glauben, was er sagte.

»Das hat er nicht verdient. Der Idiot eiferte mir doch bloß immer nach.«

»Halt dein Maul«, schrie sie. »Vielleicht ist einer eurer Geschäftspartner nicht damit einverstanden, was ihr so treibt, vielleicht habt ihr Geschäfte mit dem Falschen gemacht.«

»Was weißt du von unserem Geschäft? Das hier hat mit dir zu tun. So oder so.«

Er kam bis zum Kantstein vor und wollte noch etwas sagen, hielt aber inne. Einen Augenblick sahen sie sich in die Augen, und sie sah tiefer in ihn hinein, als sie ertrug. Er schluckte schwer, und dann breitete er leicht die Arme aus, als sei sie ein Kind und er warte auf sie.

»Es tut mir leid, Ellen, das ist ehrlich gemeint. Wenn ich könnte, dann würde ich die Zeit zurückdrehen.«

Sie bekam keine Luft mehr, etwas zog sich ganz eng um ihren

Hals und riss sie in die tiefste Dunkelheit hinab. Mit letzter Kraft stolperte sie rücklings durch das Tor und rannte ins Haus. All die Geräusche mussten so schnell wie möglich zurück in den Schrank. Sie musste sich die Kleider vom Leib reißen, sie musste duschen, sie musste ihre Haut verletzen und den Schmerz spüren.

Es musste aufhören.

25.

Sie beschloss, ihren eigenen Körper zu verlassen. Er gehörte nicht mehr ihr. Einfach vom Boden aufstehen, ihn wie eine Schlangenhaut abstreifen, ihn zurücklassen, vergessen und schwerelos in den Himmel aufsteigen. Aus der Höhe würden die ihm zugefügten Wunden unbedeutend sein. Es wären nicht länger ihre Schmerzen und sie würden sie auch nicht ihr restliches Leben begleiten und in jeder Sekunde an diese eine Nacht erinnern. Sie würde schweben und die Putzfrauen beobachten, die das Blut, die abgebrochenen Fingernägel, das von ihren Schultern gefallene Konfetti, die Tränen und die Schreie vom Linoleum wischten und alles in einem Eimer mitnahmen.

So leicht sein.

Fortgehen von diesem Ort, sich der Zukunft zuwenden.

Sie versuchte ihn abzustreifen.

Ihren Körper.

Es gelang ihr nicht.

Er war zu schwer.

Zu kaputt.

Sie blieb in ihm gefangen.

Er lag irgendwo auf dem Boden des Geräteraums der Turnhalle ihrer Schule.

Auf dem unteren Balken des Stufenbarrens saß ein Vogel. Ein

Buchfink. Seine blaugraue Haube schimmerte im fahlen Dunst. Das erste Licht des Tages, das durch die hohen Fenster in die Tiefe der Halle drang, verdrängte langsam das Grau und ließ Farben hervortreten: das Blau der Matten, das Beige der Medizinbälle, das Rot der Ziegelsteinwand. Bald würde die Unsichtbarkeit des Geräteraums erhellt, und die Sonnenstrahlen würden ihre nackten Arme verbrennen.

Kalt.

Ihre Kleidung zerrissen.

Auf dem Boden ganz allein.

In verschiedene Teile zerfallen, krümmte sie sich noch mehr zusammen, wenn das denn möglich war.

In den schwarzen Augen des Finken spiegelten sich ihr Leid und ihre Angst. Der Vogel balancierte wie eine Ballerina, aber er sang nicht. Möglicherweise war er ein Zeuge, hatte alles mit angesehen, das Niederringen, das Festhalten, das Zerren und Stoßen.

Das Aufgeben.

Zeugen hielten besser den Schnabel. Was für ein schlauer kleiner Vogel.

Hast du alles gesehen? Wie sie meinen Rock hochgerissen haben. Und ihre Hosen runter. Den Pullover über meinen Augen, die Finger in meinem Mund. Ersticken ist manchmal nicht das Schlimmste. Weißt du, kleiner Vogel? Nicht das Schlimmste.

Der Buchfink sprang mutig vom Barren, weitete die Flügel, flog aus dem Geräteraum, hinein in die Halle, und sie verlor ihn aus den Augen. Er drehte wohl mit schnellem Schlag eine Runde über das Spielfeld, und vielleicht stand auch ein Fenster auf, durch das er in die Freiheit gelangen konnte. Oder war er oben auf der Uhr gelandet, um in den Rhythmus der Zeit zu fallen, der für sie für immer aus dem Takt geraten war.

Sie wünschte sich Flügel.

Der Boden war hart unter ihren Ellbogen, als sie sich mühsam hochdrückte. Sie schmeckte Blut, hatte sich in die Innenseiten der Wangen gebissen, um es zu ertragen. Ihre Unterlippe war geschwollen. Mit diesem Ballon an ihrem Mund müsste sie doch in den Himmel aufsteigen können.

Sie trug nur einen Schuh.

Ihre Finger suchten den Barren, um sich daran festzuhalten. Ihre Beine waren schwach, sie drückte die Knie fest durch, schob die Füße langsam vorwärts. Die Halle war nicht groß, das Handballfeld reichte fast bis an die Wände. Der Raum lag im Dämmerlicht, obwohl die Sonne ihr Bestes gab, um auch diesen Tag schön zu machen.

Ihr Kleid zerrissen.

Ihr BH zerrissen.

Ihre Seele zerrissen.

Humpelnd schob sie sich eng an der Lamellenwand entlang, die Finger in den Spalten zwischen den Hölzern, an denen sie sich einen Splitter fing. Der Stich tat ihr gut, half ihr, sich auf die Zeigefingerkuppe zu konzentrieren, und eine Sekunde lang war der kleine Schmerz der größere.

Ihr Blick war verschwommen, ihre Augen klebten an ihren eigenen zitternden Bewegungen. Sie zuckte zusammen, als der Vogel neben ihr von einer der niedrigen Bänke aufflog. Das Geräusch des Flügelschlags würde sie nie vergessen.

Die Tür war nur angelehnt. Sie durchquerte den Vorraum, von dem die Umkleiden und Toiletten abgingen, und streckte die Arme seitlich aus, um im Gleichgewicht zu bleiben.

Es musste fast fünf Uhr morgens sein, vielleicht schon halb sechs. Draußen blendete sie die Helligkeit. Die Morgenkälte schob sich unter die Fetzen, die sie trug, legte sich wie eine fremde Hand auf ihren Bauch. An den Rändern ihrer Augen färbte sich die Luft rot.

Der betonierte Schulhof war übersät mit den Überresten der Abiparty. Flaschen, Plastikbecher, Luftschlangen, Kleidungsstücke und zurückgelassene Jugend.

Der eine große Baum, um den sich alles gruppierte.

An der Tischtennisplatte zog sie noch einmal die Unterhose hoch. Das Gummiband, auch das gerissen.

Im Eingangsbereich des Haupttraktes schlief Henning, den Kopf in seine Jacke vergraben. Sie erkannte ihn an seinen roten Sneakern und hoffte, ihn nicht aufzuwecken. Dabei war er nett, er könnte ihr helfen.

Fahrräder lehnten am Zaun. Die fünf Stockwerke der Schule lagen wie gestapelte Bücher hinter ihr. Auf der Straße schleppte sie sich von Mittelstreifen zu Mittelstreifen. Allein auf der Erde.

Die einzige Überlebende.

Nach Hause war es nicht weit. Zehn Minuten, wenn man gesund war. Aber sie war nicht gesund. Sie würde nie wieder gesund sein. Für immer würde etwas in ihr zerbrochen sein, und wie sollte sie so jemals wieder aufrecht gehen können?

Der Hass half ihr. Er half bei jedem Meter. Sie würde nicht aufgeben, nicht zusammenbrechen, nach Hause kommen. Doch jeder Schritt tat weh.

Der Sommer kauerte in den Straßen. Nachtfeuchte bedeckte die Dächer der Häuser. Die Vorgärten hatten sich hinter die dunklen Zäune und Hecken geduckt. Wenn sie einatmete, drang der anbrechende Tag durch ihre zusammengebissenen Zähne. Er war nicht warm. Er war kalt und hart wie der Asphalt unter ihren Füßen.

Dort hinter den Bäumen hatten sie als Kinder gespielt, den Hügel hinauf, hatten über das Dorf gewacht, sich wie Königinnen mit erhobenem Kopf in den Wind gestellt. Eine längst vergangene Zeit voller Unschuld und Naivität, eingeholt von den Jahren und den Stunden bis zu diesem Tag.

Sie tastete sich die Straße hinunter, ohne zu weinen.

Wie oft war sie diesen Weg schon gegangen? Meist hatte sie getrödelt, denn jede Sekunde war eine Entdeckung gewesen, jeder Schritt ein Versprechen. Die Schule. Die Zukunft. Das Leben, das vor ihr lag.

Zerstört.

Das Dorf war ihr Zuhause, und sie schämte sich, weil sie nicht verhindert hatte, das es ihr genommen worden war. Dieser Ort hatte seine Unschuld verloren. Er war schmutzig und dreckig wie sie selbst. Sie wollte nie wieder gesehen werden. Sie spuckte sich vor die Füße und stieg über den roten Fleck hinweg.

Einen Fuß vor den anderen.

Unten lag das Haus.

In diesem Moment wünschte sie sich nichts sehnlicher, als in die Arme ihrer Mutter zu fallen, sich in ihren Schoß zu rollen, sich von ihrem Körper bedecken und von ihrer Liebe beschützen zu lassen. Sie vermisste sie jeden Tag, aber nie so wie in diesem Moment.

Vor dem Haus zitterte sie stärker, jetzt kamen die Tränen und spülten den Dreck zum Kinn.

Auf den Treppenstufen lagen Männerkörper, verschwitzte Leiber, und sie spürte ihre nassen Zungen an ihren Knöcheln. Ihr Schmatzen, ihr Lecken, ihr verzerrtes Grunzen, als sie fertig waren. Sie wusste nicht, wie lange es gedauert hatte, sie wusste nicht, ob sie ohnmächtig geworden war. Jemand hatte ihren Kopf auf den Hallenboden geschlagen, jemand hatte ihr einen Pullover über Kopf und Augen gezogen. In ihren Haaren klebte getrocknetes Blut.

Sie sah vorsichtig noch einmal zurück. Die Sonne stand schon ein Stück höher, würde bald den Kirchturm aus der Dämmerung befreien.

Als die Tür aufging, erschrak sie. Ihr Vater verdeckte das schwache Licht, das aus dem Haus drang.

Sie streckte die Hand aus, wollte, dass er alles wiedergutmachte, dass er die Jungen fand, sie tötete und seine Tochter an sich drückte, sie in seiner Umarmung verschwinden ließ.

Mit hartem Blick musterte er sie wie eine Schuldige. An der Schulter schob er sie ins Haus, und bevor er die Tür schloss, blickte er hastig nach rechts und links auf die Straße, als wollte er sich vergewissern, dass sie niemand gesehen hatte.

Er löschte das Licht im Flur und schickte sie in ihr Zimmer.

Er trug seinen Bademantel.

Es war ganz still.

Der Körper, der sie die Treppe hinauftrug, war nicht ihrer.

26.

In dem alten Regenmantel seines Vaters stand er mitten auf der Kreuzung. Das Auto kam schnell näher, aber er hatte keine Angst. Angst hatte er seit seiner Kindheit nicht mehr empfunden. Die Angst war mit jedem Schlag, mit jedem Striemen des Gürtels auf seinem Rücken, auf seinen Beinen, auf seinen Armen, aus den roten Rissen seines Körpers gewichen wie die Luft aus einem Reifen. Irgendwann war er leer gewesen, ohne Angst, und dann hatte er zurückgeschlagen. Sein Vater war so überrascht gewesen und rückwärts gegen den Schrank getaumelt. Noch in derselben Nacht hatte sein Vater im Keller einen Nagel durch das Ende des Gürtels geschlagen.

Der Wagen hupte und bremste.

Er stand im Scheinwerferlicht und hob die Hand zum Gruß. Langsam ging er um das Auto herum, öffnete die unverschlossene Tür und setzte sich auf den Beifahrersitz, ohne eine Aufforderung abzuwarten.

Sie sahen sich in die Augen, und er wusste nicht, was Max in ihm sah. Er selbst sah rote Flecken auf Max' Gesicht.

»Was soll das, was willst du?«, fragte Max ungeduldig. Seine Finger umklammerten verkrampft das Lenkrad, nur der Daumen tippte nervös auf das Kunstleder. Die aus der Heizung aufsteigende Wärme tat gut, sie kroch in seine kalte Kleidung. Der Sitz war weich, und leise spielte ein Lied, aber er konnte weder den Interpreten noch den Titel nennen, darin war er nicht gut.

Schnee fiel auf die Scheibe.

Er hielt sie die ganze Zeit bereit, und es war leicht, Max die Schlinge über den Kopf zu ziehen. Der Draht war scharf, und er zog ihn fest zu. Noch bevor Max wusste, was überhaupt geschehen war, quoll schon Blut aus der dünnen Linie an seinen Hals.

»Mein Hündchen. Wuff.«

Zog er, musste Max gehorchen, und jedes Mal wurde die Haut röter, der Hals enger, die Luft knapper. Ein Schönheitschirurg hätte sein Messer an der Linie ausrichten können, um einen geraden Schnitt zu setzen.

Max fuhr rechts, wenn er es sagte, Max fuhr schneller, wenn er andeutete, am Draht zu ziehen, Max rang nach Luft und Worten, aber er wollte nichts hören.

Es gab nichts zu sagen.

27.

Ellen schleppte sich vorwärts. Die Straßen lenkten ihre Gedanken, aber sie führten nicht zum Ziel. Sie trug ihren schweren Mantel, in dessen Taschen sie die Hände vergrub. Mütze und Schal aus dem teuren Laden hielten sie warm. Sie wusste nicht, wie spät es war. Es war noch früh, so viel war sicher.

Die Nacht war kurz und der Schnitt an ihrem Bein tief gewesen. Sie hatte sich selbst versorgt und den Verband vor Kurzem ein zweites Mal wechseln müssen. Aber dieser Schmerz war so viel leichter zu ertragen als alles andere.

Sie klingelte dreimal hintereinander.

Mama, dachte sie, wo bist du?

Bruno öffnete die Tür, und direkt drückte sie sich an ihm vorbei, ihre Bäuche berührten sich, und es war ihr so unangenehm, dass sie ihn anschrie. »Mach mir Platz!«

Bruno drückte sich in die Garderobe und ließ sie vorbei.

»Ellen, was ist los? Es ist gerade mal kurz nach sieben.« Saskia war barfuß und trug noch ihr Nachthemd. Das Licht aus der Diele strahlte Saskia von hinten an, und sie erkannte den nackten Körper ihrer Schwester unter dem dünnen Stoff.

»Willst du einen Kaffee?«

»Ich will zu ihm.«

Sie warf ihren Mantel auf den Boden und stapfte mit ihren schneeverklebten Stiefeln direkt die Treppe hoch.

Sie klopfte nicht an.

Ihr Vater saß aufgerichtet im Bett, schaute fern und wirkte wie ein Junge, der sich freute, wegen einer Erkältung nicht in die Schule zu müssen. Als er sie bemerkte, zog er sich die Kopfhörer in den Nacken, ließ den Fernseher aber laufen.

»Es ist praktisch noch mitten in der Nacht«, sagte er.

»Es ist fast sieben, da arbeite ich für gewöhnlich schon eine Stunde.«

Sie wollte ihn anschreien, aber sie musste sich auf ihre Atmung konzentrieren, um nicht durchzudrehen.

»Kennst du diese Quizsendung?«, fragte er mit brüchiger Stimme, der ein lang anhaltendes Husten folgte. »Die Kandidaten sind einfach zu blöd.«

Sie ging zum Apparat und schaltete ihn aus.

»Sag mir, was du damals für einen Deal gemacht hast.«

Er sah starr geradeaus. Sie war nicht sicher, ob er überhaupt verstanden hatte, was sie gesagt hatte.

»Gab es eine Absprache zwischen dem alten Gruber und dir?«

»Das ist alles lange her.«

»Max sagt ...«

»Du hast mit Max gesprochen? Ich sagte doch, lass die Sache ruhen. Das bringt dich nur in Schwierigkeiten.«

»Sag es mir«, schrie sie.

Er hustete wieder. »Du wolltest damals keine Anzeige.«

»Ja, das hatten wir schon. Aber irgendwas ist trotzdem passiert. Sag es mir. Ich habe ein Anrecht darauf.«

Er versuchte, sich mühsam hochzuziehen, aber es gelang ihm kaum, und sie half ihm nicht.

»Gruber kam zu mir und schlug mir ein Geschäft vor, um

seine Jungs zu schützen. Er wusste ja nicht, dass wir gar keine Anzeige erstatten wollten.«

»Was für ein Geschäft?«

»Ich habe den Anbau ans Hotel genehmigt bekommen, um den ich schon drei Jahre gekämpft hatte.«

»Du hast mich für deinen Scheißanbau verkauft?«

»Was geschehen war, ließ sich nicht ungeschehen machen. So konnten wir wenigstens davon profitieren. Der Anbau hatte fünf Zimmer, die in den Jahren gut gebucht waren.« Er rutschte auf dem Laken hin und her, und sein rechter Fuß kam unter der Decke hervor wie ein Tier aus seinem Bau.

»Du hast davon profitiert. Nicht wir!«

»Ich habe dir viel Leid erspart und den Jungs auch. Sie haben eine Dummheit gemacht. Gut! Warum hätte ich ihr Leben zerstören sollen?«

»Du hättest mich verteidigen können. Mich verstehen. Stattdessen hast du nur an dein Geschäft gedacht.«

»Von welchem Geld hast du denn in der großen Stadt studiert? Dieses Geld wurde mit diesen fünf Zimmern verdient. Du hast es genommen, hast es verprasst für Miete und Reisen. Hast dir die Welt angesehen, während Saskia sich gekümmert hat, um das Haus, um mich.«

Trotz seines schwachen Körpers war seine Stimme laut. Sie erschrak und hatte das Gefühl, als packe seine Hand sie im Nacken und schlage sie mit der Stirn gegen das Bettgestell.

»Wer wusste noch von der Vereinbarung?«

»Niemand natürlich.«

Er griff mit zitternder Hand nach dem Wasserglas auf dem Nachttisch, führte es langsam zu seinen trockenen Lippen und nahm einen kleinen Schluck. Er brauchte beinahe eine Minute, bis er es wieder sicher abgestellt hatte.

»Woher wusste Gruber es? Seine beiden Prachtburschen werden es ihm kaum auf die Nase gebunden haben.«

»Es gab Gerüchte damals. Irgendjemand ist zur Polizei gegangen. Ein Lehrer.«

»Und warum hat die nichts unternommen?«

»Was weiß ich? Darum hat Gruber sich gekümmert. Er befand sich damals im Wahlkampf. Wie hätten seine Chancen wohl gestanden, wenn alle nur noch über die ... diese Sache geredet und die Polizei ermittelt hätte?«

Speichel tropfte auf seinen Schlafanzug. Saskia würde ihn ausziehen und die Teile waschen. Sie würde ihm in ein frisches Oberteil helfen. Zuvor würde sie seine nackte Haut mit einem nassen Lappen abreiben, ihn dabei riechen, ihn umdrehen, ihn stützen, den Katheter ziehen, den Urinbeutel wechseln. Sie selbst hatte es im Krankenhaus Hunderte Male getan, aber bei ihrem eigenen Vater erschien es ihr unmöglich.

»Welcher Lehrer ist das gewesen?«

»Brinkmann. Der ist längst tot.«

Ihr lief eine Träne übers Gesicht, und sie wischte sie energisch weg. Sie wollte nicht vor ihm weinen, niemals.

»Das widert mich alles so an. Kannst du dir vorstellen, wie sehr?«

»Ich bin müde«, grunzte er.

Sie ging zum Fenster, kam zurück, sie wusste nicht, wohin, und versuchte zumindest, nicht abzustürzen.

»Ich habe das alles für dich getan. Habe dich beschützt vor der Presse, vor der Öffentlichkeit, vor der Bloßstellung. Jetzt bist du wieder hier und kannst eine Praxis eröffnen, ohne dass jemand alte Zeitungen hervorholt und dir das alles unter die Nase reibt. Es war gut so. Es hat uns allen geholfen. Und wem hast du das zu verdanken? Einzig und allein mir.«

Sie dachte an das Messer. Warum hatte sie es nicht dabei? Sie wollte den Schnitt vertiefen.

28.

Im engen Flur vor seiner Tür bekam sie keine Luft und stürzte nach Atem ringend in das gegenüberliegende Zimmer.

Ihr altes Kinderzimmer.

Anton hockte auf dem Boden und spielte mit seinen Figuren. Verunsichert verfolgte er, wie sie zum Fenster ging, es aufriss, tief einatmete und einen Schrei hinaus Richtung Schule schickte.

»Wahnsinn«, rief Johannes zurück.

»So geil«, stöhnte Max.

Er lag auf ihr. Sie konnte sich nicht bewegen. Nicht schreien. Konnte nicht weiter in den Boden sinken, verschwinden und sterben. Dabei wollte sie doch nur das.

»Pss«, machte er. »Pss, nicht weinen. Ich bin ganz vorsichtig, okay? Es tut nicht weh, es tut fast nicht weh.«

Bevor sie sich bewegen konnte, war er schon auf ihr.

»Was hast du?«, sagte Anton neben ihr und griff nach ihrer Hand. »Tante Ellen?«

Die Vergangenheit griff nach ihr.

»Jetzt hab dich nicht so«, sagte Max. »Komm schon.« Er packte ihr Kinn, drückte sie auf den Boden. Hinter ihm die Holme des Barren. Sie durchschnitten den Raum in zwei Zeitebenen, die, in der es passierte, und die, in die sie sich flüchtete, eine Zeit, in der ihre Mutter lebte, mit ihr in der Küche gemeinsam Kuchen backte und sie beide mit ihren Fingern den Teig aus der Schüssel schleckten.

Max steckte seinen Finger in sie.

Tief und hart suchte er in ihr nach etwas, das in seinem Leben fehlte und immer fehlen würde und das er nun auch in ihr zerstörte.

Sie spürte ihn auch jetzt.

Anton drückte ihr ein Taschentuch in die Hand, aber sie wusste nichts damit anzufangen.

Sie konnte sich nicht bewegen. Nur ihr Gesicht wandte sie ab, aber er drehte ihren Kopf grob zurück, um sie zu küssen. Seine nach Alkohol schmeckende Zunge drang in sie ein wie ein Fisch. Sie wollte zubeißen, aber seine Finger umklammerten ihren Kiefer.

»Komm!« Anton führte sie wie eine Patientin zum Bett, und sie ließ es zu. »Ich habe dir ein Bild gemalt.« Er rollte eine Zeichnung auf, die eine Ärztin zeigte. »So ein Ding haben die immer im Fernsehen in den Ohren.«

»Ein Stethoskop«, flüsterte sie.

»Was ist das?«

Ihren Kopf zu ihm zu drehen und ihn anzusehen fiel ihr unendlich schwer, aber es half ihr, sich in die Gegenwart zurückzuholen.

»Damit kann man hören, was für Geräusche in deinem Körper sind. Dein Herz, deine Lunge.«

»Die Lunge macht Geräusche?«

»Klar. Jeder Atemzug macht ein Geräusch und bleibt in der Welt für immer.« Und jeder Atemzug konnte schrecklich wehtun, dachte sie, aber das musste er nicht wissen. Er würde es selbst herausfinden.

»Du kannst das Bild behalten.«

»Danke.«

»Ich will auch Arzt werden.«

Sie drückte ihn gegen ihre Seite. »Das wäre toll, Kollege.«

»Gehst du wieder fort von hier?«, fragte er.

»Nein«, flüsterte sie. »Ich bleibe. Es ist meine Praxis, weißt du, meine Familie, meine Heimat, mein Leben. Ich lasse es mir nicht noch einmal nehmen.« Sie wischte ihr Gesicht trocken.

»Dein Handy«, sagte Anton.

»Was?«

»Es hat aufgeleuchtet. Da in deiner Hosentasche.«

Sie zog es hervor und drehte sich zur Seite, damit Anton nicht mitlas.

Bist du froh? Er ist weg. Verschwunden für immer.
Ich habe es für dich getan und werde es wieder tun.

Sie packte nach Antons Hand und drückte sie so fest, dass sich ihr Schmerz in seinem Gesicht spiegelte. Und während er auf die Umklammerung starrte und vom Bett aufstand, biss sie so fest den Kiefer zusammen, bis er knackte. Sie riss Anton an sich heran, sein junges Gesicht ganz nah an ihres, sie strich ihm mit der freien Hand über seine weiche Wange, ihre Angst schimmerte in seinen Augen.

»Du tust mir weh, Tante Ellen.«

Sie lockerte den Griff, umarmte ihn jetzt, drückte ihn ganz fest, und er streichelte ihr den Rücken, bis ihr Körper sich beruhigte. Das Schnappen nach Luft, das Auf und Ab ihres Brustkorbs, der gurrende Laut aus ihrer Kehle verstummte, die Tränen fielen ungehindert auf seine kleine dünne Schulter, und ihr gelang es für eine Sekunde, den Gedanken fortzuschieben, der seit Johannes' Tod in ihr steckte wie ein Giftpfeil, und der sich jetzt manifestierte. Es ging um sie. Das, was damals geschehen war, und das, was jetzt passierte, gehörte zusammen. Sie war das Zentrum, der Fixpunkt, in dem sich die Gewalt entlud.

»Alles wird gut«, sagte Anton, und er sagte es so weise, als sei er ein alter Mann, und sie wollte ihm glauben, aber wie sollte ihr das gelingen, wo sie doch wusste, dass nichts gut war und alles nur schlimmer werden würde.

»Wer hat meine Nummer?«, flüsterte sie in sein Ohr und packte ihn bei den Schultern. »Wer? Sag es mir.«

Sie sah, dass er sich fürchtete und sich gleichzeitig wünschte, eine Antwort für sie zu haben, eine einfache Kinderantwort, die alles gut machen, und in der sie sich zusammenrollen könnte, aber er sagte – nichts.

»Ich muss ...«

Sie riss sich los und rannte aus dem Zimmer. Unten suchte sie ihren Mantel. Saskia musste ihn weggeräumt haben.

»Jetzt trink doch noch einen Kaffee mit uns.«

Sie stürmte auf ihre Schwester zu.

»Du hast mich überredet zurückzukommen, du warst es, die nicht lockergelassen hat.« Ellen schrie sie an, ohne es zu wollen. »Was hast du nur angerichtet!«

»Schhhh«, machte Saskia und nahm sie in den Arm. Ellen schlug um sich, aber Saskia ertrug es, drückte sie nur fester. »Schon gut«, flüsterte sie, »schon gut.«

Sie spürte Saskias Rippen, und ein wenig spürte sie in dieser Umarmung auch sich selbst.

»Jetzt komm.«

Ellen sammelte auf, was von ihr noch übrig war, und ließ sich von Saskia in die Küche bugsieren. Saskia holte die Wolldecke vom Sofa, legte sie ihr um die Schultern und drückte sie an sich. »Was ist los?«

Sie spürte ein Herz kräftig schlagen, konnte aber nicht sagen, ob es Saskias oder ihr eigenes war.

Der Kaffee war heiß und stark.

Saskia zog einen Fuß aufs Polster, und ihr Nachthemd rutschte ihr übers Knie. Ihr nacktes Bein war dünn, ein Flaum überzog es und erinnerte Ellen an ihre Mutter, und sie fing wieder zu weinen an.

»Was ist denn nun?«, fragte Bruno.

Sie hatte gar nicht bemerkt, wie er sich auch einen Kaffee eingeschenkt und sich gegen die Arbeitsplatte gelehnt hatte.

»Ellen!«

Sie holte ihr Handy hervor und zeigte ihnen die Nachricht.

»Werde es wieder tun?«, fragte Saskia. »Was denn?«

Am liebsten hätte sie geschrien. Das Morden, Saskia, das Töten.

»Nimm das doch nicht ernst«, sagte Bruno. »Da will sich nur einer wichtig machen. Lösch die Nachricht einfach.«

»Das ist eine Morddrohung.«

»Blödsinn.«

»Ich muss zur Polizei.«

»Nein!«, fuhr Bruno sie an. »Ich meine, etwa wegen einer SMS?«

»Max ist in Gefahr. Ich bin sicher, dass er gemeint ist.«

Bruno atmete tief ein und aus. »Du solltest an dich denken, nicht an Max. Du willst doch arbeiten, die Praxis leiten. Lass die Vergangenheit ruhen, Ellen.«

»Max hat mich gestern besucht.«

Bruno klang plötzlich aufgebracht. »Was will der von dir? Der soll dich in Ruhe lassen. Ich werde ihn mir vorknöpfen, wenn du willst.«

Bruno ballte beide Fäuste und biss die Zähne zusammen. Er

machte er ihr Angst. Es war etwas in ihm, was wohl auch Saskia ahnte, denn sie drückte sich enger an sie.

»Max sagt, ich hätte ein Motiv. Papa sagt das auch. Und wisst ihr was, ich habe das beste Motiv überhaupt. Bald wird die Polizei vor meinem Haus stehen und mich wie eine Verdächtige behandeln, wie eine Mörderin.«

»Jetzt mach mal halblang«, sagte Bruno. »Du wolltest doch gerade selbst hingehen.«

»Seht ihr es nicht, oder wollt ihr es nicht sehen?«, fragte Ellen. »Kaum bin ich zurück, stirbt Johannes. Ich räche mich, das werden sie denken, und wer sollte es ihnen verübeln?«

»Ja, aber die Nachricht da auf deinem Handy, die hast du dir doch nicht selbst geschickt.«

»Richtig. Aber sie macht es nicht besser, Bruno. Sie macht mir eine Scheißangst. *Ich werde es wieder tun.* Damit kann doch nur Max gemeint sein. Und wenn er stirbt, stecken sie mich ins Gefängnis. Jemand will mein Leben zerstören.«

»Wer sollte dir das antun wollen?«, fragte Saskia. »Du bist unschuldig, du bist das Opfer. Das macht keinen Sinn.«

»Was macht bei einem Verrückten schon Sinn«, sagte Bruno.

»Ich habe kein Alibi«, sagte Ellen und blickte auf die Tischplatte. Alles schien auf das Offensichtliche hinauszulaufen. Jemand hatte gemordet, und sie würde dafür ins Gefängnis kommen, denn ihr Motiv war so unsagbar einleuchtend, so überzeugend, dass sie es fast selbst für gerechtfertigt hielt, bestraft zu werden. Wieder war sie das Opfer. Sie hatte sich doch etwas geschworen ...

Sie riss sich aus ihrer Starre und schlug mit der flachen Hand auf den Tisch. »Vielleicht tötet ja auch jemand *für* mich.« Möglicherweise gab es jemanden, der die Arbeit verrichtete, die ihr zu groß erschienen war.

Saskia streichelte ihr den Arm. »Nicht doch, Ellen. Du bist einfach gestresst, musst viel verarbeiten, das Zurückkehren, die Praxis, Johannes, die Vergangenheit. Sei nicht so streng mit dir, lass dir Zeit.«

»Sei nicht naiv, Saskia, Zeit ist das Letzte, was ich habe. Im Gegenteil, es geht vielleicht schneller, als wir denken.« Sie stand von der Bank auf und stützte sich auf die Tischplatte. »Ich muss Max warnen.«

»Du solltest dir seinetwegen wahrlich nicht den Kopf zerbrechen«, sagte Saskia. »Du kannst heute hierbleiben. Wir könnten einen Kuchen backen.« Saskias Augen waren schwarz und undurchdringlich.

»Er ist trotz allem noch ein Mensch.«

»Das hast du nicht immer so gesehen.«

Das war richtig, und Max war schuldig. Aber sie machte sich auch schuldig. Sie waren alle ein Teil der Geschichte.

»Ich muss los«, sagte sie.

Bruno nahm sie unbeholfen in den Arm. »Du kannst immer zu uns kommen.« Sein Ohr berührte ihre Wange, und der Knorpel hinterließ einen warmen Abdruck in ihrer Haut. Sie rieb sich das Gesicht.

»Manche Dinge regeln sich, Ellen«, sagte Saskia. »Noch jeder hat am Ende seine Strafe bekommen.«

»Was redest du denn da? Ein Mord ist geschehen, und ein weiterer ...«

Bruno legte seinen Arm um Saskias Taille: »Du wolltest doch immer, dass sie sterben«, sagte er.

»Das war damals. Das ist lange her. Ich kann doch nicht zulassen ...«

Sie wollte es nicht aussprechen. Selbst wenn es Max treffen würde, sie war Ärztin, sie durfte nicht denken, was sie dachte.

»Man kann vieles zulassen«, unterbrach Saskia sie.

Von ihrer Schwester ging eine fast greifbare Kälte aus.

Ellen zog den Mantel über und ging zur Haustür. Saskia war dicht hinter ihr. Sie roch noch immer die Wärme der Nacht, die an ihr haftete.

»Geht es dir gut, Saskia?«

»Das fragst du mich?«

»Ja, das frage ich dich. Was ist mit deinem Bein, warum humpelst du? Wie ist das passiert?«

»Nicht alles ist so, wie du es dir ausmalst. Ich bin gestolpert.«

»Ach ja? Dann komm in die Praxis, damit ich es mir ansehen kann.«

Saskia vergewisserte sich mit einem Blick, dass Bruno in der Küche geblieben war, und kam Ellen in dem schmalen Windfang noch näher. »Ich bin mit mir im Reinen«, sagte sie bitter.

»Ach ja, mit deiner Ehe? Oder damit, dass du mich zurückgeholt hast?«

»Ich wollte, dass du dich mit Papa versöhnst, bevor es vorbei ist.«

»Scheiß auf Papa.«

»Das sagst du. Warst die ganzen Jahre fort. Hab zumindest jetzt den Mut zu bleiben.«

»Das kann ich dir nicht versprechen.«

»Dann warte zumindest ab. Wenn Max auch … Ich meine, dann wäre es doch einfacher für dich, oder etwa nicht?«

Saskia schob sie aus dem Haus, ohne eine Antwort abzuwarten, und überließ sie diesem Morgen, der nicht in der Lage war, sie aufzufangen.

Sie stolperte auf den Weg und bis zur Straße.

»Hey, kommt mal her, seht mal, was ich gefunden habe«, rief Max, und sie warf ein letztes Mal den Basketball, ließ ihn liegen, fiel auf Max herein. Rannte durch das geöffnete Tor in den Geräteraum, folgte blind den einfältigen Rufen, trat wie ein Hase in eine ausgelegte Schlinge. Die Läufe gebrochen, das Fell voll Blut.

Ein Wispern in der Nacht.

Das war sie damals gewesen.

Niemand hatte ihr geholfen.

Nie wieder, hatte sie sich geschworen, wollte sie so gedemütigt werden.

Sie musste etwas unternehmen.

29.

Leise spielte der CD-Player die Hits der Beatles. *All my loving.*
Auch er hatte viel Liebe.
Es war noch früh, noch musste er nicht los, aber schlafen konnte er auch nicht mehr. Er musste an den verlorenen Knebel denken.
Im Haus war es sehr warm, die Heizung war aufgedreht. Unruhig ging er vom Wohnzimmer in die Küche und wieder zurück, trank den Rest Apfelsaft vom Vortag. Dreck klebte unter seinen Füßen.
Er lehnte seine Stirn an die Scheibe. Sein Leben war lange Zeit nicht besser als das dieses Baumes dort draußen gewesen. Einerseits starr, andererseits von äußeren Kräften bewegt. Nun endlich hatte er selbst das Heft des Handelns in die Hand genommen. Viele Bilder in seinem Kopf. Vor allem schreckliche, die ihm Angst machten, ihn aber auch in eine Art Trance versetzten, die ihm gefiel. Er war nicht mehr er selbst, auch wenn er genau wusste, was er tat. Er stellte es nicht infrage, es war richtig, alles fügte sich, eins zum anderen, und wie bei einem Puzzle würde es am Ende zusammenpassen und ein schönes Bild ergeben, ein Bild, in dem er leben konnte, besser als jetzt.
Draußen zwischen den Sträuchern erhob sich ein Schatten. Das Gesicht hinter dem Fenster war das seines Vaters, ein fahles,

schmales Gesicht, dessen Kinn einem schweren Hammer ähnelte.

Hass stieg in ihm auf.

Er stieß den Kopf gegen die Scheibe. Sein Vater war schon lange tot.

All my loving.

Er atmete tief in seinen Bauch, wartete, bis seine Erregung abklang. Der Schweiß auf seinem Rücken. Die feuchte Handfläche, die er an seiner Hose rieb.

Er legte eine andere CD ein.

Like a load on your back that you can't see, but it's alright, try to shake it loose, cut it free, let it go, get it away from me. Cos tonight, tonight, tonight I'm gonna make it right.

Er mochte den alten Song. Gut zum Aufräumen. Dann duschte er so lange, bis seine Haut rot war.

Er wischte den Nebel vom Spiegel und sah einen Menschen, der sich im Griff hatte, der sein Ziel verfolgte, freundlich und sympathisch, gepflegt. Dieser Person würde jeder vertrauen, sie war niemand, die man missverstand, sie war verlässlich, und sie konnte noch etwas warten. Auf ein paar Tage, ein paar Stunden kam es nicht an.

Er musste in den Tag starten.

Doch zuvor musste er noch im Keller nach dem Rechten sehen.

30.

Merab schnürte seine Turnschuhe. Eben hatte er aufgeräumt, sein Wohnzimmer hatte wie das Gehirn eines Verrückten ausgesehen. Der Boden war übersät mit Zeitungsausschnitten gewesen, Fotos, Internetausdrucke. Er hatte alles ordentlich in eine Mappe gelegt. Die besten Fundstücke steckten mit Reißzwecken an der Wand. Geschlafen hatte er kaum, drei Stunden auf dem Sofa. Noch einmal stand er vor der Collage, stopfte sich das Hemd in die Hose und versuchte, Zusammenhänge zu erkennen. Johannes Gruber. Sein Bild hing über allem anderen. Er war das Opfer, alles drehte sich um ihn. Ein unscheinbarer Mensch. Hier im Ort geboren, hier aufgewachsen. Grundschule, Gymnasium, Abitur. Keine Auffälligkeiten in der Schulzeit. Als Kind bei den Turnern aktiv, später, wie sein älterer Bruder Max, im Fußballverein. Die Mutter verlässt die Familie früh, baut sich mit einem anderen Mann ein neues Leben auf. Zieht nach Mallorca, kommt nie zurück. Da ist Johannes dreizehn. Der Vater kümmerte sich fortan um die Brüder, vier Jahre später heiratet auch er ein zweites Mal. Gruber schickt beide Söhne nach der Schule für ein Jahr in die USA und anschließend zum Studium der Landwirtschaft nach Stuttgart Hohenheim. Johannes schließt erfolgreich ab. Danach beginnt er, wie schon Max, auf dem Hof seines Vaters zu arbeiten. Gemeinsam sollten sie bald den Betrieb übernehmen. Der alte

Gruber erklärte das öffentlich am Rande einer Parteiversammlung im vergangenen Herbst. Er wolle sich mehr der Politik widmen, eventuell für den Landtag kandidieren.

Im Gegensatz zu Max war Johannes unverheiratet und hatte keine Kinder. Einmal wegen zu schnellen Fahrens verurteilt, einmal für den größten Kürbis der Gegend ausgezeichnet. Damals war er noch Student und arbeitete in den Semesterferien schon auf dem Hof. Alles in allem ein gewöhnliches, man könnte sagen langweiliges Leben ohne Besonderheiten.

Merab strich sich durch den Bart. Sein Magen knurrte.

Max dagegen fuhr schnelle Autos, wechselte oft seine Freundinnen, bis eine schwanger wurde und er sie, so vermutete er, auf Geheiß seines Vaters heiratete und ein Haus in der Nähe des Hofes baute. Das Kind war inzwischen drei Jahre alt, die Frau eine Zugezogene aus Osteuropa. Einige behaupteten, sie sei eine Prostituierte.

Er hätte gern mit ihm persönlich darüber gesprochen. Aber Max war für ein Interview nicht zu erreichen.

Er nahm einen Ausschnitt in die Hand, den er in seiner eigenen Zeitung gefunden hatte. *Roth übernimmt Praxis von Schwarz*, lautete die Schlagzeile. Das Spiel mit den Farben hatte sich bei den Familiennamen angeboten.

Ellen Roth bezog er nicht in den Kreis der Verdächtigen ein, vielleicht weil sie ihm gut gefiel. Und er traute es ihr nicht zu. Aber auch Claudia hatte er nicht zugetraut, tatsächlich zu gehen, und wie richtig er damit gelegen hatte, war offensichtlich. Vielleicht war er einfach nicht in der Lage, die richtigen Schlüsse zu ziehen.

Er musste los.

Der Schnee lag an diesem Morgen etwas höher. Er bedeckte die Straßen wie manche Maske einen Mörder. Vielleicht, dachte er, war es aber hier ja auch gar nicht so schlimm. In ein paar Jahren würde Paul in Rente gehen, und als sein Nachfolger würde er einen gewissen kreativen Spielraum besitzen, mehr als in einer großen Redaktion, wo er nur ein kleines Rädchen im Getriebe war. Er war nicht wie Dustin Hoffman in *Die Unbestechlichen*, seinem Lieblingsfilm. Er war noch nicht einmal unbestechlich. Möglich, dass er hier genau richtig war. Aber hatte er nicht um alles in der Welt weggewollt? Warum änderten sich seine Gedanken? Ihretwegen? Ellen Roth würde Unterstützung brauchen. Darin war er ganz gut. Auch wenn er bei Claudia versagt hatte.

Er ließ sein Rad stehen und ging zu Fuß. Beim Bäcker an der Straßenecke kaufte er einen Kaffee, und als er der Redaktion näher kam, schienen sich seine Überlegungen zu bewahrheiten. Er hatte also doch einen guten Riecher.

31.

Die Frau, die vor der Redaktion auf ihn wartete, sah völlig übermüdet aus, und fast hätte er sie nicht erkannt. Sofort fühlte er sich unwohl in seiner alten Fleecejacke, die er eigentlich längst hatte aussortieren wollen.

»Fangen Sie immer so spät an?«, fragte ihn Ellen Roth.

Er zog seine Mütze vom Kopf. »Journalisten sind nicht gerade Frühaufsteher. Aber dafür schauen wir abends nicht so genau auf die Uhr.«

Die Ärztin kaute auf ihrer Unterlippe. Sie fror und zog an ihrem Schal. »Können wir reden?«, fragte sie.

»Klar. Kommen Sie rein.«

»Nein, gehen wir lieber ein Stück.« Sie zeigte auf seinen Becher. »Ich dachte, hier gibt es keinen Kaffee to go.«

»Wir leben hier zwar am Arsch der Welt, aber nicht hinterm Mond. Ich kann Ihnen drinnen schnell einen machen.«

Sie versuchte zu lächeln, und er war sich sicher, dass der Schnee schmelzen würde, wenn sie ihn noch länger so ansah.

»Das wäre toll, das mit dem Kaffee.«

Er ging ins Büro.

»Ist das die Ärztin?«, fragte Caro. Sie war die Einzige, die an diesem Morgen in der Redaktion war. »Sie ist ein bisschen zu hübsch für dich, findest du nicht?«

Caro liebte Frauen, und das hier, in dieser Gegend, die nicht besonders liberal war. Ihm war es egal, aber Gruber hatte zuletzt einen Homosexuellen aus dem Gemeinderat gedrängt und mehrere homophobe Kampagnen der Kirche unterstützt. Einmal war Caros Haus umstellt und mit Farbbeuteln beworfen worden.

»Ich werde es für dich herausfinden, okay?« Er stellte einen Becher unter den Vollautomaten.

»Ich habe seit einigen Wochen Probleme mit Regurgitation.« Ich glaube, ich gehe mal zu ihr in die Praxis«, sagte Caro.

»Was bitte ist das?«

»Mir kommt Säure aus dem Magen hoch.«

»Gott, verschone mich mit Details.«

»Hey«, sagte Caro, »die Polizei hat jede Menge Beruhigungsmittel im Blut von Johannes Gruber gefunden. Ein ganz schöner Cocktail. Außerdem war er vorher fast zwei Tage verschwunden. Und ...« Sie nahm ihm den frischen Kaffee für Ellen aus der Hand und setzte sich damit an ihren Schreibtisch.

»Und?«, hakte er nach und wandte sich erneut der Maschine zu.

»Und er hat sich neulich im Jagdschlösschen mit seinem Vater gestritten. Die Hühnersuppe soll gegen die Wand geflogen sein.«

»Um was ging es?«

»Natürlich ums Geld.«

Er zog seine Mütze wieder auf.

»Gutes Motiv.«

»Geld, Liebe, Rache, die klassischen Motive der modernen Tragödie. Vielleicht verwende ich das für meinen Roman.«

»Tu das, aber das hier ist meine Story, Caro.«

»Ich will nur helfen.«

Er suchte nach den kleinen Zuckertütchen. Auch diese kleinen Holzstäbchen zum Umrühren mussten irgendwo sein.

»Wo ist eigentlich Paul?«, fragte er, während er unten in den Schränken wühlte. »Der ist doch sonst immer so früh da?«

»Du meinst, so früh wie du?«

»Ich bin dafür abends meist der Letzte.« Er kam wieder hoch und pustete den Staub vom Holzstäbchen.

»Paul kommt schon einige Tage ziemlich spät und sieht aus, als ob er auf der Couch schläft.«

»Paul und Annette sind doch ein glückliches Paar.«

»Wenn du meinst. Alle haben Geheimnisse, Merab. Was ist deines?«

Sie nickte nach draußen in Ellen Roths Richtung.

»Ach, Caro, leck mich einfach.«

Er warf das Holzstäbchen nach ihr, und sie lachte.

»Gern.«

Während er seine Jacke schloss, sah er raus zu ihr. Im Netz war nicht viel über Ellen zu finden gewesen. Sie hatte den Ort gleich nach der Schule verlassen, sich in München eingeschrieben, das Studium aber nach dem vorklinischen Teil in Hamburg fortgesetzt. Sie war mit Christoph Schwertleger liiert gewesen, Oberarzt in der Dermatologie am UKE. Den Grund für die Trennung hatte er nicht herausfinden können, aber sie musste noch recht frisch sein. Trennungen sah er den Menschen an, er brauchte ja nur in den Spiegel zu sehen. Ellen lag einige Trauerphasen hinter ihm, und es beruhigte ihn, dass er selbst offensichtlich Fortschritte machte.

»Mit Liebe gemacht«, sagte er und reichte ihr den Kaffee.

Ellen wärmte ihre kalten Finger am Becher, und gemeinsam gingen sie die Straße hinunter. Handwerker in Autos, Mütter mit Kindern auf Schlitten, Ladenbesitzer hinter Fenstern. Die Luft klar, vom Wind und vom Wald gereinigt.

Ellen sagte lange nichts, und obwohl es in ihm arbeitete, ließ er ihr die Zeit, die sie offensichtlich brauchte. Milchschaum lag auf ihrer Oberlippe, als sie den letzten Schluck Kaffee trank und ihm den Bürobecher zurückgab, den er in seine Jackentasche steckte.

Claudia schritt durch seine Gedanken, aber er versuchte sie zu ignorieren, musste über sie hinwegkommen, und doch vermisste er sie auch jetzt. Dennoch, er musste nach vorn sehen. Also tat er das, denn sie erreichten eine Anhöhe, von der aus er den Blick über das Dorf schweifen ließ. Der Schnee verdeckte die Löcher, das Moos und die eingefallenen Dachluken der alten Gebäude.

»Der Ort entwickelt mit der Zeit einen gewissen Charme«, sagte er. »Es ist auszuhalten hier.«

Er blickte zu den Bergen hinauf. Gerade hier, dachte er, hatte mancher Grund, einen Mord zu begehen, denn man konnte hier verrückt werden.

»Ich habe den Kontakt zu diesem Ort vor Langem schon verloren«, fing sie leise an. »Ich hatte angenommen, noch eine Verbindung zu haben, aber da ist nichts. Nur dieses schlechte Gewissen, Saskia alleingelassen zu haben. Saskia ist meine Schwester.«

Das wusste er. Er hatte seine Hausaufgaben gemacht.

»Warum ist sie nie weg?«

»So ist sie nicht. Und dann gibt es da noch meinen Vater.«

»Ihm gehört das Hotel Reh, richtig?«

»Gehörte. Es ist schon lange verkauft. Als es ihm schlechter ging, hat er es einfach abgestoßen, als hätte es ihm nie etwas bedeutet. Saskia führte das Hotel bis dahin quasi allein und musste sich von heute auf morgen einen neuen Job suchen. Er hat ihr erst vom Verkauf erzählt, als die Verträge schon unterschrieben waren. Das ganze Geld behielt er. Er hat Saskia immer nur das Leben schwer gemacht.«

»Und ihr Mann?«

Ellen verzog die Mundwinkel.

»Bruno ist Taxifahrer. Wie viele Taxifahrten hier zusammenkommen, muss ich Ihnen ja wohl nicht sagen.«

Sie öffnete sich, und ihr Vertrauen tat ihm gut. Er würde sie nur ungern enttäuschen, aber eine Story war eine Story, und er würde alles verwenden, was ihm nutzen würde.

»Und Ihre Praxis? Was erwarten Sie, wird sie gut laufen? Krank sind die Leute doch immer, oder?«

»So wie Sie?«

»Es ist dank des Müslis schon viel besser.«

Er lächelte, und dieses Lächeln meinte er ehrlich.

Sie kamen zur Senke. Abgebrochene Äste und die Reste eines Zauns lagen neben dem Weg. Der Schnee war hier nicht weggeräumt, und sie sanken bis zu den Knöcheln ein.

»Heute morgen habe ich das erhalten.«

Sie zeigte ihm die Textnachricht.

Ich habe es für dich getan und werde es wieder tun.

»Heilige Scheiße«, sagte Merab.

»Ich bin ziemlich sicher, dass Max Gruber damit gemeint ist. Ich habe vorhin auf dem Weg zu Ihnen versucht, ihn anzurufen, aber er ist nicht auf dem Hof. Sie haben mir seine Handynummer gegeben, aber dort geht nur die Mailbox ran.«

Trotz der Kälte begann er zu schwitzen, und dass sie ihn dabei anstarrte, machte es nicht besser.

»Ich konnte ihn selbst nicht erreichen, habe versucht, ihn wegen eines Interviews zu kontaktieren.«

Sie steckte das Handy wieder in ihre hintere Hosentasche.

»Aber warum Max? Was macht Sie da so sicher?«

»Einigen wir uns einfach darauf, dass ich es weiß, okay? Ich muss ihn finden und warnen. Er ist in Gefahr. Helfen Sie mir?«

Die Sonne zeichnete ihre Wangenknochen nach. Ihre Augen

waren groß und schwarz. Die Schanze erhob sich majestätisch über die Baumwipfel hinweg, und er wusste nicht, ob es eine Rampe hinauf in den Himmel oder eine Möglichkeit war, hinab zur Erde zu stürzen.

»Wenn ich Ihnen helfen soll, dann müssen Sie mir erklären, wo die Verbindung ist. Nur weil sie Brüder sind? Das ist mir zu wenig.«

Sie ging weiter. »Ich werde ihn auch allein finden. Ist schon gut. Danke für den Kaffee.«

Hinter der Schanze gab es einen Weg, der zurück in den Ort führte. Sie kannte sich noch immer gut aus, und schnell hatte sie einen großen Abstand zwischen sich und ihn gebracht.

Er sah sie gern an. Verliebte er sich etwa? Er beeilte sich, um Ellen zu folgen, und Schritt für Schritt wurden seine Bewegungen sicherer. Verschwinde, Claudia, sagte er leise, den Blick auf seine Schuhe gerichtet, lass mich endlich in Ruhe.

»Ellen, warten Sie!«

Er holte sie bei den Häusern ein. Die Fenster auf der dem Wald zugewandten Seite waren verschlossen und verdunkelt.

»Ellen«, rief er. »Was haben die beiden getan?«

Sie wollte ihm antworten, aber es gelang ihr nicht, das konnte er erkennen.

»Ellen, ich bin auf Ihrer Seite.«

»Ich kenne Sie doch gar nicht. Es tut mir leid, ich hätte nicht kommen sollen.«

»Aber Sie sind gekommen.«

Er konnte ihre Hände in den Jackentaschen nicht sehen, aber er wusste, dass sie sie zu Fäusten ballte.

»Sie haben mich am Abend der Abiparty...«, sie schluckte und sah in den Himmel, »... sie haben mich vergewaltigt, verdammt. In der Turnhalle der Schule. Erst Max, dann Johannes und dann ...«

Er wartete, bis sie sich beruhigte, wollte sie berühren, sie beschützen, aber er hielt sich zurück.

»Und dann?«

Sie schüttelte den Kopf.

»Ellen!«

»Dann bin ich so schnell wie möglich weg von hier, so weit ich konnte, habe mich versteckt und mich gezwungen, alles zu vergessen. Und nun bin ich wieder da, weil ich geglaubt habe, die Vergangenheit sei besiegt, aber sie lauerte die ganze Zeit, und jetzt hat sie zugeschlagen. Und wenn *ich* Johannes trotz eines überzeugenden Motivs nicht getötet habe, wer hat es dann getan?«

»Jemand, der von der Vergewaltigung weiß.«

»Richtig.«

»Jemand also, der Ihnen vermutlich nahesteht oder -stand.« Er sah ihr an, wie unwohl ihr wurde. »Es muss nicht so sein. Vielleicht gibt es eine andere Erklärung.«

Sie nickte tapfer und wischte sich übers Gesicht.

»Kann ich Ihnen vertrauen, Merab?«, fragte sie.

Sie hatte keine Angst um Max, sondern um sich selbst. Vorsichtig wagte er sich näher, nahm sie sanft in die Arme, und als ihr Kopf auf seine Schulter fiel, drückte er sie fest an sich.

»Es ist gut«, flüsterte er. »Alles wird gut.«

32.

Jemand hatte in die Tat umgesetzt, was sie sich immer nur vorgestellt hatte. Wie sie ein Messer ergriff und die Klinge tief in die Flanke des auf ihr liegenden Mannes stieß, wie sie einen Körper mit Benzin übergoss und das Streichholz in die Luft schleuderte. Jedes Mal wurde ihr bei diesen Gedanken warm, und ihr Hass erlosch langsam in dem guten Gefühl, etwas Gerechtes zu tun. Der Gedanke an Rache war ein heilendes Gefühl.

Merab fuhr einen alten Opel Corsa aus der Garage und räumte den Beifahrersitz frei. »Entschuldigen Sie, ich fahre nicht oft und meist allein.«

Er warf einige McDonald's-Verpackungen auf die Rückbank, wischte das Polster ab und ließ sie einsteigen. Während der Fahrt sprachen sie wenig, aber sie bemerkte, wie er sie ansah und in seinem Kopf nach Worten suchte. Schüchtern schien er ihr mittlerweile nicht mehr. Wahrscheinlich war er nur nicht so geübt in solchen Gesprächen. Und sie war es auch nicht. Nicht mehr, dachte sie. Christoph erschien in ihren Gedanken, aber auch zu ihm verlor sie die Verbindung. Wenn nur das Schweigen nicht wäre. Aber dann sagte Merab etwas.

»Grubers dubiose Geschäfte ... Es geht da um ein ganzes Firmengeflecht und um Schwarzgeld. Da ist viel Geld im Umlauf. Er legt es an, wäscht es. Wenn Johannes beteiligt war, dann ...«

»Sie können die Theorie wohl nicht aufgeben. Das sind ziemlich schwere Vorwürfe.«

»Die Verdächtigungen stammen nicht von mir. Ich habe weiter recherchiert. Vor zwei Jahren gab es einen kritischen Bericht im *Spiegel*, manche haben damals vermutet, dass die Behauptungen aufkamen, nur um den Freien Wählern in Bayern und damit Gruber zu schaden. Aber man konnte ihm nichts nachweisen, und so hat er das politisch ausgeschlachtet, hat es eine Hetzjagd auf seine Person genannt. Aber jetzt sehe ich die Sache in einem anderen Licht. Ich meine, wenn da was dran ist, dann könnte doch dort ein Täter zu finden sein.«

»Jemand, der Gruber politisch schaden will, bringt seinen Sohn um?«

»Gruber hat Schulden.«

Ellen zog die Augenbrauen hoch. Merabs Theorie war nicht schlecht, aber sie wusste nun mal, dass sie nicht stimmte, auch wenn sie es sich wünschte. Es gab eine andere offene Rechnung, und sie hielt den Schuldschein in der Hand.

Die Landstraße führte durch einen kurzen Tunnel, gleich danach bremste Merab und bog in eine Allee ein. Am Ende der Straße lag Grubers Hof.

»Okay, mag sein«, sagte Merab, »zu viel Spekulation und zu wenig Beweise.« Er stellte den Motor aus. »Gehen wir den Rest lieber zu Fuß.«

Links und rechts hinter den Bäumen lagen die im Herbst abgeernteten Felder unter Schnee begraben. Der Boden war hart, und die Schritte knarrten, als gingen sie über alte Dielen. Merabs Blick, der gleich wieder davonhuschte, als sie ihn bemerkte, gefiel ihr.

»Sie sollten sich fern von mir halten«, sagte sie. »Ich ziehe schlechte Dinge nur so an. Vielleicht bringe ich Sie am Ende um?«

»Darum sind Sie zu mir gekommen, um mir Angst zu machen?«

Sie lächelte, und er grinste verschmitzt zurück. Sie hätte gern seine Hand genommen, um sich sicherer zu fühlen, aber wie hätte das ausgesehen. In Merabs Umarmung hatte sie sich geborgen gefühlt.

»Haben Sie der Polizei eigentlich erzählt, dass ich abends auch bei der Schanze war?«

Er wandte sich ihr zu. »Warum hätte ich das tun sollen?«

»Weil es die Polizei interessiert hätte.«

»Und wenn schon.«

»Ist es für Ihre Story so spannender?«

»Ich fand einfach, dass es nicht so wichtig war.«

Aus dem Horizont wuchs der Bauernhof empor. Eine Krähe landete in einem Baumwipfel.

»Und Haußer? Der hat es doch bestimmt gesagt. Immerhin ist er Polizist.«

»Er war Polizist und sagt grundsätzlich nicht viel. Keine Sorge, die Polizei wird nicht vor Ihrer Tür stehen. Und selbst wenn, bleiben Sie einfach gelassen.«

Er lächelte sie an, und sie beließ es dabei. Je weniger sie mit der Polizei zu tun hatte, desto besser.

Sie erreichten den Eingang zum Hof.

»Die Anlage besteht schon weit über hundert Jahre«, sagte Merab. »Die Familie lebt schon ewig an diesem Ort.«

»Ich war schon mal hier. Ist lange her.«

Sie gingen durch das offene Eisentor, an das sie sich erinnerte. Max hatte sich mit den Füßen zwischen die Streben gestellt und sich von Johannes anstoßen lassen. Dann war er mit Schwung gegen den anderen Seitenflügel gekracht und hatte gelacht. Sie war nie mit den beiden befreundet gewesen, aber die

Kreise im Ort waren klein, und die Verbindungen aus der Schule brachten es mit sich, dass es sie ab und an ins Zuhause der anderen verschlagen hatte.

Vor dem alten, gräulichen Fachwerkhaus öffnete sich ein ovaler, mit Kies bedeckter Platz. Rechts ging es zu den Wirtschaftsgebäuden. Der Boden war vom Schnee befreit, die Asphaltfläche an einigen Stellen aufgerissen und ließ das darunter verborgene ursprüngliche Kopfsteinpflaster erahnen. Mitarbeiter in schweren Jacken und verdreckten Gummistiefeln liefen über das Gelände. Weiter hinten schlossen sich die Ställe an.

»Dort liegt das Gestüt«, erklärte Merab. »Gruber besitzt einige teure Pferde. Das Geschrei aber kommt von den Schweinen.«

»Ich habe den Hof größer in Erinnerung. Aber das ist normal, oder?«

In ihrer Kindheit war ihr das Gelände riesig vorgekommen, jetzt erkannte sie, wie klein die Welt war, aus der die beiden stammten. Vielleicht hatten sie ebenso fortgewollt wie sie, nur hatten sie die Grenzen anders gesprengt.

»Mit dem Vieh allein ist Gruber jedenfalls nicht reich geworden.«

Merab ging voraus. Der Wind fegte über den Platz und packte sie an den Knöcheln.

»Bereit?«, fragte er, als sie wieder zu ihm aufschloss. Sie nickte, und er klingelte.

Es dauerte nicht lange, und eine Frau öffnete die Tür. Sie war alt, mindestens siebzig, schlank, barfuß, und ihr offenes Haar fiel ihr bis auf die Schultern. Ihr langes Kleid saß auf dem Boden auf, ließ aber vorne die Zehen hervorschauen. Reste von schwarzem Nagellack. Ihre schlanken Finger klammerten sich an das Türblatt. Sie hatte nichts von einer Bäuerin.

»Der Schmierfink und Ellen Roth!«

Sie zuckte bei ihrem eigenen Namen zusammen.

»Kennen wir uns?«, fragte sie.

»Ich kannte deine Mutter. Gott hab sie selig.«

»Ist Max zu Hause?«, fragte Merab.

»Dieses Haus ist in Trauer. Ihr solltet euch schämen, uns zu stören.«

»Mein Beileid.«

Die Alte schaute sie glasig an. Sie musste die zweite Frau von Gruber sein, war also nicht die Mutter von Max und Johannes, dennoch wirkte sie wie zerbrochen.

»Max ist nicht hier. Schon seit Tagen nicht. Erst hat er noch angerufen, aber jetzt nicht mehr.«

Sie fühlte Mitleid mit der alten Frau. Sie war einsam, die Mauern um sie herum hielten ihre Leere zusammen. Im Hintergrund hörte sie die Schweine im Stall.

»Er wirkte so verloren in letzter Zeit«, murmelte die Alte. »Ich habe Angst um ihn. Seit Heidi weg ist ... und jetzt sein Bruder.«

Ellen trat eine Stufe nach oben, um sie besser verstehen zu können. »Er war mit Heidi zusammen? Ist er denn nicht verheiratet?«

Wieder schaute die Alte sie lange an, abwägend, was sie erzählen konnte. Aber sie spürte, dass sie es loswerden wollte.

»Bitte, wir wollen nur helfen«, setzte sie nach.

»Maria ist doch längst Geschichte. Sie hat Ben damals mitgenommen. Weder Max noch ich haben den Jungen seit langer Zeit gesehen. Als dann Heidi kam, dachte ich, es würde besser werden mit ihm, aber am Ende ist alles viel schlimmer geworden. Sie sind jetzt ebenfalls getrennt, Gott sei Dank.«

»Was konkret ist schlimmer geworden?«, fragte Merab.

»Die Depressionen natürlich.«

»Heidi ist todkrank«, sagte sie.

Die Alte lachte mit dünner Stimme. »Heidi ist nicht krank, sie ist verrückt. Das ist alles.«

Sie konnte es nicht glauben.

»Kennen Sie sie?«, fragte Merab von der Seite.

»Sie hat mich in der Praxis aufgesucht. Sie hat Krebs!«

Wieder lachte die Alte. Ihre Brille hing an einem Band vor ihrer Brust, und sie hielt sie fest, weil sie wackelte.

»Sie hat ein verletztes Knie, weil sie versucht hat, sich zu Tode zu springen. In ihrem Alter auf der Schanze, Herrgott. Seit sie das Baby verloren hat, ist sie wie von Sinnen.«

»Sie war schwanger? Von Max?«

»Von mir war sie es jedenfalls nicht.«

»Hat Max sie verlassen oder sie ihn?«, fragte Merab.

»Heidi hat ihn geschlagen. Nicht nur einmal. Trotzdem ist er lange bei ihr geblieben. Er suchte sich immer die Frauen, die am schlechtesten mit ihm umgingen.«

Das hörte sich nicht nach dem Max an, den sie kannte. Und auch nicht nach der Heidi, die ihre Freundin gewesen war.

»Und Ben? War der Junge denn sein Kind?«

»Sicher.«

»Meinen Sie, Max ist vielleicht bei der Mutter, bei dieser Maria?«, fragte Merab.

Die Alte schüttelte den Kopf. »Nein, und wenn doch, dann ist er in Gottes Hand.«

Über den Hof wehte eine Wolke Schnee und legte sich in die Einfahrt. Ein Traktor fuhr über den Platz. Sie sahen sich um, und als er weg war, drückte die Alte die Tür zu.

Merab klingelte noch einmal, aber sie kam nicht zurück. Frierend gingen sie zum Wagen.

»Reicht das alles für ein Motiv? Sie kennen diese Heidi doch?«

»Nein. Heidi ist krank. Das war ihr eindeutig anzusehen.«

»Vielleicht hat sie es Ihnen nur vorgespielt?«

»Einer Ärztin etwas vorzuspielen ist nicht so einfach. Aber kann sein. Keine Ahnung. Was machen wir denn jetzt?«

»Wissen Sie, wo Heidi wohnt?«

Ellen schüttelte den Kopf. »Ich hatte den Kontakt abgebrochen. Die Adresse müsste aber in den Praxisunterlagen zu finden sein.«

Merab schloss den Wagen auf. Ellens Handy klingelte.

Martha!

Mit ihren kalten Fingern musste sie mehrfach wischen, bis das Display reagierte und sie den Anruf annehmen konnte.

»Ellen, gut, dass ich Sie erreiche. Sie haben Patienten.«

»Okay.«

»Wo stecken Sie denn?«

Sie wusste es nicht. Irgendwo in einem Loch.

»Und noch was. Hier steht ein Mercedes, direkt vor dem Haus. Ich meine, er parkt mitten auf dem Gehweg und versperrt den Eingang. Und im Briefkasten lag ein Umschlag mit dem Autoschlüssel. Ich habe mich nicht getraut, ihn auszuprobieren, ob er zu dem Wagen passt, aber er trägt einen Mercedesstern, und es wäre ja schon seltsam, würde er nicht passen. Was hat das zu bedeuten?«

»Ich komme, Martha. Lassen Sie alles, wie es ist.«

Martha antwortete noch, aber sie legte auf.

»Ich glaube, wir haben Max' Auto gefunden.«

»Steigen Sie ein.«

Er wendete und raste die Allee zurück zur Hauptstraße.

»Woher kannte die Alte Sie?«, fragte sie Merab.

»Sie kennt mich nicht.«

»Sie hat Sie Schmierfink genannt.«

»Besser als Lügenpresse.«

»Sie weichen mir aus.«

Merab legte seine rechte Hand auf den Schaltknüppel, dann wandte er sich ihr zu. »Ich habe die Frau eben zum ersten Mal gesehen.«

Er schaltete hoch, und die Bäume rasten an ihrem Fenster vorbei. Merab arbeitete schon lange bei der Zeitung. Es konnte sein, dass die Alte ihn kannte, ohne dass er davon wusste.

Wie damals im Taxi in Hamburg legte sie die Fingerspitzen an die Scheibe. Sie dachte an Max und was die Frau über ihn erzählt hatte. Ob er an der Vergangenheit ebenso zerbrochen war wie sie selbst? Auf den Gedanken, dass auch er jeden Tag an die Nacht zurückdachte und seine Schuld ihn langsam auffraß, war sie noch nicht gekommen. Das machte es nicht besser, aber leichter, sich für ihn einzusetzen und ihn zu suchen. Sie wurde nur das Gefühl nicht los, dass es bereits zu spät sein könnte.

»Haben Sie bemerkt«, fragte sie, »wie sommerlich Frau Gruber gekleidet war? Es muss unfassbar warm sein in diesem Haus.«

»In der Hölle brennt halt Feuer«, sagte Merab. Als er bemerkte, dass ihr unbehaglich wurde, griff er nach ihrem Arm und lächelte. »Wir zwei werden das Feuer schon löschen.«

Seine Stimme war warm, und sie glaubte ihm.

33.

Max' Mercedes stand mit dem Heck noch auf der Straße, die Motorhaube berührte beinahe das Eingangstor. Die Limousine war so weiß wie der verschneite Vorgarten.

»Unkonventionelle Art zu parken«, sagte Merab.

Seit wann stand der Wagen hier? Wer hatte ihn abgestellt?

Sie ging um das Auto herum und schaute durch die Scheiben. Ihre Haare fielen ihr ins Gesicht, und sie strich sie immer wieder hinter die Ohren. Sie warf Merab einen Blick über die Schulter zu, und ihre Blicke trafen sich kurz. Gemeinsam untersuchten sie die Karosserie, aber außer einer Schramme am Kotflügel, die bereits leichten Rost ansetzte, fanden sie nichts.

»Ein solches Auto werde ich mir niemals leisten können«, sagte Merab. »Nicht einmal, wenn meine Story einschlägt.«

Sie hatte das Haus sehr früh am Morgen verlassen. Martha kam um acht Uhr. Jemand musste das Auto in der Zwischenzeit geparkt haben. Wusste der Fahrer, dass das Haus verlassen war, oder war es ihm egal? Hatte er sie vielleicht beobachtet, gesehen, wie sie zu Saskia gegangen war? Der Gedanke ließ sie schaudern.

Merab nahm ihr sachte den Schlüssel aus der Hand, und sie ließ ihn gewähren.

»Werfen wir mal einen Blick hinein.«

Die Blinker des Wagens leuchteten auf, und die Zentralverriegelung sprang hoch.

Das Auto roch nach kaltem Rauch. Im Fußraum der Beifahrerseite lag eine McDonald's-Tüte mit den Resten eines schnellen Essens von der Ortsausfahrt, und sie musste an Merabs Corsa denken. Im Handschuhfach die dicke Bedienungsanleitung des Autos, eine Sonnenbrille, einige Münzen. Auf der Rückbank eine Winterjacke mit nichts als Fusseln in den Taschen.

Merab öffnete den Kofferraum.

Er war leer bis auf ein DIN-A4-Blatt, das ausgebreitet in der Mitte lag. Die aus der Zeitung ausgeschnittenen und aufgeklebten Buchstaben waren leicht zu lesen:

Das Auto ist ein Geschenk für dich.
Jetzt musst du nicht immer zu Fuß gehen.

»Jemand beobachtet Sie«, sagte Merab.

»Ich glaube, mir wird schlecht.«

Martha erschien am Tor, und Ellen faltete schnell den Zettel zusammen, bevor sie ihn entdeckte. Marthas Blick fiel dennoch darauf.

»Ellen. Die Patienten! Herr Haußer wartet schon über eine Stunde.«

Merab und sie sahen sich an. »Sieh mal an. Haußer!«

»Was will der?«, fragte sie.

Er zuckte mit den Schultern. »Irgendwas mit seinem Fuß«, murmelte Merab.

»Ich komme gleich, Martha.«

Sie blieb abwartend stehen, aber nach einem Moment drehte Martha sich um und ging ins Haus zurück.

»Ich werden den Wagen da drüben abstellen«, sagte Merab und zeigt auf die andere Straßenseite.

»Und dann?«

»Ob mir Frau Lehmann die Adresse von Heidi raussuchen könnte? Dann statte ich ihr mal einen Besuch ab.«

»Ja, okay«, sagte sie. Zu mehr Gedanken war sie nicht in der Lage.

»Raucht Heidi? Der Wagen stinkt wirklich sehr nach Zigarettenqualm.«

»Ich weiß es nicht. Damals hat sie nicht geraucht. Sie hatte ständig Wettkämpfe. Rauchen passte nicht zum Training. Und jetzt als Krebspatientin ...«

»Wenn sie denn tatsächlich Krebs hat«, unterbrach Merab sie.

Sie wartete, bis er den Wagen eingeparkt hatte. Es war gut, dass er da war, auch wenn er gleich gehen und sie diesem Tag überlassen würde, dessen Auswirkungen sie nicht überschauen konnte. Sie wusste nur, dass sie fror, und dafür war nicht allein der Schnee unter ihren Sohlen verantwortlich. Was sollten sie mit dem Auto tun? Konnte Max selbst es hier abgestellt haben? Fast wünschte sie es sich, aber sie wusste auch, dass dieser Gedanke naiv war. Max würde in diesem Augenblick vermutlich nichts lieber tun, als in seinem Wagen davonzurasen.

Dass das Auto ein Geschenk sein sollte, war bizarr und erschreckend. Sie musste die Polizei rufen, die musste den Wagen untersuchen, in weißen Plastiküberzügen und mit Handschuhen. Doch was würden sie finden? Sie selbst hatte ihre Fingerabdrücke hinterlassen. War sie noch ganz bei Sinnen? Aber der Zettel. Vielleicht waren Fingerabdrücke darauf. Das konnten sie nicht ignorieren. Die Polizei würde sich darum kümmern und sie beschützen, und Merab würde nicht drum herumkommen, in der Zeitung zu berichten, und alle würden es wissen, was jetzt und was damals gewesen war, und ihre Patienten würden lieber eine halbe Stunde Autofahrt auf sich nehmen, um zu einem Arzt weit weg von hier zu gehen, als sie zu konsultieren. Sie dachte an den Mann, der im Zug hierher bei ihr gesessen und dieses Wort benutzt hatte. Er war nett gewesen. Seine Freundin auf dem Bahnsteig hatte nett ausgesehen. Bestimmt war sein ganzes Leben nett und ungefährlich. Mehr wollte sie doch auch nicht. Nur etwas Freundlichkeit.

Merab kam zurück und folgte ihr ins Haus. Sie wies Martha an, Merab die Information rauszusuchen, und verabschiedete sich von ihm. Sie wusste nur nicht, wie. Waren sie bereits Freunde? Sie entschied sich für eine schnelle Umarmung, die er, offenbar überrascht, kaum erwiderte. War das zu viel gewesen? Ohne ein weiteres Wort verschwand sie im Sprechzimmer.

Ihr weißer Kittel wartete über dem Stuhl. Er war immer eine Art Schutzschild für sie gewesen, ein Panzer gegen Patienten, Chefärzte und Todesfälle. Auch jetzt half er ihr, sich auf vertrautes Terrain zu retten, und für einen Moment glaubte sie, vergessen zu können, was geschehen war. Doch dann lag sie plötzlich wieder auf dem harten Turnhallenboden und rang nach Atem.

Max hatte sie gebrochen. Dann war Johannes an der Reihe gewesen. Er war zurückhaltender, hatte sich aber genauso brutal wie sein Bruder genommen, was so leicht zu haben gewesen war. Aber er war der Zweite gewesen. Warum hatte er als Erster sterben müssen?

War das überhaupt wichtig?

»Darf ich reinkommen?«

Sie erschrak und fuhr herum.

Es war nicht Haußer.

In ihrem Sprechzimmer stand Andreas Vogl, und der Verband um seine Hand war von Blut durchtränkt.

34.

Vogl hinterließ mit seinen dicken Stiefeln nasse Fußspuren auf dem Weg ins Behandlungszimmer. Wie bei seinem ersten Besuch roch er nach Rauch, und sie dachte an den Geruch im Auto. Um sie herum schien alles schwarz zu sein, und es drückte ihr aufs Herz. Es gab ein Skalpell in diesem Raum. Sie konnte es benutzen. Ein feiner Schnitt am Oberschenkel, nicht zu tief. Das würde ihr einen Moment der Ruhe verschaffen. Sie wollte nur kurz loslassen.

»Willst du nicht anfangen?«, fragte Vogl und holte sie in die Gegenwart zurück. Er hielt seine Hand immer noch nach oben, und das Blut tropfte bereits auf den Boden. Vorsichtig begann sie, den Verband abzuwickeln. Die Wunde pulsierte. Sie wunderte sich, dass die Naht so schlecht gehalten hatte.

»Hätte ich früher kommen sollen?«, fragte er.

»Haben Sie ...«, sie räusperte sich » ... etwa weiter damit rostige Bindungen repariert? Sie müssen die Hand schonen, ich dachte, das wäre verständlich gewesen.«

»Ich habe nun mal ein Geschäft, da kann ich auf so etwas keine Rücksicht nehmen.«

Sie legte eine Wundauflage auf, die sich sofort mit Blut vollsog.

»Legen Sie sich hin.«

Keine ihrer Nähte war je von selbst aufgegangen. Vielleicht war er an etwas hängen geblieben, das die Wunde wieder aufgerissen hatte. Oder hatte er nur einen Grund gesucht, um zurückzukommen? Wollte er nach dem Auto sehen? Oder nach ihr?

»Ich muss Sie etwas fragen«, sagte sie, als er sich endlich hingelegt und die Füße auf die Liege gehoben hatte. Sie band seinen Arm ab, um die Blutzufuhr zu drosseln, und er war kreidebleich, als sie begann, die Wunde zu säubern und die alte Naht zu entfernen. »Wie gut kennen Sie Max Gruber?«

»Das tut weh.«

Sie war vorsichtig, aber nicht so vorsichtig, wie sie hätte sein können.

»Hat er sich manchmal Skier bei Ihnen geliehen?«

»Weiß nicht. Warum willst du das wissen?«

»Bestimmt hatte er doch eigene Skier. Ich meine, er wohnt schließlich hier.«

»Manchmal hat er seine Skier zur Reparatur gebracht. Von so was habe ich ja die Verletzung. Es sind immer die verfluchten Bindungen.«

Seine unverletzte Hand lag auf seinem Bauch. Die Haut war rau von der Arbeit und der Kälte und sah viel älter aus, als die von Merab, dabei lagen nicht viele Jahre zwischen ihnen.

»Wissen Sie, ob Max raucht?«

»Der raucht Kette.«

Sie spritzte ihm ein Schmerzmittel, und er kniff fest die Augen zusammen.

»Wie lange ist die letzte Tetanusimpfung her?«

Er wusste es nicht.

»Hast du dich eingelebt?«, fragte er, wohl um sich abzulenken.

»Zu viel zu tun«, antwortete sie.

Sie stach mit der Nadel in seine Haut und zog frisches Nahtmaterial hindurch.

»Er ist ein Arschloch.«

»Wer?«

»Na, Max. Das musst du doch wissen.«

Ihre Hände bewegten sich wie von selbst. Nicht sie nähte, sondern ihre Erfahrung.

»Ich weiß gar nichts. Nur, dass Max verschwunden ist.«

»Wieso verschwunden?«

»Na, weg. Seit einiger Zeit schon.«

»Vielleicht ja nicht schlecht. Es gab damals viele Gerüchte. Über Max und sein kleines Brüderchen. Gerüchte, die sich auch um dich drehten.«

Sie stach tief in sein Fleisch. Er jaulte auf wie ein Hund, und das Blut schoss zurück.

»Ich weiß nicht, wovon Sie reden.«

»Es tut mir leid, was passiert ist. Wirklich. Ich hätte gern geholfen, glaub mir.« Er drehte sich auf die Seite und griff plötzlich nach ihrem Bein.

»Scheiße, was soll das denn?«

Seine Finger umfassten ihren Oberschenkel. Sie war starr vor Schreck.

»Ich wollte nur sagen, dass ich …, ich weiß, wie du dich fühlst.«

Er zog die Hand zurück, nicht aber seinen Blick.

»Fassen Sie mich nie wieder an, kapiert?«

Sie machte zwei Schritte zurück, ohne ihn aus den Augen zu lassen. Sein wuchtiger Körper nahm fast die ganze Liege ein. Er hatte ein Bein aufgestellt, und sein Stiefel drückte in die Unterlage, hinterließ Dreck und kleine Steine.

Sie benötigte mehr Verbandsmaterial. Das war im Schrank.

Konzertiere dich, dachte sie. Doch hinter der Schranktür lagerte kein medizinisches Material, hier gab es nur Turngeräte. Groß und schwer standen sie wie gefangene Tiere im Dunkeln. Max kroch unter ihren Rock, spuckte sich in die Hand. Johannes feuerte seinen Bruder an. Als Johannes Max ablöste, gab es keinen Widerstand mehr. Nur ihren Schmerz und ihre Tränen. Während er sich auf ihr bewegte, stand die Zeit still, und dieser Zustand dauerte immer noch an.

Sie donnerte den Schrank so fest zu, dass die Scheibe sprang. Vogl setzte sich auf. »Hey, sachte.«

Sie verband ihn hastig und schrieb ihm ein Rezept.

»Antibiotikum, täglich einnehmen, eine Woche lang.«

»Und die Fäden?«, fragte er.

»Um die kümmern wir uns später.«

Er zog umständlich seine Jacke über und hoffte wohl, dass sie ihm half, aber sie wartete bereits hinter ihrem Schreibtisch darauf, dass er endlich ging. Einen Moment betrachtete er sie, als stände sie in einem Schaufenster und er sei unschlüssig, was an ihr er kaufen sollte. Sein Blick war noch schlimmer, als seine Hand zu spüren.

»Bitte, gehen Sie. Meine anderen Patienten warten.«

Er nickte, hob den Arm zum Dank und versuchte noch immer in die Jacke zu kommen, als er im Flur und sie endlich allein war.

Sie öffnete das Fenster, bekam aber keine Luft und schloss die Augen, um sich auf ihren Atem zu konzentrieren. Mit einem feuchten Lappen aus dem kleinen Handwaschbecken schrubbte sie die Stelle an ihrem Bein.

35.

»Der Hund muss draußen warten«, sagte Martha Lehmann zu ihm.

Also band er Connor mit der Leine an den Stuhl und legte ihm eine Handvoll Trockenfutter auf den Boden.

»Ellen! Herr Haußer.«

Martha wies ihn zum Behandlungszimmer.

»Ich kann jetzt nicht.«

»Soll ich ein anderes Mal wiederkommen?«

Ellen hatte offensichtlich geweint. Er hatte sein altes Gespür für den richtigen Moment doch noch nicht ganz verloren.

Er trat ein, ohne abzuwarten. Im Zimmer war es kalt, aber seine Jacke hing draußen an der Garderobe, und so richtete er den Kragen seines Hemdes, was sinnlos war und ihn ärgerte, denn er hasste sinnlose Dinge. Da er dastand und wartete, fasste sie sich.

»Herr Haußer, was kann ich für Sie tun?«

Sie wirkte klein hinter dem Schreibtisch von Schwarz, hatte aber einen großen dunklen Fleck auf ihrem Hosenbein. Schwarz' Diagnose für Evi war korrekt gewesen. Das war, was Erfahrung ausmachte. Ellen Roth hingegen war ein Grünschnabel. Gab es eine weibliche Form dieser Bezeichnung? Grünschnäbelin? Ein kleines Geschenk lag neben den Büchern auf dem Tisch.

»Worüber amüsieren Sie sich?«

»Nichts. Ich komme wegen dieser unangenehmen Sache.«
»Benötigen Sie eine Überweisung zum Urologen?«
Er lächelte. Sie war witzig. »Es ist mein Fuß.«
Er setzte sich, zog Schuh und Strumpf aus und hob die Ferse. Sie zog sich Handschuhe über und tastete seine Sohle ab.
»Ein kleiner Fersensporn«, sagte sie. »Sie sollten Ihre Spaziergänge einschränken und den Fuß schonen. Ich werde Ihnen Physiotherapie verschreiben. War's das?«
Er zog Strumpf und Schuh wieder an.
»Habt ihr was rausgekriegt, Merab und Sie?«
Sie stand bereits wieder hinter dem Schreibtisch und wartete, dass er seine Schnürsenkel band. Sie antwortete nicht. Das Thema war ihr zuwider, geradezu körperlich unangenehm.
»Es gibt da draußen jemanden, der Ihnen Gefallen tut«, setzte er nach.
»Was sagen Sie da?«
»Gefallen sind nie umsonst, Ellen.«
»Ich habe niemanden um einen Gefallen gebeten. Wie kommen Sie darauf? Warum gibt es hier eigentlich immer nur dieses eine Thema?«
»Dann nennen Sie es ein Geschenk. Und die Gegenleistung ist Dankbarkeit.« Er drehte das kleine Päckchen auf dem Schreibtisch einmal um die Achse. »Jemand will, dass Sie ihn sehen?«
Sie riss ihm das Geschenk aus der Hand.
»Oder Sie selbst wollen gesehen werden«, sagte er. »Auch eine Möglichkeit, die ich durchgespielt habe, aber sie überzeugt mich nicht.«
»Was sollte ich für ein Motiv haben?«
»Nun, das wissen wir beide. Ich frage mich jedoch, wen gibt es, der Ihnen einen solchen Dienst erweisen wollen würde? Ein alter Liebhaber, eine eifersüchtige Freundin, jemand aus der Familie?«

»Wie wäre es mit Ihnen?« Sie blickte ihm fest in die Augen.

»Ich? Ha, da habe ich wirklich Wichtigeres zu tun.«

Er hatte sich geirrt, Ellen war nicht grün hinter den Ohren, im Gegenteil, sie hatte in ihrem Beruf schon viel gesehen, sie kannte den Tod. Wenn sie diese Geschichte überlebte, würde sie die Praxis gut führen, und der Ort brauchte eine gut geführte Praxis, die Menschen hier waren verletzlich.

»Ich benötige medizinische, wie soll ich sagen, Hilfe mit meiner Frau. Meinen Sie, Sie könnten mal nach ihr sehen, sie medikamentös besser einstellen?«

Sie schluckte, überrascht von der Wendung. Er liebte es, die Menschen zu verwirren. Das war sein Job gewesen, und die Erinnerung daran lief ihm warm über den Rücken.

»Sicher.«

»Das ist meine Adresse.«

Er hielt ihr seine Karte hin, die er selbst gestaltet und hundert Mal hatte drucken lassen. In der kleinen Pappschachtel, in der er die Karten in seinem Schreibtisch aufbewahrte, fehlten bis heute drei.

»Geben Sie die bitte Frau Lehmann.«

Sie redete tonlos, wirkte erschöpft, beinahe abwesend. Er sollte sie allein lassen. Connor wartete sicherlich schon auf ihn. Er stand auf.

»Wussten Sie, dass Ihr Schwager vorbestraft ist?«

Sie schüttelte überrascht den Kopf.

»Körperverletzung. Eine Schlägerei. Schon einige Jahre her.«

»Bruno ist ein Hitzkopf.«

»Ist er gefährlich?«

»Ich glaube kaum. Meine Schwester hält ihn an der kurzen Leine.«

Er lachte. »Dann ist ja gut.«

Er hielt ihr die Hand hin, aber sie griff nicht zu.

»Fast hätte ich es vergessen. Ich bräuchte noch ein Rezept. Effentora 200 Mikrogramm. Für meine Frau.«

»Ganz schön stark.« Sie hob die Augenbrauen und lächelte. »Sie wollen Sie doch nicht etwa umbringen?«

»Das übernimmt der Scheißkrebs schon für mich.«

Sie schrieb ihm das Rezept, ihre Ellenbogen drückten auf die alte Unterlage von Schwarz. Der Kugelschreiber strich fest über das Papier. Sie hatte schön pigmentierte Arme. Als sie ihm das Rezept gab, nutzte er die Gelegenheit, um kurz ihren Zeigefinger zu berühren.

36.

Max war auf den Stuhl gefesselt wie zuvor sein Bruder. Er war etwas größer und stärker als Johannes, aber was brachte ihm das hier unten im Dunkel des Kellers? Nichts.

In Max' Mund steckte ein Gummiknebel.

Also atmete er mühevoll durch die leicht verstopfte Nase. Kein Wunder, bei dem Winter. Da konnte man schon mal erkältet sein. Max kämpfte um jeden Atemzug.

»Ach, am Ende bist du wie die anderen. Nur ein Stück Scheiße.«

Er riss an seinen Fesseln.

»Deinen Wagen habe ich übrigens verschenkt.« Er schnippte einige kleine Styroporkügelchen von seiner Schulter, bevor er Max vom Knebel befreite. »Besser so?«

Max schrie sofort um Hilfe. Seine Stimme war stark, durchdringend, laut und auch ein wenig schrill.

Er schlug ihm fest ins Gesicht.

»Dich hört niemand. Also halt die Schnauze. Du hast doch Eier, oder etwa nicht?«

Er trat ihm mit der Stiefelspitze zwischen die Beine. Max riss den Kopf nach hinten, biss sich in die Unterlippe. Er brauchte einige Minuten, bis er wieder zu sich kam.

»Was willst du?«, stammelte Max. Schweiß lag in seinem fast

jungenhaften Gesicht, und seine Bartstoppeln schimmerten schwarz und grau. »Ist es Geld? Ich gebe dir Geld. Wie viel?«

»Hunderttausend«, sagte er.

»So viel habe ich nicht.«

Er trat ihn noch einmal. Diesmal dauerte es länger, bis Max wieder sprechen konnte. Seine Halsschlagader schwoll an, und ein kleiner Schnitt hätte genügt, um all den Druck aus ihr entweichen zu lassen.

»Ich brauche mein Handy, um die Überweisung zu tätigen. Und deine IBAN.«

Manchmal fragte er sich, was ihm gefiel. Die Natur, dachte er. Er war gern draußen im Wald, wo die Bäume hoch standen, wo der Wind durch die Blätter fuhr und alles zum Flattern brachte. Dann begann er leise zu summen und trieb auf den Wellen des frühen Morgens, bis er endlich die Augen schließen konnte. Der Strom, der ihn die ganze Nacht wach hielt, wurde dann schwächer, und sein Atem beruhigte sich.

»Mach mich los. Bitte!«

»Nimmst du wirklich an, ich würde das tun?«

»Nimm mein Geld, verdammt. Machen wir einen Deal!«

»Was ist ein Deal heutzutage schon wert, Max?«

Max' Blick wandelte sich von dem eines Chefs, der gewohnt war, Anweisungen zu geben, zu dem eines Verratenen, eines Bittenden, und er begriff, dass sein Geld ihm diesmal nichts nützen würde.

»Erinnerst du dich an die Nacht in der Turnhalle?«

»Wovon redest du?«, fragte Max.

»Von Ellen Roth und deinem Schwanz.«

Max glich einem schnaufenden Pferd nach dem Stolpern über ein Hindernis. Seine Muskeln rissen wieder an den Seilen. Wenn der Stuhl umkippen sollte, würde ihn die Eisenkette um seinen

Hals womöglich strangulieren. Max erkannte die Gefahr und ließ verzweifelt von seinen aussichtslosen Bemühungen ab.

Mit dem Finger fuhr er ihm übers Gesicht. Schwitzig. Max zitterte aufgrund der leichten Berührung. Ein muskulöser Mann, gefangen in der Ausweglosigkeit. Es war geradezu unterhaltsam, wie er mit ihm spielen konnte.

»Der ganze Schweinkram, den das verursacht, wenn ich dir deinen Schwanz abschneide, Herrgott noch mal. Wer soll das nur sauber machen? Du, nehme ich an.«

Max flehte: »Nicht, bitte ...«

Die Tiefe des Kellers war so schwarz wie die Zukunft. Das wussten sie wohl beide.

»Gehst du manchmal Ski fahren, Max? Kennst du dich damit aus?«

Stille.

»Antworte!«

»Natürlich. Jeder hier kann Ski fahren, oder etwa nicht?«

Ihm rannen jetzt Tränen über die Wangen.

»Schöne Erinnerungen?«, fragte er.

»Warum sollte ich?«

»Keine Ahnung, vielleicht warst du mit deinem Bruder auf der Piste oder mit deinem Vater.«

Macht war eine treibende Kraft. Er spürte, wie er hart wurde. Die sexuelle Komponente seines Tuns verwirrte ihn jedes Mal, er konnte schlecht damit umgehen. Er begehrte nicht körperlich, er genoss nur die Verzweiflung. Körperlich würde es erst später werden.

»Na ja, ich war nie mit meinem Vater auf dem Berg«, sagte er. »Er meinte, Skifahren sei ein fauler Sport. Die Leute ließen sich vom Lift hochziehen und von der Schwerkraft wieder runter.« Er wartete einen Moment. »Weißt du, was das hier ist?«

»Ich habe dir doch nichts getan!«

Er hasste es, wenn sie weinerlich wurden. Auch sein Bruder war so wehleidig gewesen. »Wir sind alle schuldig. Johannes. Du. Ich.«

Er gab ihm mit dem Viehtreiber einen Stoß. Es war derselbe, mit dem er seinen Bruder gequält hatte. Ja, er hatte ihn entsorgen wollen, aber er war so leicht zu verstecken gewesen und immer noch funktionsfähig. Er gab ihm noch einen Stromschlag und ärgerte sich sogleich über sich selbst. Er wollte nicht, dass die Gewalt ihn beherrschte, er musste die Kontrolle behalten. Max keuchte wie ein Boxer. Ein wehrloser Boxer.

»Du wirst deine Schuld bezahlen. Und ich mache meine wieder wett«, flüsterte er Max ins Ohr und biss so kräftig hinein, bis auch hier das Blut kam.

Max schrie.

Er spuckte das Stück Ohr ins Dunkel.

Es war so verdammt stickig hier unten. Die Wärme von zwei Menschen konnte nirgends entweichen. Er hatte alles sauber abgedichtet. Manchmal hatten sie hier zusammen gebastelt. Eine Krippe. Er hatte die Maria aussägen dürfen. Die Späne hatten auf seinen Füßen gelegen, wie jetzt das Styropor auf seinen Schultern.

»Was hast du vor, Mann?«, keuchte Max.

»Wir machen einen kleinen Ausflug.«

Max presste die Knie zusammen. Ein Fleck breitete sich auf seiner Hose aus.

»Herrgott, nun sieh dich an. Du bist ein Pisser, Max.«

Der Urin tropfte auf die Folie unter dem Stuhl.

»Na los, steh auf.«

Er löste Max' Fußfesseln.

»Da ist ganz viel Geld«, wimmerte Max. »So viel du willst.«

»Ich bin an deinem Geld nicht interessiert.«

»Ich bitte dich, ich habe Kinder.«

»Als mein Vater mich das erste Mal mit dem Gürtel schlug, war ich elf. Kennst du das Gefühl, wenn das Blut bis in deine Unterhose rinnt?«

Max schüttelte heftig den Kopf. »Das Gefühl kenne ich nicht, und es tut mir leid, dass du das ertragen musstest. Und die Dinge, die ich getan habe, die bereue ich zutiefst. Bitte, gib mir die Chance, es gutzumachen. Lass uns deinen Vater vor Gericht zerren. Meine Anwälte werden …«

»Ich habe meinen Vater selbst gerichtet«, unterbrach er ihn. »Die Kellertreppe hoch!«

»Nein … bitte!«

Der Rotz lief Max aus der Nase. Er konnte es nicht mit ansehen.

»Versuch erst gar nicht, um Hilfe zu schreien.« Er drückte ihm fest den Viehtreiber in den Rücken und schubste ihn in den Hinterhof, wo das Fahrrad stand. Auf dem Anhänger lag frischer Schnee. Er fuhr mit der Hand hindurch, und die Kristalle stachen in seine Haut. Ein schönes Gefühl. Es erinnerte ihn an den Schneemann in der Schule. Jemand hatte ihn zertreten, aber er wusste noch, wie stolz er auf die perfekten, runden Kugeln gewesen war, die dem Schneemann seine Statur verliehen hatten. Er rieb seine nasse Hand an der Jacke. Wie schnell einem draußen kalt wurde. Eine heiße Dusche würde ihn später aufwärmen. Doch zunächst hatten sie einen langen Weg zu gehen. Er würde Max dorthin bringen, wo er selbst damals hingerannt war, nachdem alles geschehen war. Danach, dachte er, hatte er sich so hilflos gefühlt. Und so feige. Er hatte in dieser Nacht darüber nachgedacht, sich in die Tiefe zu stürzen, weil er bereits gewusst hatte, dass er mit dem Geschehenen nicht würde leben können. Aber er hatte es nicht getan. Erneut war er zu schwach gewesen. Aber jetzt nicht mehr. Jetzt endlich war er stark.

»Setz dich«, befahl er und feuerte Max den Viehtreiber in den Rücken.

37.

Im Keller lagerten rund fünfzig Flaschen. Ellen pustete über den Staub und prüfte das Etikett. Die Flasche war zehn Jahre alt. Das war gut, nahm sie an.

Sie nahm ein Glas mit nach oben in ihr Zimmer, goss es halb voll und sah aus dem Fenster. Merab hatte den Mercedes akkurat zwischen dem Opel eines Mannes, den sie schon zweimal gegenüber aus dem Haus hatte kommen sehen, und einem ihr unbekannten blauen VW geparkt. Der Schlüssel lag auf ihrem Schreibtisch. Das machte ihr Angst. Max war verschwunden, aber sein Wagen war da. Gleich hier gegenüber, und das war nicht gut, es brachte sie in Verbindung mit einem Verbrechen, von dem sie sicher war, dass es geschehen würde oder schon geschehen war.

Sie trank einen großen Schluck Wein und setzte sich erschöpft auf die Matratze. Der Abend brach an und mit ihm die Einsamkeit.

Sie sah sich im Zimmer um. Hier lebte sie. In Hamburg hatte sie eine Wohnung aufgegeben und hier eine bezogen, aber ein Zuhause hatte sie nicht mehr gehabt, seit ihre Mutter gestorben war. Sie kam aus der Vergangenheit, ohne die Gegenwart zu finden.

Der Alkohol brannte hinter ihren Schläfen.

Ein Geräusch. Eine Gürtelschnalle. Ein Gewicht. Ein Aufbäumen, eine Stimme. »Schhhh ...« Und ein Stück Stoff über ihren Augen.

Sie trank noch mehr, um es zu ertränken.

Eine Weile saß sie so an die Heizung gelehnt, die noch immer nicht warm wurde. Hier würde sie einfach sitzen bleiben. Vielleicht die ganze Nacht.

Leise hörte sie die Klingel und erschrak. Wer besuchte sie um diese Zeit? Sie blieb, wo sie war, aber als es zum dritten Mal läutete, stand sie doch langsam auf, lief nach unten.

»Hallo?«, sagte sie durch die geschlossene Tür hindurch.

»Ich bin es.«

»Merab?«

»Machen Sie auf.«

Sie zögerte einen Moment, dann öffnete sie die Tür.

»Hey«, sagte er.

Ohne ein Wort ließ sie ihn rein und ging wieder nach oben. Er kam ihr nach, legte den Mantel aufs Bett.

»Ich hoffe, ich störe nicht. Ich wollte nur ...«

»Shhhh ...«, machte sie. Sie war froh, dass er da war und sie nicht mehr allein. Mit der Handfläche klopfte sie auf den Platz neben sich. Er setzte sich, und sie spürte ihn an ihrer Seite.

»Der Heizkörper ist ja gar nicht warm«, sagte er.

Sie nahm seine Hand.

»Das ist mein Zimmer«, sagte sie so leise, dass er etwas herunterrutschte, um näher mit dem Ohr an ihren Worten zu sein. »In diesem Zimmer schlafe ich. Hier auf der Matratze unter dem Fenster. Dieses Haus ist mein Zuhause. Verstehst du? Und jetzt bin ich sehr müde, und ich möchte, dass du bleibst. Wenn du willst, kannst du auch ein bisschen schlafen. Du kannst auch deine Schuhe ausziehen.«

»Ich muss Ihnen noch was sagen ...«

»Das hat Zeit.«

Sie schloss die Augen. Lange saß er neben ihr, bis er sich neben sie legte. Sie kroch an ihn heran, drückte ihren Rücken gegen seinen Bauch und griff nach seinem Arm.

Er hielt ihre Hand, als eine Nachricht auf ihrem Handy aufleuchtete:

Er ist tot, Ellen. Mucksmäuschentot. Freust du dich?

Zitternd schob sie das Gerät unter die Decke, froh, dass Merab die SMS nicht gelesen hatte.

Ihr Herz raste.

Nicht jetzt, dachte sie, nicht jetzt.

Sie zog ihn noch näher heran. Merab war ihre Barriere zur Welt, er passte auf sie auf.

Das wollte sie glauben.

Zumindest in dieser einen Nacht.

38.

Sie wachte wegen der Kälte auf. Merab war weg, aber sein Mantel lag noch auf dem Bettgestell. Sie sehnte sich nach ihren Möbeln, ihren Sachen, nach etwas, das sich nach Geborgenheit anfühlte. Hier schnitten die Fugen zwischen den Dielen nur den Boden in lange Wunden.

Mit klammen Fingern tastete sie nach ihrem Handy. Kurz nach fünf. Die Nachricht war noch immer da.

Freust du dich?

Eine Weile blieb sie zusammengerollt liegen, unfähig, Gedanken zu strukturieren oder ihre nächsten Schritte zu durchdenken. Dann hörte sie Geschirrklappern.

In ihrer dicken Strickjacke schlich sie die Treppe hinab. Am Küchenfenster hingen Eisblumen. Merab stand im Dunkeln und wartete darauf, dass das Wasser kochte.

»Warum machst du denn kein Licht?«

»Die Birne scheint kaputt zu sein.«

Sie drückte sich eng an seinen Körper. Sein Herz schlug laut, und seine Haut roch nach dem frostigen Schlaflager unter ihrer Decke. Seine Lippen schmeckten kühl und weich. Sie blieben einige Zeit so beieinander, bis der Wasserkocher zu sprudeln begann. Kurz dachte sie an Christoph. Seine Umarmung war die letzte gewesen, in der sie sich geborgen gefühlt hatte. Merabs war anders, umfänglicher und hingebungsvoller.

Der Kaffee wärmte, und sie fand noch einige Kekse, die sie auf einen Teller legte.

»Ehrlich gesagt, bin ich schon wach, weil Haußer mir eine Nachricht geschickt hat«, sagte Merab. »Man hat Max gefunden. In einer Schlucht am Skihang, unweit der Piste. Sie sagen, er sei vom Weg abgekommen und abgestürzt.«

Sie verdaute seine Worte, wollte ihm die Nachricht aus der Nacht zeigen, tat es aber nicht. Etwas hielt sie ab.

»Max' Auto, Merab. Es steht vor meinem Haus. Es sollte nicht hier gefunden werden. Ich würde es gern loswerden.«

»Da habe ich auch schon dran gedacht. Ich werde es außerhalb irgendwo im Wald parken.«

»Und wenn man dich dabei erwischt? Kann das nicht jemand anderes machen?«

»Ich kann Haußer fragen, der kennt bestimmt irgendwen, der ein Auto verschwinden lassen kann.«

Sie nickte erleichtert und kam sich gleichzeitig wie eine Straftäterin vor. Sie geriet immer tiefer in etwas hinein, das sie einst hinter sich gelassen glaubte.

»Wer hat Max gefunden?«, fragte sie. »Jemand, den wir kennen?«

Merab versteckte sich hinter dem Kaffeebecher.

»Merab! Wer?«

»Es war Haußer.«

»Haußer! Schon wieder?« Sie war außer sich.

»Er war mit Connor da oben unterwegs.«

»Dort oben? Mitten in der Nacht?«

»Gegen Abend.«

»Das musst du mir erklären.«

»Haußer weiß selbst, dass es seltsam wirkt. Aber Ellen, wenn er der Täter wäre, dann würde er das doch niemals so machen.« Er stand auf. »Hast du Zucker?«

Sie zeigte auf eine Schranktür.

»Warum sollte Max von der Piste abgekommen sein? Er fährt Ski, seit er ein Kind ist«, sagte sie.

»Vielleicht weil er nicht abgekommen ist, sondern nachgeholfen wurde.«

Sie trank einen Schluck.

»Wann ist er gestorben?«

»Die genaue Uhrzeit steht noch nicht fest, aber es war gestern Abend. Sagt jedenfalls Haußer. Er hat die Polizei gerufen und kennt den Gerichtsmediziner von früher.«

»Die Polizei geht wirklich von einem Unfall aus?«, fragte sie.

»Zumindest im Moment. Er wird noch obduziert. Dann wissen wir mehr.«

»Ich sollte mit der Polizei reden, oder etwa nicht?«

»Noch nicht. Lass uns erst noch ein wenig Sherlock spielen.«

Sie rutschte auf ihrem Stuhl hin und her. Die Polizei würde Merab die Story verderben. Er war so kurz davor, den Artikel seines Lebens zu schreiben. Unter keinen Umständen würde er sich das nehmen lassen. Sie sah ihn an. Er hatte sie die ganze Nacht über festgehalten. Er war kein schlechter Mensch. Er war ...

»Wusstest du eigentlich«, sagte sie, »dass Johannes mit einem Sex-Spielzeug geknebelt war?«

»Nein, das wusste ich nicht«, sagte er etwas zu harsch, rührte lang den Zucker in seinen Kaffee und schaute nicht auf.

»Ob die Polizei nach Leuten sucht, die so etwas benutzen? Ob der Mörder aus dieser Szene kommt?«

»Wie sollen sie das machen?«, sagte er. Er wirkte nervös. »Alle checken, die so ein Teil schon mal benutzt haben? Unrealistisch.

Außerdem kann man so etwas ganz einfach kaufen. Ich meine, das beweist nichts.«

Er trank einen großen Schluck Kaffee. Warum räumte er diesen Punkt so schnell ab? Hatte er selbst Vorlieben? Das fehlte ihr noch.

»Was ist denn eigentlich mit Heidi? Konntest du mit ihr sprechen?«, fragte sie.

Er schüttelte den Kopf. »Das wollte ich dir eigentlich schon gestern Abend sagen.« Er lächelte sie an, und dieses Lächeln fühlte sich echt an. »Sie war nicht da, aber ich habe mit ihrem Mann gesprochen. Er weiß nicht, wo sie ist. Als sie damals die Affäre mit Max begann, hat er sie rausgeschmissen. Aber, dass sie nur noch kurz zu leben hat, stimmt. Sie hat tatsächlich Krebs.«

»Wo steckt sie dann?«

Er pustete über die Oberfläche des Kaffees, beobachtete sie. Es lag ein Hauch von Sorge in seinem Ausdruck. Wann hatte sich zuletzt jemand um sie gesorgt?

»Ihr Mann meinte allerdings, die Krücken brauche sie nicht, sie nehme sie nur, um von anderen gesehen und bedauert zu werden.«

»Gesehen?« Sie musste an Haußers Worte denken. *Jemand will, dass Sie ihn sehen.*

»Was ich sagen will, sie kann sehr wohl laufen.«

»Aber das heißt noch lange nicht, dass sie die Kraft für zwei Morde hat.«

»Sie war deine Freundin. Sie wusste von allem, oder? Sie tut es für dich. Und weil sie nichts zu verlieren hat. Ein Gefallen sozusagen.«

Es war, als stände Haußer mit ihnen in der Küche. Ihr wurde kalt.

»Ich kann mir das nicht vorstellen. Sie hat ein Kind verloren,

Max hat sich von ihr getrennt, ihr Ex-Mann hat sie rausgeworfen, sie wird bald sterben. Das ist mehr, als sie ertragen kann. Sie kam als Freundin zu mir. Sie hat mich um Hilfe gebeten.«

»Die alte Gruber hat gesagt, dass sie gegenüber Max gewalttätig war, ihn geschlagen hat.«

»Glaubst du das? Ich glaube eher, dass die Alte nicht ganz richtig im Kopf ist. Heidi und noch Ski springen? Das ist doch Blödsinn. Sie wird sich irgendwo zum Sterben verstecken, und weißt du, was das Schlimmste daran ist? Sie wird ganz allein sein.«

Draußen kündigte sich der neue Tag an. Sie wusste nicht, ob sie die Kraft dafür hatte.

»Na gut. Ich habe noch einen Ansatz«, sagte Merab, stützte sich auf die Ellbogen und rieb die Hände aneinander.

»Haußer!«, sagte sie.

»Nein, nicht Haußer. Haußer ist mein Freund.«

»Auch Freunde töten ...«

Er presste die Lippen zusammen, und sein Haar fiel ihm in die Stirn. Er wollte davon nichts hören. Warum schützte er Haußer? Würde er nicht auch Haußer für seine Story über die Klinge springen lassen?

»Dr. Schwarz«, sagte er.

»Der Schwarz, der mir die Praxis übergeben hat?«

»Genau der. Übrigens hat er dir die Praxis nicht übergeben, du hast mir erzählt, dass du ihn nicht getroffen hast. Das ist schon ungewöhnlich, oder nicht? Ich habe ihn gegoogelt. Es gab in den letzten zehn Jahren zwei Anzeigen gegen ihn. Eine wegen Körperverletzung. Er war betrunken und hat im Jagdschlösschen eine Schlägerei angefangen. Ich denke, die Sache ist unwichtig. Aber es gab auch eine Anzeige wegen eines Kunstfehlers. Man konnte ihm aber nichts nachweisen.«

»Und wenn schon. Das ist kein Motiv.«

»Hat er dich damals untersucht? Nachdem ...«

Sie holte tief Luft. »Ich war bei ihm in der Praxis, ja. Mein Vater hat mich hingefahren. Aber Schwarz war kein Freund der Familie. Und eine vergewaltigte Frau dürfte er in seiner Karriere auch schon mal gesehen haben.«

Merab nickte.

»Schwarz war auch der Arzt der Grubers. Die Anzeige wegen des Kunstfehlers stammt von Rüdiger Gruber und betrifft seine erste Frau. Vielleicht will Schwarz sich an ihm rächen.«

»Und tötet Grubers Söhne? Ich bitte dich. Das klingt wie das Drehbuch eines drittklassigen Fernsehkrimis.«

Er fuhr sich durch die Haare und auch durch seinen Bart. Er wusste, dass er im Nebel stocherte. Sie mochte, wie er ihr gegenübersaß, verschlafen und zerzaust, so wie ein Freund. Es hätte also ein glücklicher Morgen sein können, doch stattdessen war da dieser Krach in ihrem Kopf, als ob ein Gerüst zusammenstürzte.

Irgendwann sagte Merab: »Entscheidend ist doch etwas anderes: Die beiden, die dir das damals angetan haben, sind tot. Wenn wir davon ausgehen, dass es mit ihrer Tat zusammenhängt, bedeutet das was? Dass das Töten jetzt vorbei ist?«

Er hielt inne.

»Oder bin ich als Nächste dran? Willst du das sagen?«

Er atmete schwer aus und griff über den Tisch nach ihrer Hand. Er hatte lange schmale Finger wie sie selbst und anscheinend Angst. Angst um sie.

»Ich bin bei dir.«

»Sicher ist, dass ein Mörder frei herumläuft.«

»Oder eine Mörderin«, sagte Merab.

Irgendwo draußen bellte ein Hund.

Er rückte mit seinem Stuhl näher an ihr. Er strich über ihren

Arm. Sie wollte ihn wegziehen, aber er meinte es gut. Seine Finger waren warm. »Ellen, alles in Ordnung?«

»Alles ist so dunkel, die Erinnerung verfolgt mich all die Zeit, all die Jahre, und doch ist das Bild in meinem Kopf so verschwommen.«

»Du meinst, du bist dir unsicher, ob es damals tatsächlich so war.«

»Es war so!«

»Was dann?«

Sie zog ihre Hand zurück und steckte sie mit der anderen zwischen ihre Oberschenkel.

»Ich weiß es nicht.«

39.

Ellen trug warme Kleidung. Zwei Pullover, eine Strumpfhose unter der Jeans, eine Steppjacke und ihre Stiefel. Ihr beim Anziehen zuzusehen weckte in ihm zum ersten Mal seit Langem ein Gefühl, von dem er glaubte, dass Claudia es ihm genommen hatte. Er lächelte Ellen an, um seine Gedanken zu vertreiben, und sie lächelte zurück, während sie sich die Mütze tief in die Stirn zog. Der Schal war aus demselben Stoff und derselben Farbe.

»Ich glaube nicht an die Unfalltheorie«, hatte sie zu ihm gesagt. »Max fährt seit Kindertagen Ski, der ist nicht abgestürzt. Es ist, wie du sagst, jemand hat nachgeholfen. Jemand hat ihn umgebracht.«

»Kann schon sein.«

»Wir müssen rausfinden, was da oben passiert ist.«

Er hatte ihre Entschlossenheit bewundert. Seiner Story konnte das nur guttun, nur war er langsam nicht mehr so sicher, ob er die Geschichte überhaupt noch schreiben wollte. Würde sie ihren Zweck tatsächlich erfüllen und ihn hier rausholen, dann wäre es wie mit Claudia. Nur wäre er dann derjenige in der großen Stadt und Ellen die Zurückgebliebene. Er war kein Freund mehr von Distanzen.

»Wir schauen uns die Stelle an«, sagte sie. »Wo er abgestürzt ist.«

»Die Leiche ist längst abtransportiert, die Polizei wird den Ort untersucht und auch abgesperrt haben.«

»Hast du eine bessere Idee, wo wir ansetzen sollen?«

Er hatte eine Idee, sie konnten dort weitermachen, wo sie in der Nacht aufgehört hatten, sich auf der Matratze und unter der viel zu kleinen Decke zusammentun und diese ganze Story einfach vergessen. Doch stattdessen hatte er gesagt: »Sehen wir es uns an!«

Sie waren zu Fuß unterwegs, die Sonne stach aus den Wolken und zerschnitt den Marktplatz in eine helle und eine dunkle Hälfte. Sie blieben im Schatten.

»Ich habe oft darüber nachgedacht, sie umzubringen«, sagte sie plötzlich. »Manchmal glaube ich, dass ich es auch getan habe.«

»Nicht doch«, sagte er und drückte sie kurz an sich. »Für letzte Nacht hast du ein ziemlich gutes Alibi.«

Er lächelte, aber sie sah zu Boden. Die Schwere der Tage lag in ihren Augen. Er selbst hatte sich anfangs gefragt, ob sie es gewesen war. Aber in der letzten Nacht, als er neben ihr gelegen und ihren Herzschlag gespürt hatte, fühlte er sich stark zu ihr hingezogen. Es war, als ob Claudia den Raum verlassen hätte und er sich nun noch enger an Ellens Körper schmiegen könnte, als ob er endlich die Erlaubnis bekommen hätte, frei zu sein.

»Bist du einsam?«, fragte sie plötzlich und drehte den Kopf zu ihm. Die Frage verstörte ihn.

»Wenn du einsam bist«, sagte Ellen, »kannst du zu mir kommen. Ich bin gut darin, zwischen vielen Menschen allein zu sein.«

Er nahm ihre Hand und drückte sie, weil es sich gut anfühlte, richtig und tatsächlich so viel weniger einsam. Sie war traurig und er froh, sie trösten zu können.

Vogls Skiverleih lag wenige Straßen hinter dem Marktplatz am

Rande eines Parkplatzes. Von dort war es nicht weit zum Lift. Zwei Europaletten dienten als Treppe in den Bretterverschlag. Ein Loch im Fenster war mit Plastikfolie abgedichtet. Unter der Dachrinne hatte jemand mit weißer Farbe Vogl-Ski auf die Holzwand geschrieben.

»Du kannst doch Ski laufen?«, fragte sie.

»Es wird schon reichen.«

Sie traten ein, und sofort bemerkte Merab den strengen Geruch, er konnte nur nicht sagen, was es war. Ein langer Verkaufstresen teilte den Raum in eine schmale und eine breitere Seite. Auf der geräumigeren reihten sich in mehreren Regalen Skischuhe nach Größen sortiert aneinander. Weiter hinten lehnten Skier und Stöcke, mit dicken Gummibändern zusammengebunden. Direkt neben dem Eingang stand ein Aquarium mit einer darüber hängenden Wärmelampe. Auf einem Zettel waren die enthaltenden Fische aufgelistet. Einige hatten exotische Namen.

Jetzt wusste er es: In der Hütte roch es nach Abwasser.

»Das ist ja eine Überraschung.«

Andreas Vogl trat aus einem Hinterzimmer, das ihm wohl als Werkstatt diente. Merab kannte ihn nicht besonders gut. Ein Einzelgänger, der bei seinen Eltern gelebt hatte, bis er schon über dreißig gewesen war. Fußballverein, Freiwillige Feuerwehr, aber nichts von Dauer. Sein Blick ging immer ein wenig an einem vorbei.

Seine Hand war verletzt.

»Ihr wollt also Ski fahren.«

Vogl sah ihn an wie einen Feind, und der Skistock in seiner Hand wirkte wie eine Waffe, die er ihm in den Bauch stoßen würde.

»Das Wetter bietet sich an, und wir haben einfach Lust, uns den Hang runterzustürzen«, sagte Merab so beiläufig wie möglich. Erst anschließend bemerkte er die Anspielung, aber Vogl reagierte nicht, zumindest war ihm keine Regung anzumerken.

»Wenn ihr meint. So toll ist das Wetter da oben aber nicht.«

Vogl musterte ihn, schätzte seine Körpergröße ab. Mit seiner gesunden Hand klapperte er langsam die Skier ab.

»Da muss ich kurz nach hinten. Ihr könnt euch solange die passenden Schuhe suchen.«

Er hatte nicht gedacht, eine außergewöhnliche Größe zu benötigen. Er stellte einen Ski neben sich, der in seinen Augen sehr wohl passen sollte.

Ellen stand am Tresen und nahm einen Magneten von einer kleinen Metallplatte, auf der verschiedene Motive hafteten.

»So einen hatte ich auch in Hamburg am Kühlschrank«, sagte sie. Sie hielt den Magneten hoch, und er erkannte den Hamburger Michel. Einmal hatte er mit seinem Vater auf dem Turm gestanden und über den Hafen geschaut.

»Ich kaufe ihn dir, wenn du willst«, sagte er.

»Nein, danke, nicht nötig.«

Sie setzte den Magneten bedächtig zurück, einen Moment verharrte sie noch, dann lächelte sie ihn herausfordernd an. »Du hast Angst vor der Piste, nicht wahr?«

»Solange wir keine Schussfahrt machen, ist alles gut. Bin nur aus der Übung.«

Er log, aber ein bisschen laufen konnte er.

Vogl kam zurück und legte ein Paar Skier auf den Tresen. Der Schriftzug des Herstellers groß darauf. Er kannte die Marke nicht.

»Die sollten passen. Und für dich würde ich die empfehlen.«

Er stellte ein Paar senkrecht neben Ellen, überprüfte auch ihre Größe, denn lehnte er die Ski zufrieden an den Tresen.

»Schrecklich«, sagte er. »Jetzt auch noch Max. Hat sich das

Genick gebrochen. Ist wohl im Dunkeln gefahren. Er war kein besonders guter Fahrer.«

»Ist er nicht schon, seit er klein war, Ski gelaufen?«, fragte Merab.

»Nein.«

»Nicht?«

»Er konnte Ski fahren, ja, aber ein guter Fahrer war er nicht.«

»Aber wenn er kein guter Fahrer war, warum war er dann da oben unterwegs, so mitten in der Nacht?«

»Habe ich mich auch gefragt.«

»Na ja, er hat seinen Bruder verloren«, sagte Merab. »Vielleicht hatte er Todessehnsucht oder so etwas.«

»Möglich«, sagte Vogl. »So ein Verlust kann einem schon zusetzen.«

»Wann fährt eigentlich der letzte Lift nach oben?«

Vogl begann einhändig die Daten zu ihren Leihsachen in seinen Computer einzutippen: »Um sechzehn Uhr.«

»Es wird früh dunkel. Kann es sein, dass Max die gefährlichen Stellen übersehen hat?«

»Vielleicht hat er ja die Gefahr gesucht, um sich Johannes näher zu fühlen, gibt doch so Psychosachen.«

Vogl war das Gespräch sichtlich unangenehm. Er drückte an seinem Verband herum, seine Finger waren kurz, seine Fingernägel abgekaut.

»Kannten Sie Max?«, fragte er.

»Nicht besser, als Sie ihn kannte.«

Vogl deutete mit dem Kinn in Ellens Richtung.

»Und Johannes? Eine Idee, wer etwas gegen die beiden gehabt haben könnte?«

»Ich weiß wirklich nicht, was ich dazu sagen könnte.«

Vogl schob den Zeigefinger unter seinen Verband und kratzte

sich. Ellen langte über den Tresen und griff nach seinem Handgelenk.

»Sie müssen den Verband öfter wechseln.«

Er zog die Hand nicht zurück, sah nur auf ihre Finger, die eine deutlich sichtbare Schwellung abtasteten.

»Werde ich«, sagte Vogl.

Die kurze Stille zwischen ihm und Ellen war mit irgendwas gefüllt, das Merab nicht identifizieren konnte. Ellen zog plötzlich die Hand zurück.

»Wirklich«, sagte Vogl, »ich kümmere mich darum!«

»Wenn Sie es nicht allein können, rufen Sie in der Praxis bei Frau Lehmann an und vereinbaren einen Termin für morgen.«

Vogl nickte fast unmerklich und wandte sich wieder seinem PC zu. »Die arme Martha, sie mochte Max sehr.«

»Wieso? Woher kannte sie ihn?«, fragte Ellen. »Ist Max früher ein Patient von Schwarz gewesen?«

»Das weißt du nicht?«

»Was wissen wir nicht?«, fragte Merab.

»Martha Lehmann hat für Gruber gearbeitet. Sie war bestimmt vier oder fünf Jahre bei ihm. Hat seine kranke Mutter gepflegt. Sie kennt Max und Johannes also ziemlich gut.«

»Sie war die letzten fünfzehn Jahre bei Dr. Schwarz«, betonte Ellen.

»Sicher nicht. Ihr könnt es sogar nachlesen. Martha hat Gruber angegriffen, und das stand in deiner Zeitung.«

Vogl zeigte mit dem Finger auf ihn.

Verdammt, daher kannte er Martha. Aus seiner eigenen Zeitung. Er spürte in Ellens Blick, wie in ihr erneut ein Stück Vertrauen zu Bruch ging.

»Es stimmt, es gab Gerüchte«, sagte er zu Ellen, »dass sie eine Affäre mit Gruber hatte, wenn ich mich recht erinnere. Zumindest behauptete sie das, nachdem er sie rausgeschmissen hatte. Wie konnte mir das entgehen?«

»Warum hat er sie entlassen?«, fragte Ellen.

»Gruber wollte mit der Alten nicht in die Kiste«, sagte Vogl. »Die war echt hinter ihm her, also hat er die Notbremse gezogen.«

»Was ist dann passiert?«

»Sie hat den Gruber auf Abfindung verklagt«, sagte Vogl, »aber bekommen hat sie nix. Und zum Dank hat sie dem Gruber einen Viehtreiber in den Bauch gerammt. Das muss ganz schön gebrutzelt haben.«

Vogl genoss die Geschichte geradezu.

»Einen Viehtreiber?«, wiederholte Ellen. Sie klammerte sich vor Schreck an Merabs Arm fest.

»Und Gruber hat sich mit seinem Brieföffner gewehrt. Das hat sie nun davon.«

»Daher ihr Schmiss.«

Vogl schob ihnen zwei Ausdrucke über den Tresen und legte einen Kugelschreiber daneben. »Das müsst ihr ausfüllen. Bezahlt ihr zusammen oder getrennt?«

»Einen Moment.«

Ellen zog Merab zum Aquarium, wohl damit Vogl nicht zuhören konnte, aber mit einem Schulterblick bemerkte er, dass Vogl konzentriert zu ihnen herübersah.

»Ich komme nicht mit«, flüsterte Ellen. »Besser wir teilen uns auf. Du fährst zur Absturzstelle und siehst dich dort um wie geplant. Und ich gehe zurück in die Praxis und knöpfe mir Martha vor.«

»Ich weiß nicht. Was ist, wenn sie gefährlich ist?«

»Mit der komme ich schon klar. Wenn Gruber sie abgewiesen hat, will sie ihn womöglich bestrafen. Ein gutes Motiv, oder etwa nicht?«

Vogl klopfte mit den Fingerknöcheln auf den Tresen. »Was ist denn jetzt? Wollt ihr die Sachen ausleihen oder nicht?«

»Ich weiß nicht, Ellen.«

»Nur er wird fahren«, sagte sie zu Vogl und ging zurück zum Tresen. »Aber ich bezahle. Mit Karte, wenn das möglich ist.«

Merab gefiel das nicht. Er wollte weder allein auf die Piste, noch wollte er, dass Ellen allein mit Martha sprach. Aber er würde vor diesem Vogl keine Diskussion beginnen.

Vogl wirkte, als freute er sich, dass sie sich trennten. Fehlte nur noch, dass er Ellen zum Kaffee einlud.

»Ich muss in die Praxis. Patienten!«, sagte Ellen.

»Tut mir leid, Vogl, nur ein halbes Geschäft.« Er nahm die Ausrüstung an sich.

»Macht nix, die Saison läuft insgesamt ganz gut.«

»Wird nicht nächstes Jahr hier auf dem Parkplatz das neue Gemeindezentrum gebaut? Was passiert dann mit Ihrem Laden?«

Vogl fuhr sich mit der Zunge über die Lippe. »Ich bleibe!«

»Geht das?«

»Zusage vom Gruber.«

Vogl steckte die Hände in seine Taschen und verzog das Gesicht, als der Verband an der Hosennaht hängen blieb.

»Kümmern Sie sich darum.« Ellen deutete auf die Wunde.

»Ich bringe die Sachen nachher zurück«, sagte er.

»Nur keine Eile«, sagte Vogl.

40.

Merab schulterte seine Skier und machte sich auf den Weg zum Lift. Er hatte ein mulmiges Gefühl, nicht nur, weil er kein guter Sportler war, sondern vor allem wegen Ellen. Das Gespräch mit Martha war womöglich gefährlich. Eine in die Ecke getriebene Geliebte war zu vielem fähig, vielleicht auch zu zwei Morden.

Er blinzelte, die Sonne schickte die ersten Strahlen über den Kamm und ließ die Stahlseile des Sessellifts glänzen, der ihn nach oben bringen sollte.

Die Schlange vor dem Eingang war kurz.

Als es losging, knirschte es, und er schaute ängstlich auf den Boden, der sich schnell von ihm entfernte. Er zog den Bügel etwas fester an seine Oberschenkel. Er hasste die Höhe. Warum sollte es sich der Mörder so schwer machen? Erst die Leiche an der Schanze befestigen, jetzt den Berg hinauf. Das war nicht logisch, aber dachten Mörder logisch? Ein verzweifeltes Haschen um Aufmerksamkeit hatte Haußer die Inszenierung genannt. Vielleicht war der Mörder ein eher unscheinbarer Mensch und wollte einmal in seinem Leben aus dem Schatten treten, sein Versteck verlassen und etwas Sichtbares schaffen, ein Zeichen setzen. Oder wollte er die Tat der Brüder in seiner eigenen zur Schau stellen? Hoffte er, dass das Verbrechen an Ellen so doch noch ans Licht kommen würde? Wer war der Unsichtbare? Wen hatten sie bisher übersehen?

Die Fahrt dauerte fünf Minuten, und er konzentrierte sich auf den Horizont. Schneeüberzogene Tannen, graue Berge, kalte Luft. Er hätte jetzt gern seine Finger zwischen Ellens geschoben.

Oben warf der Lift ihn ab wie Gepäck.

Der Blick reichte bis weit ins Tal. Er sah die Schanzen und das Freibad, den Marktplatz und die Straße, die aus diesem Ende der Welt herausführte.

Er brauchte drei Versuche, bis die Bindung einrastete. Beim Schließen schnitt er sich an einer scharfen Kante in den Daumen. Das Blut spuckt er in den Schnee. Einige andere Skifahrer bereiteten sich auf die Abfahrt vor. Ein junges Paar und ein älterer Herr, der einen engen Skianzug und einen Helm mit Sternenaufdruck trug.

Zumindest das Wetter war besser, als Vogl vorhergesagt hatte. »Was für eine schöne Idee, ein bisschen Ski zu fahren«, sagte er zu sich selbst.

Es würde nicht schwer sein, die Stelle zu finden. Er hatte Ellen nur die Information von Haußer geben müssen, und sie hatte den Weg sofort beschreiben können, das Wäldchen am Rande der Piste war unter den Skifahrern als Gefahrenstelle bekannt. Und sie war hier aufgewachsen, kannte sich aus. Ebenso, schoss es ihm durch den Kopf, wie sie sich als Ärztin damit auskennen würde, wie man einen Menschen tötet. Er bekam sofort ein schlechtes Gewissen wegen dieses Gedankens. Er wollte nicht schlecht über Ellen denken. Sie war das Beste, was ihm seit Langem passiert war.

»Runter kommen sie alle«, rief der Mann im Sternenkostüm ihm zu und stakste an den Rand des Abhangs.

»Ist wie Rad fahren«, rief er zurück.

Der Mann lachte und stieß sich ab.

Also, dann. Er ließ sich vorsichtig auf die Schräge kippen.

Schnell nahm er Geschwindigkeit auf, versuchte, die Skier vorn zu einem Dreieck zusammenzuführen, um langsamer zu werden, und ging in die ersten Kurven, die ihm Mut machten. Es war gar nicht so schwierig und der Hang zwar steil, fiel aber immerhin nicht zu den Seiten hin ab, sodass er in seiner Spur blieb. Er fuhr große Schleifen, kam voran. Schnee stob in sein Gesicht, aber die Brille drückte fest gegen die Nase.

Wie besprochen, bog er an einer auffällig schräg stehenden Tanne in das Wäldchen ab. Die Bäume schossen links und rechts an ihm vorbei. Die Skier im tiefen Schnee vorn zusammenzuführen war nicht leicht, also warf er sich einfach zur Seite in den Schnee. Die Piste lag jetzt so weit oberhalb, dass es nur ohne die Skier möglich sein würde, zurück auf die präparierte Abfahrt zu gelangen.

Von hier war es nicht weit, und die Schlucht, die er suchte, klaffte wie ein Schnitt zwischen zwei Rippen. Sie war an die zehn Meter breit und ebenso tief. Eine kalte, dunkle Klamm, deren Boden schwarz glänzte. Er konnte nicht exakt ausmachen, ob da unten auch ein kleiner Bachlauf war. Am seitlichen Eingang der Schlucht flatterte ein polizeiliches Absperrband.

Er bezweifelte, dass er hier einen brauchbaren Hinweis finden würde. Hatte Ellen ihn absichtlich hierhergeschickt? Wollte sie ihn loswerden? Brauchte sie Zeit für etwas anderes? Er versuchte, die Fragen aus seinem Kopf zu schütteln, nahm die Mütze ab und fuhr sich durchs Haar. Vielleicht war er doch ein größerer Idiot, als er bisher geglaubt hatte.

Eine Absturzstelle war hier oben jedenfalls nicht zu erkennen, keine umgeknickten Bäume, keine Spuren im Schnee. Max hätte sich in Gefahr an Ästen festgehalten, sich hingeworfen, probiert, rechtzeitig eine Wende zu fahren. Aber es gab keinerlei Anzeichen, die auf einen Absturz hindeuteten, geschweige denn überhaupt auf eine Person, die vor ihm hier gewesen war.

Max hatte also vielleicht gleich den unten verlaufenden Wanderweg genommen. Und einen Herzinfarkt erlitten. Oder der Mörder hatte hinter einem Felsen gelauert. Möglicherweise war Max längst tot gewesen, als er dort unten ankam. War das nicht das wahrscheinlichste? Jemand hatte die Leiche abgelegt und gehofft, dass sie gefunden wurde. Andernfalls wäre der Leichnam besser versteckt worden. Und doch hatte der Täter nicht davon ausgehen können, dass die Leiche schnell entdeckt werden würde. Es war nicht viel los an dieser Stelle. Es hätte Tage dauern können. Oder hatte Haußer sich keine Mühe gegeben, weil er ja gewusst hatte, dass er die Leiche hier finden würde? Verdammt, Haußer, dachte Merab. Er hatte am Lift noch mit ihm telefoniert, und Haußer hatte zugesagt, sich um Max' Mercedes zu kümmern. Haußer kannte jemanden, der jemanden kannte, der einen Wagen verschwinden lassen konnte, jedenfalls für eine Zeit. Eine Zeit, die Ellen nutzen könnte ...

»Scheiße«, murmelte er in den Wind.

Warum stand er hier oben, wenn unten mehr zu finden war? Es war hoch, steil und rutschig. Beim Blick hinunter zog es ihm in den Hoden. Ein sicheres Zeichen, dass er das Weite suchen sollte. Stattdessen rutschte er auf die Kante zu, tastete sich vorsichtig mit den Füßen vor, was in den Skischuhen äußerst schwierig war. Kurz entschlossen zog er sie aus, drehte sich auf den Bauch, lehnte sich eng an die steile Wand und stieg langsam nach unten. Immer wieder rutschte er von kleinen, feuchten Vorsprüngen ab, an denen er Halt suchte. Seine Hände klammerten sich an jedes Felsstück.

Nach fünf langen Minuten war er unten.

Er rieb sich die kalten Finger und nahm die Füße abwechselnd hoch. Die Strümpfe waren bereits komplett durchnässt. Er musste sich beeilen und suchte nach der Stelle, an der die Leiche gelegen haben mochte. Die Fußspuren der Polizei hatten den Boden aufgewühlt, frischer Schnee lag darauf. Er bückte sich unter dem Flatterband hindurch und suchte ein Stück des Weges ab. Nichts.

Eine Leiche hierherzubringen war ohne Wagen oder Schlitten kaum möglich. Haußer hatte einen Fahrradanhänger. Damit könnte er es getan haben. Die Reifenspuren wären schnell vom Schnee überdeckt worden. Er legte seine Hand für Haußer ins Feuer, aber manchmal hatte er sich auch schon verbrannt. Haußer hatte an der Schanze den Knebel aufgehoben und nie ein Wort darüber verloren. In Johannes' Mund war Gummi gefunden worden. Warum deckte er Haußer? Doch nur, weil er an Haußers starke Arme dachte, die ihn damals vom Sofa gehoben und ins Bad geschleppt hatten, an Haußers Zeigefinger in seinem Hals, damit er sich übergeben und den Alkohol loswerden konnte, an seine Schulter, gegen die sein Kopf gefallen war, und an seine Stimme, die ihn beruhigt hatte, bis er nicht mehr zitterte. Als Claudia ihn verlassen hatte, war er durch eine dunkle Zeit gegangen, und ohne Haußer, wer weiß, hätte er sie vielleicht nicht überlebt.

Hatte Haußer ein Motiv? Haußer war alt. Er konnte es sich nicht vorstellen. Dass Claudia ihn sitzen ließ, hatte er sich aber ebenso wenig vorstellen können, und dann war sie von einem Tag auf den anderen weg gewesen.

Er dachte wieder an Ellen.

Der erste Lichtblick in seinem Leben seit Langem. Er würde von der Piste aus versuchen, sie anzurufen, hier unten in der Schlucht hatte er keinen Empfang. Zuerst musste er aber wieder die Wand hochklettern, um zu seinen Skiern zu kommen.

Als er den rechten Fuß gegen den Felsen setzte, sah er etwas aus dem Schnee ragen.
Ein kleines grünes Stück Papier.

41.

Sie ließ Merab ungern allein. Mit Sicherheit fuhr sie besser Ski als er. Aber Martha war ihre Aufgabe. Sie musste sie zur Rede stellen.

Martha eine Mörderin?

Schon möglich, dass der Mörder in Grubers Kreis zu finden war. Die SMS sprach jedoch dagegen. Sie war eindeutig an sie gerichtet gewesen. Jemand aus ihrem Umfeld. Martha war sowohl Teil von Grubers Umfeld und als auch von ihrem.

Oder Haußer? Er hatte beide Leichen gefunden. Konnte es Bruno gewesen sein? Weil er damals in sie verknallt war, vielleicht auch heute noch? Saskia? Weil sie die Erinnerung an die Vergangenheit auslöschen wollte, damit sie beide, Saskia und sie, endlich zusammen sein konnten, hier, an diesem Ort. Möglich.

Wieder erschrak sie über ihre eigenen Gedanken.

Sie bog in ihre Straße ein, näherte sich dem Haus. Sie öffnete das Gartentor und wäre beinahe gefallen. Ein großes schwarzes Loch lag mitten auf dem Weg. Sie versuchte ihren Atem zu beruhigen. Aus der Tiefe blickten ihr zwei Augen entgegen. Es waren Saskias Augen, und sie waren mit dickem Kajal umrandet. Der Lidstrich blutete.

»Dr. Roth, endlich. Die ersten Patienten sind schon da.«

Martha stand auf der Treppe und winkte sie herbei, als sei sie die zu tadelnde Tochter.

»Es ist noch mehr Schnee im Anmarsch«, sagte Ellen, um Zeit zu gewinnen. Sie musste an Marthas Beziehung zu Gruber denken, die seltsam und doch wiederum nicht so ungewöhnlich war, denn hier schienen alle in irgendeiner Beziehung zu Gruber zu stehen, auch wenn Marthas möglicherweise etwas intensiver gewesen war als die anderer. Es kam ihr ungerecht vor, dass sie Martha bislang nicht als attraktive Frau wahrgenommen hatte.

Martha hob den Kopf. »Es ist nun mal Winter«, rief sie von der Treppe hinab in den Vorgarten.

Ellen sammelte ihre Kräfte und ging langsam einen weiten Bogen um das Loch, das nur sie sah, stapfte durchs Beet, und ohne sich noch einmal umzusehen, ging sie an Martha vorbei ins Haus.

»Dann wollen wir mal«, sagte Ellen und rang nach Luft zum Atmen. Sie konnte es in Marthas Nähe kaum aushalten.

»Beeilen Sie sich, bevor noch jemand stirbt.«

Sie blieb wie angewurzelt stehen.

»Das war natürlich nur ein Scherz«, sagte Martha. »Ein dummer noch dazu. Entschuldigen Sie.«

»Ich würde Sie nachher gern sprechen.«

»Meine Aussage war wirklich unangemessen. Kommt nicht wieder vor.«

»Es geht um etwas anderes.«

Zwei Minuten später lag eine junge Frau auf ihrer Untersuchungsliege. Ihre Kleidung war von Marken, die Ellen aus Hamburg kannte. Ihr Sohn spielte auf dem Boden mit alten Klötzen. Vorsichtig tastete sie mit zwei Fingern den Mittelbauch ab.

»Alles in Ordnung?«, fragte die Patientin sie.

»Was? Ja!«

»Sie sind ganz blass.«

»Am Bauch kann ich nichts feststellen«, sagte sie. War ihre

Stimme fest? Sie wusste es nicht. »Sobald wir das neue Ultraschallgerät haben, sollten wir das aber noch mal abklären.«

Die Frau stützte sich auf ihre Arme. »Ich finde es schön, dass hier jetzt eine so nette Ärztin praktiziert. Dr. Schwarz war ... nun ja.«

Die Worte drangen nur zeitversetzt zu ihr hindurch. Die SMS, dachte sie. Wem hatte sie ihre Nummer gegeben?

»Soll ich Sie dennoch krankschreiben?«

»Das wäre toll, aber auf dem Hof ist derzeit die Hölle los, ich kann mir krank zu sein eigentlich nicht erlauben.«

Sie zog den Pullover hinab, danach zupfte sie am darunterliegenden T-Shirt.

»Dann versprechen Sie mir, dass Sie sich melden, falls es schlimmer wird. Auf welchem Hof arbeiten Sie?«

»Ich bin Buchhalterin beim Gruber.«

Ellen zuckte zusammen. »Bei Gruber. Dann müssen Sie meine Sprechstundenhilfe kennen, Martha.«

»Ja, wir haben uns draußen schon begrüßt.«

Der Junge warf seinen Turm um.

»Wie ist sie so?«, fragte sie die Patientin.

»Wie meinen Sie das?«

»Ich meine Martha. Wie ist sie? Als Angestellte? Meinen Sie, ich habe die richtige Wahl getroffen? Ich habe da Geschichten über sie und Gruber gehört.«

Die Frau nahm ihren Jutebeutel vom Stuhl und die Hand des Jungen.

»Gruber hat sie wegen Kleinigkeiten rausgeschmissen, wenn Sie mich fragen, vermutlich suchte er nur einen Vorwand, um sie loszuwerden. Dass sie vor Gericht leer ausging, ist ein Skandal. Auch wenn sie sich für die alte Dame nicht gerade aufgeopfert hat, es lief doch alles.«

»Sie wissen, dass die Gruber-Söhne ...«

»Ja, natürlich. Schrecklich.«

»Wie nah stand Martha den beiden? Sie würde sich niemals freinehmen, wissen Sie, aber wenn es ihr nicht gut geht, würde ich ihr gern ein paar Tage Zeit zum Trauern geben.«

Der Junge zog am Mantel. Er musste um die vier Jahre alt sein.

»Martha war für Max und Johannes nur eine Angestellte, wie es viele auf dem Hof gibt, so wie mich. Das Fußvolk hat die beiden nie geschert. Und Martha hat sich für die beiden auch nicht interessiert.«

Das hieß aber nicht, dass sie sie nicht getötet hatte. Im Gegenteil, wenn die Beziehung nicht so eng war, war es ihr womöglich sogar leichter gefallen.

»Fragen Sie sie doch einfach, ob sie ein paar freie Tage braucht. Gestern Abend im Kino wirkte sie schon etwas angeschlagen.«

»Sie waren zusammen im Kino? Gestern Abend?«

»Wir haben uns zufällig getroffen und darüber gesprochen, dass wir uns heute hier wiedersehen würden. Es war seit Wochen der erste freie Abend mit meinem Mann, und das Ende vom Lied war, dass Martha anschließend noch mit uns ins Jagdschlösschen ging. Mein Mann war not amused, wie Sie sich vorstellen können, aber was sollte ich machen? Ich hatte ein schlechtes Gewissen.«

»Wann lief der Film?«

»Um neun. Wieso?«

»Ach, nur so. Ich war lange nicht im Kino.«

»Abonnieren Sie lieber Netflix, das Kino ist in einem bedauernswerten Zustand, aber es gibt hier nun mal nicht viele Möglichkeiten, abends mal aus dem Haus zu kommen.«

»Machen Sie einen neuen Termin, so in vierzehn Tagen, dann sollte das Ultraschallgerät repariert sein.«

Als die beiden raus waren, sackte sie in ihren Stuhl. Martha hatte ein Alibi. Zumindest für den späteren Abend. Aber Max zu töten, die Leiche auf den Berg zu bringen und dann ins Kino zu gehen – das war nahezu ausgeschlossen. Sie rief Merab an, um ihm die Neuigkeit zu berichten, aber er ging nicht ran.

Sie betrat die Küche, um sich einen Tee zu machen.

»Sie wollten mit mir sprechen?«

Martha stand plötzlich hinter ihr.

»Ja, später.«

»Ich habe jetzt eine Minute.«

Also gut, dachte sie. Im Wartezimmer saßen zwar fünf weitere Patienten, aber es pochte hinter ihrer Stirn, und wenn sie aus dem Fenster sah, klaffte da noch immer das schwarze Loch im Weg. Sie musste ihre Gedanken loswerden.

»Ich dachte, Sie seien schon seit Ewigkeiten in der Praxis angestellt, dabei haben Sie für Gruber gearbeitet.«

Martha schien nicht sehr überrascht. »Ich habe nicht für ihn gearbeitet, wir waren liiert.«

»Und seine Mutter? Sie haben sie gepflegt.«

»Ich habe mich um Hannelore gekümmert, und das nicht, weil sie Hilfe brauchte, sondern Zuneigung. Sie war in diesem belebten Haus ja völlig vereinsamt. Vormittags war ich aber für Dr. Schwarz in der Praxis tätig.«

Sie tunkte den Teebeutel ein und zog ihn wieder heraus, und das heiße Wasser schwappte über, tropfte auf ihren Schuh.

»Und mit Gruber ist es aus?«, fragte sie. »Sie waren vor Gericht?«

»Wir haben uns getrennt, es war, wie soll ich sagen? Schmutzig. Das ist nicht meine Art, aber er hat mir keine Wahl gelassen.«

»Worum ging es? Sie waren nicht verheiratet.«

»Er hat mir vorgeworfen, ich hätte Hannelore beeinflusst. Er nannte mich eine Erbschleicherin. Und tatsächlich hatte sie ihr Testament geändert, aber davon wusste ich nichts.«

Sie warf den Teebeutel in die Spüle. Sie musste zurück zu ihren Patienten.

»Wo waren Sie gestern Abend?«

»Was soll das, Ellen?«

»Wo waren Sie, Martha? Sagen Sie es mir.«

»Im Kino. Ich war im Kino. Ist das verboten?«

»Welchen Film gab es?«

»Den Namen habe ich vergessen. Es war ein Thriller.«

42.

Merab zog ein Stück aufgeweichtes Papier aus dem Schnee. Eine Visitenkarte. Beinahe zerfiel sie in seinen Händen, aber die Schrift war lesbar. *Taxiruf* 11 88 444. Die Fahrer besaßen personalisierte Karten, und auf dieser stand ein Name, der ihn kaum überraschte: *Bruno Roth.*

Er trug Saskias Nachnamen. Nicht, dass das heutzutage ungewöhnlich gewesen wäre, aber Bruno hatte auf ihn immer stockkonservativ gewirkt, auch wenn er ihn nur flüchtig kannte.

Er steckte die Karte in die Tasche und machte sich an den Aufstieg. Er war schwieriger als der Abstieg, er brauchte eine ganze Weile und bemühte sich, nicht nach unten zu schauen. Erschöpft zog er sich schließlich über den Rand und blieb einen Moment sitzen, die eiskalten Füße über dem Abgrund.

Wie war Bruno in seine Story einzuweben? Ellens Schwager. Eine Familienabrechnung? Machte er reinen Tisch für Ellen, damit sie hier unbeschwert leben konnte? Es wäre ein Motiv. Aber war Bruno ein Mord zuzutrauen?

Er zog die nassen Strümpfe aus und die Skischuhe an.

Die Piste lag nicht weit weg, und er wollte so schnell wie möglich von diesem verdammten Berg herunter.

Mit kleinen Schritten machte er sich auf und dachte dabei an die Nacht mit Ellen. Es war sehr unschuldig geblieben, aber ihre ehrliche Umarmung hatte ihn glücklich gemacht. Die dunklen Gedanken schob er beiseite. Sie füllte eine Leere, und es war, als könne er endlich eine Brücke überqueren, die schon so lange zerstört war. Auch wenn aus ihnen nicht mehr werden sollte, würde er diese Nacht als eine glückliche Erinnerung behalten.

Er kämpfte sich den Hang hinauf. Skier und Stöcke trug er, rammte sie bei jedem Schritt in die Steigung vor sich, sodass er Halt fand und sich hochziehen konnte. Oben angekommen, war er komplett durchgeschwitzt, durstig und hungrig und spürte die Müdigkeit wie einen Stachel in seinem Rücken.

Er rief Ellen an, hier hatte er endlich Empfang, und ihre Stimme zu hören wärmte ihn. Aufgeregt berichtete er ihr von seinem Fund.

»Bruno!«, rief sie. »Mein Gott.«

Er versuchte die Verzweiflung in ihrer Stimme zu zerstreuen. »Bruno muss die Karte nicht selbst verloren haben, er gibt sie bestimmt ständig irgendwelchen Fahrgästen.«

»Richtig«, sagte sie. Ihre Stimme klang etwas erleichtert.

Er wendete das aufgeweichte Papier noch einmal zwischen seinen Fingern.

»Hat er ein Motiv, Ellen? Warum könnte er so etwas tun?«

Würde er ihr auch von seinem Verdacht gegenüber Haußer erzählen?

»Keine Ahnung«, sagte Ellen. »Ich weiß, dass er früher verliebt in mich war, oder was auch immer.«

Und hatte sich dann mit der zweiten Wahl zufriedengeben müssen, dachte Merab.

»Du gehst nicht allein zu ihm. Versprich mir das.«

»Er ist der Mann meiner Schwester. Vielleicht ist sie in Gefahr.«

»Du wartest auf mich. Ich beeile mich.«

»Merab, ich …«

Rauschen.

»Ellen? Hallo? Verdammt!«

Er schüttelte das Handy und hob es in den Himmel, aber natürlich war das vergebens, der Empfang verloren.

Er klickte seinen rechten Stiefel in den Ski. Die linke Bindung machte erneut Schwierigkeiten. Er drückte den Schuh so fest es ging hinunter, zwei-, dreimal, bis er sich bückte, an der Vorrichtung rüttelte und sie endlich einrastete.

Es war nicht weit.

Ellen würde auf ihn warten.

Das würde sie doch?

Er stieß sich kräftig ab und zog weite Kurven, die ihm leichter fielen als die engen Wenden. Unten lagen die Dächer der Häuser und die Straße, die gen Norden aus der Siedlung herausführte. Von hier oben sah es aus, als hinge der ganze Ort an einem seidenen Faden.

Je tiefer er kam, desto klarer wurde die Sicht. Der Schnee rieselte leicht, und hätte er nicht die Stöcke in der Hand gehabt, hätte er versucht, ein paar Flocken aufzufangen.

Als er das Knacken hörte, wusste er instinktiv, dass die Bindung gebrochen war und auch, dass er zu ungeübt sein würde, um einen Sturz abzufangen. Ausgerechnet jetzt war er besonders schnell, und das Tempo riss ihn von den Beinen. Er fiel auf Knie und Becken, überschlug sich, und bevor sich die zweite Bindung von selbst öffnete, verdrehte ihm der Ski den Fuß, und er schrie auf, als das Gelenk brach. Die Wucht des Sturzes katapultierte ihn zur Seite, er schlug erneut auf dem harten Boden auf und raste wie ein Schlitten weiter nach unten. Er versuchte, die Arme auszustrecken, an denen die Stöcke wie lose Äste wirbelten, aber er hatte weder die Zeit noch die Möglichkeit, seine Glieder bewusst zu koordinieren. Im Chaos der Bewegung verlor er die Orientierung. Mit voller Wucht prallte er gegen einen der Holzpfähle, die das seitlich der Piste gespannte Auffangnetz fixierten, und etwas in seinem Schädel knackte, bevor er zur Seite rutschte, einige Meter tiefer in die Maschen fiel und darin gefangen blieb.

Er bemerkte noch, wie steil der Hang über ihm auffragte und wie unnatürlich schief sein Arm an einem der Stöcke hing. Dann wurde die Welt still und zog ihn tief in ein warmes Schwarz.

43.

Es klingelte.

Connor hob die Nase von den Vorderpfoten, stand aber nicht auf. Haußer legte die Zeitung beiseite und wuchtete sich vom Sofa. Er horchte, ob Evi oben von der Klingel geweckt worden war.

Die Haustür hatte kein Fenster, keinen Spion und keine Vorhängekette.

»Connor, komm«, sagte er, und gemeinsam mit dem Hund öffnete er, obwohl es bereits später Nachmittag war und er keinen Besuch erwartete. Es gab schlicht niemanden, der mit ihm einen Schoppen trinken und die politische Lage diskutieren wollte. Merab vielleicht.

Sobald die Tür einen Spalt geöffnet war, drückte die draußen stehende Person sie mit Wucht auf. Connor bellte einmal, verzog sich aber geduckt in eine Ecke. Haußer stolperte zurück.

Gruber drang wie ein Stier ins Haus.

»Max ist tot, Karl, er ist tot, so wie Johannes. Bin ich der Nächste, he?«

Gruber stieß ihm den ausgestreckten Finger seiner rechten Hand in die Schulter und trieb ihn vor sich her. Er war verschwitzt, seine Haare standen in alle Richtungen, das Hemd hing ihm aus der Hose, und sein darüber sitzendes Sakko war schief geknöpft.

»Zwei tote Kinder, Karl. Warum? Wegen eines dummen Abistreichs mit achtzehn?« Wieder schubste er ihn. »Die beiden waren betrunken, es war der Rausch ihrer Abinacht, alle waren betrunken. Waren sie stolz darauf, was sie angerichtet haben? Nein! Haben sie ihre Strafe von mir bekommen? Glaub mir, das haben sie. Sie jetzt für etwas umzubringen, was Jahre zurückliegt, ist doch pervers. Das waren meine Buben, Karl. Und ich will, dass du mir sagst, was die Polizei mir nicht sagt. Wer war es? Warst du es?«

»Langsam, Rüdiger. Beruhige dich, setz dich.«

»Du hast ihn gefunden, Haußer. Warum hast du ihn gefunden? Was treibst du da oben im Berg mitten in der Nacht?«

Haußer antwortete nicht.

»Rede mit mir, oder ich garantiere dir, ich prügle die Antwort aus dir heraus. Verstehst du, Karl? Rede!«

Gruber schlug mit der Faust neben Haußers Gesicht in die Wand. Blut sammelte sich in der aufgeplatzten Mulde und an seinen Fingerknöcheln, aber das störte ihn nicht.

»Es war reiner Zufall, Rüdiger.«

»Zufall, ha! Verarsch mich nicht.«

Gruber schrie ihn an und schlug noch einmal zu.

Haußer zuckte zusammen. Connor knurrte, kam aber nicht näher.

»Bitte, Evi schläft.«

Er hörte ihre leise fragende Stimme von oben. Sie machte sich mehr Sorgen um ihn als um sich selbst. Auch Gruber hatte sie gehört und legte den Kopf in den Nacken.

»Vielleicht sollte ich ja mal nach ihr sehen. Mhm? Sprichst du dann mit mir?«

»Halt sie da raus!«

Haußer stieß ihn zurück, aber Gruber wankte nicht einmal.

»Hast du das getan, weil du mit deinem schlechten Gewissen nicht leben kannst und jetzt, wo die kleine Ellen Roth wieder da ist, glaubst du es irgendwie wiedergutmachen zu müssen? Und nur weil der ehrenwerte Karl Haußer einmal vom rechten Weg abgekommen ist.«

Gruber drückte ihn erneut an die Wand und seine Faust fest auf Haußers Brust.

»Ich habe deine Jungs beschützt, das weißt du. Sie wären ins Gefängnis gegangen ohne mich.«

»Du hast mein Geld genommen, Karl, das hast du getan.«

Sie sahen sich fest an. Neben all dem Hass erkannte er in Grubers Augen auch die Verzweiflung und die Trauer um seine Kinder.

»Was hast du da oben gemacht? Warum treibst du dich da rum? Es kann keine Fügung des Schicksals sein, dass ausgerechnet du beide Leichen findest.«

»Es war wirklich nur Zufall.«

»Das überzeugt mich ganz und gar nicht.« Gruber packte ihn an den Schultern und schlug ihn zweimal gegen die Wand. »Erzähl mir die Wahrheit, oder, ich schwöre dir, ich schlage dir alle Zähne aus!«

Gruber roch nach vergiftetem Atem und Verzweiflung. Sein großer Körper schnaufte.

»Ich habe einen sehr langen Spaziergang gemacht, weil … Connor noch nicht draußen war an diesem Tag.«

»Weiter, Karl, weiter.«

»Ich musste einfach raus. Etwas Anstrengendes tun. Musste nachdenken. Brauchte Zeit. Ich habe kaum bemerkt, wie weit hoch ich schon gewandert war.«

»Und über was hast du nachgedacht? Ich hoffe für dich, es war etwas Wichtiges.«

Gruber tippte ihm mit dem Zeigefinger gegen die Stirn, und Haußer spürte den nassen zurückbleibenden Fleck. Blut.

»Ich habe über Evi nachgedacht. Über ihren Wunsch.«

»Ist schon Weihnachten? Klartext, Karl!«

»Sie will sterben! Okay? Sterben!« Er sagte es lauter, als er wollte. »Sie kann nicht mehr, und sie kann es nicht allein. Evi hat mich gebeten, ihr zu helfen. Ich soll töten, was ich am meisten liebe, Rüdiger, loslassen, was meinem Leben den einzigen Sinn gibt. Glaub mir, das entscheidet man nicht im Jagdschlösschen an der Theke bei einem Bier. Das entscheidet man nicht in fünf Minuten. Das ist überhaupt nicht zu entscheiden. Das ist viel zu groß.«

Gruber ließ von ihm ab.

»Was erzählst du mir da für einen Scheiß, Mann!«

»Plötzlich lag Max vor mir. Er sah ganz friedlich aus. Connor hat sich neben ihn gelegt, und ich bin auf die Knie gegangen und hab ihm über den Kopf gestreichelt. Ich habe geweint.«

»Hör auf! Bitte, hör auf.«

Gruber wandte sich ab, stieß die Tür zum Wohnzimmer auf und rannte fast gegen die Scheibe der Terrassentür. Mit beiden Händen stemmte er sich dagegen und sah in den dunklen Garten. Die untergehende Sonne tauchte ihn in eine diffuse Welt, die wohl für sie beide kaum auszuhalten war. Gruber wirkte, als erwartete er einen Genickschuss. Seine Wut und Kraft waren gewichen, seine Schultern sanken hinab, und sein Kinn berührte beinahe seine Brust. Sein rechtes Knie zitterte.

»Es war Mord, Karl. Die Polizei war vorhin bei mir. Es gibt Spuren einer Strangulation an Max' Hals. Von einer Schlinge. Vermutlich Draht. Sie wurden beide umgebracht. Und ich frage dich, wer hat das getan?«

Haußer sah auf die Zweige am Rand der Terrasse, die er mit

dem Draht aus dem Baumarkt hochgebunden hatte. »Ich weiß es nicht.«

Gruber erinnerte ihn an eine eiternde Wunde, die jeden Moment platzen musste. »Alles hat mit ihr angefangen. Mit Ellen Roth«, sagte Gruber. »Meine Jungs haben ihr etwas Schreckliches angetan.«

»Das stimmt.«

»Etwas, das sie nie vergessen hat.«

»So ist es.«

»Warum sollte sie ausgerechnet hier eine Praxis übernehmen und ihrem Leid wieder nahe sein wollen?«

»Sie ist hier zu Hause.«

»Sie will Rache, Karl.«

Gruber setzte sich erschöpft neben den Wohnzimmertisch auf den Boden, nicht auf die Couch oder den Sessel, einfach auf den Teppich und wirkte dabei wie ein kleiner Junge. Eine tiefe Einsamkeit ging von ihm aus, die Haußer nur zu gut kannte. Er setzte sich auf die Lehne des Sofas, stützte die Ellenbogen auf seine Knie und beugte sich zu Gruber hinab.

»Es gibt keine Gerechtigkeit in dieser Welt«, sagte er. »Auch Ellen wird das wissen.«

»Wer soll nun meinen Hof übernehmen?«, murmelte Gruber, dem Tränen über die Wangen liefen. »Ich bin alt. Ich bin müde.«

»Du wirst eine Lösung finden.«

Er wischte sich übers Gesicht. »Hast du eine gefunden? Wegen Evi?«

Er stand auf. »Das geht nur Evi und mich etwas an.«

Connor strich um seine Beine, und er kraulte ihm kurz die Ohren. »Ich schenk uns einen ein.«

Er öffnete die in die Bibliothek eingelassene Bar. Ein großes Möbelstück aus Teakholz, das die gesamte Stirnwand einnahm und seine Bücher beherbergte. Doch die Bände waren vergilbt, das Regal verstaubt. Er zog den Korken aus einer Flasche und füllte zwei kleine Gläser bis zum Rand.

»Auf deine Söhne«, sagte er.

Gruber nahm das Glas. »Auf meine Jungs.«

Er stieß sein Glas gegen Grubers, ein Teil des Schnapses schwappte über und versank im Teppich.

»Sie tut mir leid«, sagte Gruber plötzlich. »Ellen Roth. Sie tut mir schon all die Jahre leid. Was musste sie durchstehen, wegen meiner Söhne. Was ist das für ein Leben, wenn einem so etwas widerfährt? Wenn sie es getan hat, könnte ich es zumindest verstehen, Karl.«

»Ich glaube wirklich nicht, dass sie deswegen wieder hier ist. Sie sucht auch nur nach ihrem Frieden, so wie wir alle.«

Sie tranken ein weiteres Glas.

»Vielleicht hast du recht.« Er fuhr sich mit beiden Händen übers Gesicht, ehe er weitersprach. »Wir sollten reinen Tisch machen, Haußer.«

»Was meinst du?«

»Gib ihr den Bericht.«

Haußer hielt die Flasche noch in der Hand. Draußen war es jetzt vollkommen dunkel.

»Du weißt, dass es vielleicht noch nicht vorbei ist«, sagte Gruber. »Sie ist die Einzige, die wissen kann, wer das nächste Opfer sein wird. Ich will nicht noch einen Toten in meinem Ort, Haußer. Gib ihr den Bericht.«

Er nickte.

Gruber drückte sich vom Boden hoch. »Die Polizei hat keine Spur. Ein paar Fingerabdrücke vielleicht, etwas DNA, aber keine Übereinstimmungen in den Datenbanken. Und sie wissen nichts von den damaligen Zusammenhängen.«

»Warum belassen wir es dann nicht dabei?«

»Ich sage doch, nicht noch ein Toter.« Gruber packte nach Haußers Schulter. »Du bist doch Polizist, Mann.«

»Ja.«

»Du gehst zu Ellen Roth, konfrontierst sie, dann wirst du ja sehen, wie sie reagiert. Ich informiere derweil die Polizei.«

Gruber stellte sein Glas auf den Tisch. »Der war gut. Danke.«

»Jederzeit, Rüdiger.«

Gruber berührte ihn noch einmal am Rücken. Eine versöhnliche Geste.

»Und noch was, Karl.«

Er wartete.

»Merab liegt im Krankenhaus. Skiunfall.«

Er spürte, wie ihn tief im Inneren die Nachricht traf. Es tat weh. »Geht es ihm gut?«

»Nicht wirklich.«

»Ich muss zu ihm. Er ist ... mein Freund.«

»Warte noch. Er liegt im Koma. Kümmere dich erst mal um die anderen Sachen.«

Er nickte und blieb einfach stehen, als Gruber sich verabschiedete und allein zur Tür ging. Es war, als sei ihm die Kraft verloren gegangen an diesem Abend. Wann war alles so geworden, und welchen Anteil hatte er daran? Er wollte doch nur, dass alles gut war. Er wollte nur seine Ruhe.

»Schatz ...?«, kam der Ruf von oben.

Langsam bewegte er die Füße, stieg die Stufen eine nach der anderen nach oben. Connor legte im Flur seine Schnauze auf den Fußabtreter.

»Ich komme ...«, rief er.

Evi war sein Hafen, immer gewesen, und er war zu alt, um noch einmal allein auf Fahrt zu gehen.

44.

Wo blieb Merab?

Er hätte längst zurück sein müssen. Wieder rief sie ihn auf dem Handy an. Wieder ging nur die Mailbox ran. Sie wurde noch verrückt und kroch wie ein Tier über die Matratze, rollte sich zusammen, biss sich in den Handballen, sprang wieder auf, stampfte durchs Zimmer, trat so fest auf, bis ihr die Füße schmerzten und die Dielen klagten.

Sie hatte doch gewusst, dass er nicht Ski fahren konnte.

Auch Saskia hatte sie vergeblich versucht anzurufen. Doch dann war sie froh gewesen. Wenn Bruno wirklich etwas mit den Morden zu tun hatte, würde ihn ein Anruf nur aufschrecken, vor allem, wenn sie Saskia Angst machte, was unvermeidlich war. Sie versuchte, sich mit dem Gedanken zu beruhigen, dass Saskia nicht in Gefahr war. Sie stand nicht im Fokus.

Hoffentlich hatte sie recht.

Aber was, wenn nicht? Was, wenn es tatsächlich Bruno war und er Saskia doch etwas antat?

Sie musste sie warnen. Wieder wählte sie ihre Nummer, wieder erreichte sie sie nicht.

Wo zum Teufel steckte Merab?

Er hatte sie gebeten, nicht allein zu Bruno zu gehen. Vielleicht brauchte er ja nur einen Vorsprung, um ihr zuvorzukommen.

Nein. Sie schüttelte den Kopf. Sie vertraute Merab. Das tat sie. Doch sie kannte ihn kaum. Nur ein paar Stunden, um genau zu sein. Er konnte ihr alles Mögliche vorspielen. Es ging ihm nur um seine Story. Er wäre nicht der Erste, der für seine Karriere über Leichen ging.

Sie schrie ins leere Schlafzimmer und suchte nach ihrem Skalpell. Sie hatte es hier irgendwo. Es war nicht sauber, aber war das wichtig? Wichtig war doch nur … was? Saskia. Saskia war wichtig. Sie war der wichtigste Mensch in ihrem Leben, und sie würde sich mehr durchtrennen als nur die Epidermis, wenn ihr etwas zustoßen sollte.

Sie musste Saskia warnen. Und zwar vor Merab. Vor Bruno. Vor der ganzen Scheißwelt, in der sie beide lebten.

Es klingelte.

Sie riss das Telefon hoch, aber es war still.

Es klingelte wieder, und erst jetzt begriff sie, dass es von der Haustür kam.

Sie rannte ein paar Stufen hinunter und blieb abrupt stehen. Klingelten Mörder? Taten sie so etwas? Warum eigentlich nicht? Auf Zehenspitzen lief sie in ihr Sprechzimmer und fand eine Schere, die sie in der Tasche ihrer Strickjacke versteckte. Vorsichtig nahm sie den Vorhang beiseite und spähte nach draußen. Es klingelte zum dritten Mal, dann hörte sie Schritte und erkannte die Person, die sich nun wieder vom Haus entfernte.

Kurz entschlossen öffnete sie die Haustür.

»Haußer! Sie?«

Er drehte sich um. »Guten Abend.«

Er kam ohne seinen Hund. Sie wusste nicht, ob das gut oder schlecht war. Sie schob die Hand in die Tasche.

»Was wollen Sie?«

»Lassen Sie mich herein? Ich würde gern mit Ihnen reden.«

Sie zögerte. Haußer war Merabs Freund, und er hatte ihn immer verteidigt.

»Bitte, Ellen, ich habe Ihnen etwas Wichtiges zu sagen, das können wir nicht hier draußen besprechen.«

Erst jetzt sah sie den Beutel, den er dabeihatte. Er holte eine Akte heraus und hielt sie ins Licht.

»Ich bin sicher, dass es Sie interessiert.«

»Kommen Sie rein.«

Sie gingen ins Sprechzimmer, und er legte den Mantel auf die Fensterbank. Er war nicht so groß, wie sie ihn in Erinnerung hatte. Vielleicht lag das aber auch an der Kälte im Haus, dass er sich klein machte. Sie bot ihm den Besucherstuhl an, aber bevor er sich setzte, schluckte er und kaute auf seiner Lippe.

»Bevor wir hierzu kommen«, er klopfte auf die Akte, »gibt es noch etwas anderes, das ich Ihnen sagen muss.«

»Sie machen es ganz schön spannend.«

»Merab hatte einen Unfall. Es sieht nicht gut aus. Er ist schwer verletzt und nicht bei Bewusstsein.«

Sie spürte, wie sich etwas in ihrem Bauch zusammenzog. Die Gefahr, ihn zu verlieren, beunruhigte sie zutiefst. Es war ihre Schuld. Sie hatte ihn auf den Berg geschickt. Mit der flachen Hand schlug sie sich gegen den Kopf, einmal, zweimal. Sie hatte ihn verdächtigt. Sie schämte sich und schlug noch fester zu. Das kleine Licht, das aus Merabs Augen auf sie gefallen war, war aus.

»Was machen Sie denn da?«

Haußer langte nach ihren Handgelenken.

»Ellen! Beruhigen Sie sich. Er lebt ja.«

Sie ließ sich von ihm in ihren Stuhl drücken.

Am Morgen noch hatten Merabs Schuhe an der Tür gestanden. Halbhohe Lederschuhe, über die er seine Jeans umkrempelte. Jetzt waren sie zwei leere Dinge ohne Zweck.

Sie weinte.

»Soll ich Ihnen einen Tee machen? Haben Sie Tee? Die Küche ist dort hinten, richtig?«

Es war ihr egal. Sollte Haußer doch tun, was immer er wollte.

Tränen rannen über ihr Gesicht. Aufstehen, alles einpacken, den Schlüssel auf den Küchentisch legen, den erstbesten Zug gen Süden nehmen. Sie könnte in wenigen Stunden in Italien oder Kroatien sein. Weiter bis Istanbul, irgendwohin, wo sie niemand kannte. Afrika. Sie könnte zu *Ärzte ohne Grenzen* gehen. Einfach verschwinden in der Weite der Welt, Gutes tun und Gutes empfangen. Vielleicht in einem Kriegsgebiet. Schlimmer konnte es doch kaum werden.

Haußer kam zurück. »Hier, trinken Sie einen Schluck. Aber Vorsicht, ist noch heiß.« Er stellte den Tee auf ihren Schreibtisch und setzte sich ihr gegenüber. Die Akte lag auf seinem Schoß.

»Kommt Merab durch?«, fragte sie.

»Er hat ein Schädel-Hirn-Trauma und eine Blutung zwischen Schädel und Hirnhaut. Ansonsten einige Brüche und Schürfwunden.«

»Ein Epiduralhämatom«, sagte sie zur Tischplatte.

»Ist das schlimm?«

»Die meisten überleben es.«

»Na, sehen Sie.«

Haußer überschlug die Beine. Ein Schneerand lief wie eine Grenzlinie um die Kuppe seiner Schuhe. Es würde schwer sein, ihn im Frühling zu entfernen, dachte sie und konzentrierte sich auf ihre Atmung. Ein und aus.

»Hören Sie, Ellen, was ich Ihnen zu sagen habe ... Ich bin nicht sehr stolz darauf, was ich getan habe, und ich ...«

Wieder kaute er auf seiner Unterlippe. Er war anscheinend

nicht oft in dieser Lage, meist hatte er als Polizist wohl auf der anderen Seite gesessen.

»Es hat damals eine Anzeige gegeben. Ein paar Tage nach … nach Ihrer Vergewaltigung.«

»Wie bitte?«

»Jemand hat Max und Johannes angezeigt. Wegen dem, was sie Ihnen angetan haben.«

»Aber ich habe es niemandem erzählt. Es wussten nur mein Vater und … War es Saskia?«

Sie wischte sich die Tränen aus dem Gesicht.

»Nein, es war nicht Saskia.«

Er fand langsam seinen Polizistenton. Das gefiel ihr nicht.

»Die Anzeige wurde anonym erstattet. Wir wissen nicht, von wem.«

»Was bedeutet das?«

»Erst mal nur, dass jemand weiß, was geschehen ist.«

»Der Mörder.«

Haußer wechselte die überschlagenen Beine.

»Das könnte natürlich sein. Oder sagen wir, es ist wahrscheinlich. Jedenfalls …«

»Warum hat man Max und Johannes dann nicht verhaftet? Warum hat mich niemand gefragt? Warum sind sie nicht ins Gefängnis gekommen? Das wäre doch gerecht gewesen.«

Sie weinte wieder und verbarg ihr Gesicht in den Händen.

»Weil … diese Anzeige nie …«

»Nie was, Haußer? Haben Sie sie verschwinden lassen?«

Er nickte.

»Das glaube ich jetzt nicht. Warum?«

»Geld.«

»Sie haben sich kaufen lassen? Von wem?«

»Von wem wohl?«

»Gruber!«

»Ich hatte Schulden. Beim Hausbau war einiges schiefgelaufen und dann ...«

»Halten Sie den Mund. Sie waren Polizist. Sie haben sich schmieren lassen, Sie sind korrupt!«

Er hielt den Mund.

Sie durchquerte den Raum wie ein Raubtier.

Sie hatten sie alle verraten und verkauft. Gruber, Haußer, ihr Vater. Wegen einer politischen Karriere, wegen wirtschaftlicher Zwänge, wegen Schulden.

»Mach hier keine Szene«, brüllte ihr Vater so laut in ihrem Kopf, dass sie die Handflächen gegen ihre Ohren drückte. »Das Gerede oder gar einen Prozess können wir nicht gebrauchen. Was glaubst du, was du damit erreichst? Was passiert ist, ist passiert. Du hältst den Mund. Andernfalls kann ich das Hotel schließen. Den Anbau vergessen.«

Ein Haufen Steine war wichtiger als sie gewesen.

Und sie hatte es geschluckt, wie auch den Schmerz, die Blicke, das Gerede, das Getuschel.

»Da gibt es noch ein Detail, das Sie sich ansehen sollten«, sagte Haußer und schlug die Akte auf.

»Reicht das denn nicht? Was denn noch?«

Er legte die Akte aufgeschlagen auf den Tisch, setzte eine Brille auf und suchte einen Eintrag.

»Hier.« Er tippte auf die Mitte des Papiers. »Lesen Sie das.«

Sie kam näher, stützte sich auf den Tisch und las. Als sie fertig war, zitterte sie am ganzen Leib.

»Das wusste ich nicht«, sagte sie und brach zusammen.

45.

Als sie zu sich kam, lag sie auf der Behandlungsliege, und Haußer stand direkt neben ihr.

»Sie riechen nach Schnaps«, flüsterte sie. Es war das Erste, das ihr auffiel. »Haben Sie getrunken?«

»Nur so viel, um es auszuhalten«, sagte er.

»Ich kann es nicht aushalten.«

»Doch, das können Sie.«

Sie hatte niemand anderen als Haußer in diesem Moment. Eine Träne lief ihr über die Wange. »Ich hatte eine Riesenbeule am Hinterkopf und Blut in den Haaren, als ich aufwachte. Einer von ihnen hatte mich auf den Boden geknallt. Ich kann mich nicht erinnern, wie lange ich bewusstlos war.«

Sie richtete sich auf der Liege auf. Ihr war kalt und ihre Atmung flach, ihre Bewegungen langsam, aber die Wucht der Information traf sie ungebremst und hart.

»Sie aber haben gewusst, dass es einen dritten Vergewaltiger gab. Sie, Haußer, haben es die ganze Zeit gewusst.«

»Wir alle. Dr. Schwarz hat in dem Abstrich, den er von Ihnen genommen hat, Sperma von drei Männern gefunden und in seinem Bericht vermerkt.«

»Ja, das stand in Ihrer verdammten Akte. Ich habe es gelesen.« Ein dritter Täter und wieder sie als Opfer. »Es ist, als ob es jetzt passiert, in diesem beschissenen Moment, ein drittes Mal«, flüsterte sie und griff nach seiner Hand.

»Es tut mir sehr leid, Ellen.«

»Sie haben nichts unternommen.« Sie drückte ihre Fingernägel in seinen Handrücken.

»Dr. Schwarz hat es Ihrem Vater gesagt, und der ging zu Gruber. Ich habe dann in Grubers Auftrag Schwarz aufgesucht und ihm Schweigegeld angeboten.«

»Und er hat es genommen. Darum war er nicht hier, als ich in die Praxis kam. Er ist vor mir geflohen, sein schlechtes Gewissen hat ihn fortgetrieben.«

»Ellen, Sie tun mir weh.«

Haußer versuchte, seine Hand wegzuziehen, aber sie ließ ihn nicht los.

»Ihr alle habt es vertuscht. Das wollen Sie mir doch gestehen, Haußer, oder etwa nicht? Warum? Wie konnten Sie so etwas verschleiern?«

Er riss seine Hand aus ihrer. Rote Striemen blieben in seiner Haut zurück.

»Wir hatten alle unsere Gründe, alle wollten oder nahmen etwas. Hätten wir uns um den dritten Täter gekümmert, hätten wir unweigerlich auch Max und Johannes ins Rampenlicht gezerrt.«

»Sie haben diesen Männern die Freiheit geschenkt und mich bis heute ins Gefängnis geschickt. Alle haben sie über meinen Kopf hinweg bestimmt. Mein Vater verbot auch Saskia den Mund. Aber Sie, Sie waren Polizist. Merab sagte, Sie sind sogar Vater, haben eine Tochter. Ist sie in meinem Alter? Ich war achtzehn damals. Sagen Sie, Haußer, war Ihre Tochter achtzehn, als es passiert ist? Was hätten Sie getan, wenn es sie gewesen wäre?«

Er rieb weiter seinen Handrücken. »Ich weiß, dass Ihnen Schreckliches angetan wurde, und glauben Sie mir, Sie sind mir nicht egal. Im Gegenteil. Es gab keinen Tag, an dem ich nicht daran gedacht hätte. Aber jetzt geht es um Mord. Zwei Menschen sind bereits tot.«

»Und Sie fürchten, ein dritter könnte folgen.«

»Richtig.«

»Und wenn mir das ganz gleich ist? Wenn es mir scheißegal ist, ich mich sogar darüber freuen würde?«

»Das tun Sie nicht«, sagte Haußer. »Dieser dritte Mann ist in Gefahr, Ellen, und nur Sie können wissen, wer er ist. Sie müssen sich erinnern. Ein Lehrer vielleicht. Ein Mitschüler. Er wäre heute in Ihrem Alter. Mit Abitur und Studium, mit Familie, einem guten Job und einem dunklen Fleck in seiner Geschichte, der ihn jeden Tag daran erinnert, was für ein Monster er doch war.«

»So ein Fleck, wie Sie einen haben, ja?«

Sie sah ihn an, aber er schreckte nicht zurück.

»Bitte, Ellen!«

»Und wenn der dritte Täter der Mörder der anderen beiden ist?«

»Das könnte natürlich sein.«

»Verdammt, Haußer.«

Sie ließ sich von der Liege rutschen und lief im Zimmer umher. Die Turnhalle tauchte im Nebel auf, Max und ein Schatten von Johannes. Sie lag auf dem Boden. Ihre Kleidung war zerrissen. Die Brüder sprachen miteinander, aber sie verstand nicht, was sie sagten. Sie lag auf dem harten Boden, unfähig zu fliehen, nicht existent. Sie erinnerte sich an den Pullover. Er war über ihrem Kopf, der Saum unterhalb ihres Kinns zusammengerafft. Sie konnte atmen, aber nichts sehen. Sie konnte riechen, aber nicht schreien. Eine Hand lag um ihren Hals. Die Panik wuchs und löste sich auf, sie ergab sich wie ein Soldat. Nur Objekt, kein Mensch. Sie löste sich aus ihrem Körper, schwebte zur Hallendecke, entfernte sich vom Schmerz, entfernte sich von sich selbst, auch wenn sie in den Monaten und Jahren danach ihren Körper immer wieder verletzte, um sich zu vergewissern, dass sie da war.

Sie spürte jetzt noch einmal, wie sie ihre ganze Kraft zusammennahm, und versuchte hochzukommen, aber eine Hand nach ihrer Stirn fasste und sie einfach wieder niederdrückte, ihren Kopf auf den Boden schlug. Einmal. Zweimal.

»Ich weiß nicht. Ich kann mich an Johannes und Max erinnern, aber alles andere ist verschwommen. Ich war unter dem Pullover und ...

»Der Pullover ist ein Anhaltspunkt. Wer hat Ihnen den über den Kopf gezogen? Und wann?«

Sie schüttelte den Kopf.

»Sie können das, Ellen, erinnern Sie sich. War er aus Wolle? Lag er schon von Beginn an auf Ihrem Gesicht?«

»Nein, erst später. Ich habe nur einen Geruch«, sagte sie.

»Ein Geruch? Das ist doch was.«

»Irgendwas Scharfes, ein synthetischer Duft, nichts Natürliches.«

»Etwas Medizinisches?«, fragte Haußer.

»Nein, dann wäre er mir längst untergekommen. Mir wird schlecht. Ich kann das nicht.«

»Natürlich können Sie. Atmen Sie einfach.«

Ihr Herz schlug wild, und bevor sie wieder kollabierte, riss sie das Fenster auf und konzentrierte sich auf die kalte Luft.

Ein und aus.

Ganz langsam.

Haußer wandte sich ab, klappte die Akte zu und steckte sie in seinen Beutel. Er war alt. Er hatte einen Fehler gemacht. Er trug den Fall schon so lange mit sich herum wie sie. Sie meinte, einen

Tropfen Blut auf seiner Lippe zu sehen, weil er so fest zubiss. Zitternd strich er sich um den Mund.

»Haußer?«

»Es tut mir leid«, sagte er. Seine Stimme brach. »Ich gebe Ihnen das Geld. So viel, wie Gruber mir damals gezahlt hat, habe ich nicht, aber eine gewisse Summe ist es schon. Damit könnten Sie hier renovieren.«

»Ich will Ihr dreckiges Geld nicht.« Sie stieß ihm in die Schulter. »Und ich will auch nicht wissen, für wie viel Sie mich verraten haben.«

»Ein öffentlicher Rummel hätte Sie nicht wieder gesund gemacht, und die beiden wären womöglich ... Gruber hat gute Anwälte.«

»Sie klingen wie mein Vater. Er hat es so oft gesagt, dass ich es beinahe geglaubt habe. Aber was ist mit Gerechtigkeit, mit Vergeltung, mit Sühne?«

»Am Ende sind die beiden nicht davongekommen«, sagte er.

Und dieser dritte Mann, nachgewiesen von Schwarz und verschont von ihrem Vater, von Gruber und Haußer, würde ebenfalls nicht davonkommen. Sie schob sich die Haare hinter die Ohren. Merab würde mehr von ihr erwarten, als aufzugeben, er würde erwarten, dass sie kämpfte.

»Wir müssen zurück«, sagte sie.

»Ich verstehe nicht«, sagte Haußer, dabei verstand er sehr wohl, was sie meinte. Es gab nur einen Ort, der ihrem Gedächtnis auf die Sprünge helfen konnte, um einen Hinweis auf den dritten Mann zu finden. Nur dort konnte sie so tief in ihre Gedanken eindringen, das schwarze Loch besiegen und dorthin hinabsteigen, wo alles wehtat, wo es roch, als presse glühendes Eisen in Menschenfleisch. Dorthin, wo es nach dem Tod stank. Aber sie konnte nicht allein gehen.

»Ich muss in die Turnhalle. Vielleicht fällt es mir dann wieder ein. Wenn ich weiß, wer er war, können wir ihn retten.«

»Ich könnte nachvollziehen, wenn Sie nichts unternehmen wollen.«

»Aber deswegen sind Sie doch hier. Um endlich mal etwas richtig zu machen.« Ein weiterer Toter würde ihr keine Genugtuung verschaffen, auch wenn es ein Stück Gerechtigkeit wäre. Nur die Rettung würde sie erlösen. So wie ihn. »Ich bin Ärztin, Haußer, ich rette Leben.«

»Dann werde ich Sie begleiten.«

»Ich hatte gehofft, dass Sie das sagen.«

46.

Auf dem Weg nach Hause fühlte er sich befreit, seine Last war abgefallen. Die Straßen waren weiter als gestern, die Gehwege blockierenden Autos ärgerten ihn ein bisschen weniger. All die Jahre, dachte er, all die verlorenen Jahre hatte er es nicht vergessen können. Er hätte sie längst in Hamburg ausfindig machen und es ihr sagen sollen, es wäre nur ein Anruf in der Dienststelle gewesen, um ihre Adresse zu erfahren.

Es war kalt, und er rutschte tiefer in seinen Mantel.

Er würde jetzt nach Evi sehen, Connor mitnehmen und sie dann wieder treffen. So hatten sie es verabredet.

Im Haus war es ruhig. Connor stand auf, um ihn zu begrüßen, drehte sich einmal und legte sich wieder hin. Auch er war alt. Evi lag auf der Seite, ihr Urinbeutel war voll, und es roch im Zimmer nach ihr, stärker als sonst. Er öffnete das Fenster, kontrollierte die Geräte, die sie kontrollierten, und tat, was getan werden musste. Mechanische Handgriffe, tausendmal ausgeführt.

Er küsste ihre Stirn.

Dann nahm er wieder seinen Mantel, die Leine und den Hund.

»Na, komm, wir gehen noch mal raus.«

Er war etwas zu früh an der Kreuzung, die sie als Treffpunkt vereinbart hatten, aber Ellen wartete bereits. Er stellte sich das

Mädchen vor, das sie gewesen sein musste. Wie sie sich im Sommer von zu Hause weggestohlen hatte, um spät noch Freunde unten am Bach zu treffen, einen Schluck aus der Flasche zu nehmen, die gerade die Runde machte, und an der Zigarette zu ziehen, die ihr jemand anbot. Zeiten des Erwachsenwerdens, behütete Zeiten an diesem Ort, der sich kurz danach von seiner schrecklichsten Seite zeigen sollte. Wenn auf niemanden wirklich Verlass war, wenn sie nicht wusste, wem sie vertrauen konnte, warum zählte Ellen ausgerechnet auf ihn? Weil sie den Weg allein nicht gehen konnte. Sie benötigte zwei Arme, die ihren Sturz aufhalten würden, wenn sie sich der Vergangenheit stellte.

Eine Katze lief durch einen der Vorgärten und sprang auf eine Mauer.

»Wollen wir?«, fragte er. »Wir sollten es erledigt haben, bevor die Vereine kommen.«

Es war nicht weit, und er kannte die Strecke gut. Sie gingen zu dritt nebeneinander. Es war kurz nach halb acht, als sich die Schule oben auf dem Hügel gräulich vor der Dunkelheit abzeichnete.

»Ich war lange nicht dort«, sagte Haußer. »Bei meinen Runden mit Connor lasse ich die Gegend meist aus.«

»Eine Idee, wie wir da reinkommen?«, fragte sie.

»Ich habe das hier dabei. Das sollte funktionieren.«

Er zeigte ihr sein Türöffnungsset. Mehrere dünne Nadeln, die er lange nicht benutzt hatte.

»Die Polizei, dein Freund und Helfer«, murmelte sie und zog die Jacke enger um ihre Taille.

Links die Fahrradständer, rechts das Haupthaus. Die Eiche in der Mitte des Pausenhofs war womöglich etwas größer geworden, eine Regenrinne hing über dem Eingangsportal, und mehrere Fenster waren mit Farbe verschmiert. Es war, als ob er gestern zuletzt zu Katies Elternabend hier gewesen wäre.

Er zeigte rüber zur Turnhalle.

Das Gebäude stand dem Hauptgebäude gegenüber. Eine große Schuhschachtel aus Stein und Holz. Ein Fensterband unter dem Dach, zwei seitliche Anbauten mit den Umkleideräumen. Eine Betonummantelung umfing den Eingang. Connor pinkelte dagegen und hinterließ einen dunklen Fleck.

Das Grauen haust in der Normalität, dachte er.

Ellen schien übel zu sein. Ihr Atem ging schnell und stoßend. Sie blieb hinter seinem Rücken.

»Soll ich?«, fragte er. Die Nadeln seines Sets blitzten wie Klingen im Licht des fast vollen Mondes. Sie starrte auf seine Hände, als er mit spielerischer Leichtigkeit die Tür öffnete. Schweißgeruch wehte ihnen aus dem Flur entgegen.

»An drei Abenden in der Woche nutzt der Sportverein die Halle«, erklärte er. »Basketball, Volleyball, Handball. Ich habe mal Tischtennis mit den Kollegen gespielt. Seltsam, wenn ich daran denke, das war in einem anderen Leben.«

Er ging durch den schmalen Vorraum, öffnete die Holztür zur Halle und schaltete das Licht ein.

Zwei Basketballkörbe, zwei Handballtore, Linien auf dem Boden, Sprossenwände, Seile, an denen die Schüler hochkletterten, die niedrigen Holzbänke an den Seitenwänden.

Sie blieb im Gang stehen.

»Ist nur eine Sporthalle«, sagte er und streckte die Hand nach ihr aus.

Connor legte sich auf den Boden, die Schnauze auf die Vorderläufe.

»Seltsam«, sagte sie und tastete sich langsam vor, »dass Räume in der Erinnerung stets größer wirken, als sie tatsächlich sind.« Sie öffnete die Jacke, und darunter kam ein leichtes Kleid zum Vorschein. Er sagte nichts dazu, vielleicht wollte sie sich damit in die Zeit zurückversetzen. Aber es ging nicht darum, das Geschehene neu zu durchleben, es ging um einen Hinweis, darum, diesen einen Mann zu finden, der Täter war und nun womöglich Opfer wurde. Hinweise zu deuten war sein Beruf gewesen, aber Ellen setzte auf wissenschaftlich fundierte Fakten, nicht auf Indizien. Er fragte sich, warum sie hergekommen waren. Was sollten sie Konkretes finden, das nicht schon Jahre vorher verschwunden war?

»Kommen Sie«, sagte er zu ihr.

Ellen wirkte verloren. Dieser Ort hatte sie geprägt wie kein anderer, er hatte sie verletzt und ihr gezeigt, wie dünn der Boden der Zivilisation war. Drei Jungs und ein bisschen Alkohol genügten, um alles zu zerstören. Aber er wollte es ihnen nicht zu leicht machen. Es war nicht der Alkohol, es waren sie selbst gewesen, Max und Johannes hatten genau gewusst, was sie taten.

»Mein Kopf platzt gleich.« Sie vergrub die Finger in ihren Haaren. »Ich bekomme keine Luft.«

»Es geht schon, Ellen, wir sind allein, es ist hell, es gibt hier drinnen nichts Bedrohliches.«

»Es war da hinten, im Geräteraum.«

»Hinter den Toren? Soll ich sie öffnen?«

Sie nickte.

Er schob die zwei Tore nach oben. Und plötzlich stand sie hinter ihm.

Der Barren, das Sprungpferd, eine Drahtbox mit Bällen, ein Mattenwagen. Und die Lücke dazwischen, wo sie auf dem Rücken gelegen und diesen Abdruck mit ihrer Seele hinterlassen haben musste, ein klaffendes Loch in ihrem Herzen, das er hinter sich laut schlagen hörte.

Sie konnte nicht hineingehen, auch wenn es nur ein Abstellraum für Turngeräte war und es dort nichts gab, was sie angreifen und niederringen konnte.

Sie zitterte zu stark.

Er berührte sie vorsichtig an der Schulter.

Sie schlug ihn weg. »Fassen Sie mich nicht an!«

»Ich bin auf Ihrer Seite.«

Sie keuchte und fixierte ihn.

Er ging zum Eingang zurück, und als er wiederkam, führte er Connor neben sich. »Hier, nehmen Sie.« Er reichte ihr mit ausgestrecktem Arm die Leine. Connor sah sie mit treuen Augen an. »Er wird Sie unterstützen.«

Sie griff nach der Leine.

»Es ist nur ein Schritt«, sagte Haußer. »Connor ist bei Ihnen.«

Er zog sich zurück und ließ sie mit dem Hund allein.

Sie umklammerte das Lederband. Er wusste, wie es sich anfühlte. Es war ganz weich von der jahrelangen Nutzung. Connor war ihm immer ein treuer Begleiter gewesen. Er würde auch Ellen auf den richtigen Weg führen.

Nach einigen Minuten hielt sie die Leine etwas lockerer und ließ Connor vorausgehen.

Sie folgte ihm über die Grenze hinein in ihre Vergangenheit. Ob sie sichtbar werden würde? Sie berührte den Holzbarren, strich über die lederne Oberfläche des Sprungpferds.

Er stellte sich das Gewicht der Körper vor, die auf ihr gelegen hatten, auf dem Körper eines jungen wehrlosen Mädchens.

»Schritte«, rief sie plötzlich.

Connor bellte.

»Ich höre Schritte.«

»Genauer«, sagte er.

»Schwere Schritte. Schwere Stiefel.«

»Gut. Was noch?«

»Der Pullover. Ich drehe mich weg, aber der Mann ist stärker. Meine Stirn brennt, der Pullover kratzt.« Sie stürzte auf die Knie. »Ich höre sein Grunzen, seinen Atem.«

»Gut so, Ellen, lassen Sie die Erinnerungen lebendig werden.«

»Ich kann nicht, es tut zu weh.«

Sie warf sich hin und her, Connor sprang zur Seite, um ihr auszuweichen.

»Ich rieche ihn«, schrie sie. »Ich rieche ihn, seinen Geruch, der Gestank im Pullover, der Pullover ist über meinem Gesicht, über meiner Nase, er schnürt mir die Luft ab. Seine Hand ist an meinem Hals. Ich flehe ihn an, aber kein Laut kommt aus meinem Mund. Kein einziger Ton.«

Sie krallte sich in Connors Fell. Der Hund ließ es über sich ergehen. Guter alter Connor, dachte Haußer.

»Wer ist er, Ellen?«

»Ich kann ihn nicht sehen.«

»Strengen Sie sich an, eine Silhouette, ein markantes Zeichen.«

Sie kam hoch und stolperte aus dem Geräteraum. Der Schatten, der auf ihr Gesicht fiel, glich dem, der seit Jahren in seinem Kopf hauste. Eine grellere Dunkelheit war kaum denkbar. Hatte er sie zu sehr gedrängt?

»Der Gestank in dem Pullover«, flüsterte sie, nah bei ihm, ihre Hände packten seinen Oberarm. »Das muss Klebstoff gewesen sein.«

»Okay. Einer, den man zum Basteln benutzt, oder eher etwas Kräftigeres, von einer Baustelle?«

»Ein Klebstoff eben. Mehr weiß ich nicht. Ich muss mit Saskia sprechen. Vielleicht erinnert sie sich noch an Details aus der Nacht. Und ich muss Bruno befragen.«

»Es ist besser, wenn ich mitkomme.«

»Nein, Haußer, das ist meine Familie, nicht ihre.«

Sie bückte sich, streichelte Connor noch einmal über den Kopf und gab Haußer die Leine.

Plötzlich wich sie vor ihm zurück.

»Was ist das?«

Ihre Stimme zitterte.

»Was meinen Sie?«

Sie zeigte mit dem Finger auf den Boden. »Das Ding da.«

Neben seinen Füßen lag der Gummiball mit dem Lederband. Er musste ihm aus der Tasche gefallen sein. Er hatte immer noch darin gelegen. Er hob das Teil auf und steckte es wieder ein.

»Das ist nichts.«

»Johannes war mit einem solchen Ding geknebelt.« Sie ging jetzt langsam und rückwärts zum Ausgang. »Warum haben Sie es?«

»Ich habe es nur aufgehoben.«

»Bleiben Sie stehen, Haußer. Sie machen mir Angst.«

»Ellen, ich habe nichts getan.«

»Das glaube ich Ihnen nicht. Wollten Sie etwa herausfinden, ob ich mich hier drin an Sie erinnere? Waren Sie es, Haußer? Haben Sie mich vergewaltigt?«

»Nein, Ellen. Bitte sagen Sie das nicht.«

Sie rannte hinaus.

»Ellen!«, rief er. »Warten Sie.«

Connor bellte, und er riss ihn an der Leine zurück.

Ob sie die Polizei verständigen würde? Es war ihm gleich. Er würde es erklären können. Zur Not würde Meg seine Geschichte beglaubigen, auch wenn sie nicht sehr glaubhaft war. Er hatte geahnt, dass es keine gute Idee sein würde herzukommen.

Er schaltete das Licht aus und zog die beiden Türen hinter sich zu.

Auf dem Parkplatz fuhren Autos vor. Männer stiegen aus. Sie trugen Sporttaschen, und aus ihren Mündern trat warme Luft. Er wartete hinter einem Baum, bis sie in der Turnhalle verschwunden waren.

Dann verschwand auch er, den Geschmack nach Gummi in seinem Mund.

47.

Anton war barfuß und trug seinen mit Feuerwehrautos bedruckten Schlafanzug.
»Tante Ellen im Sommerkleid.«
Sie lachte. Es tat so gut, ihn zu sehen.
»Es ist ein echt warmes Kleid.«
»Nee, sieht nicht so aus.«
»Okay, ist es nicht, aber ich lass mir doch nicht vom Wetter vorschreiben, was ich anziehen soll.«
»Das erklär mal Mama.«
»Lässt du mich rein? Ist echt kalt hier draußen in diesem Sch…kleid.«
Er rannte ins Haus und rief nach Saskia. Sie folgte ihm und suchte Bruno im Wohnzimmer, aber der Sessel war leer, der Fernseher ausgeschaltet.
»Ellen, komm rein.«
Sie umarmte Saskia und hielt sie lange fest. »Ich muss mit dir reden.«
»Ich bringe Anton noch schnell ins Bett.«
»Es ist doch noch gar nicht spät«, protestierte er.
»Du darfst noch lesen.«
»Mein Buch ist langweilig!«

Ellen gab ihm einen Kuss. »Ich besorge dir bald ein spannendes Buch. Versprochen.«

Im Wohnzimmer standen Brunos Schuhe, und sie dachte an Merab. Sie wollte ihn sehen, seine Hand halten, seine Stirn küssen.

»Magst du Wein?«, fragte Saskia. Sie hatte sich einen neuen Zopf gebunden und die Bluse aus der Hose gezogen. Ihre Schwester war eine schöne und starke Frau. Sie bewunderte Saskia dafür, wie sie ihr Leben im Griff zu haben schien. Aber wusste sie auch, was in ihrem Mann vorging, wusste Saskia, was Bruno trieb, wenn er das Haus verließ?

»Nur Wasser für mich«, sagte sie.

»Na, ich werde mir ein Glas einschenken. Bruno ist zum Handball. Er spielt einmal die Woche in der Altherrenmannschaft. Er hat keine Lust, aber ich schicke ihn. So ist er immerhin mal aus dem Haus.«

»In der Turnhalle? Von dort komme ich gerade.«

Sie mussten sich knapp verpasst haben. Ob Haußer ihm noch begegnet war?

»Alles in Ordnung mit Bruno? War er irgendwie anders die letzte Zeit?«

»Bruno ist nicht mehr der ungestüme Jugendliche, Ellen, er ist Ehemann und Vater, und er ist nicht so schlecht in dem Job, wie du denkst.«

»Er hat mich verfolgt, als ich neulich von euch nach Hause gegangen bin.«

»Ich weiß«, sagte Saskia. »Er hat sich Sorgen um dich gemacht. Die Geschichte hat ihn ganz schön aufgewühlt.«

Ellen zeigte auf die Weinflasche. »Ich nehme doch ein Glas.«

Der Küchentisch klebte noch vom Abendessen, und Saskia

wischte ihn ab, bevor sie sich setzten. Sie hörten die Kirchenglocke schlagen. Neun Schläge.

»Zählst du etwa mit?«, fragte Saskia.

»Entschuldige.« Sie schob sich die Haare hinter die Ohren. »Wie gut kennst du eigentlich diesen Haußer?«

»Nicht besonders gut«, sagte Saskia.

»Wieso, der war doch Polizist.«

Ellen trank den Wein, schnell und mit großen Schlucken.

»Dafür, dass du nur Wasser wolltest ... Warte, ich schenk dir nach.«

Ellen erzählte Saskia von der Akte, von dem Abstrich, den Schwarz ausgewertet hatte, und der ihr nun so viele Jahre später erneut den Boden unter den Füßen fortriss.

Als Saskia nach der Flasche griff und sich ein großes Glas einschenkte, dachte sie, ihre Mutter stände in der Küche, füllte die Apfelsaftschorle auf, kontrollierte die Hausaufgaben, stellte Kekse auf den Tisch. Sie vermisste sie so sehr, sobald sie dieses Haus betrat.

»Haußer hat Max und Johannes damals gedeckt. Gruber hat ihn gekauft, weil es eine anonyme Anzeige gegen die beiden gab. Hast du die gestellt?«

Saskia drehte das Glas auf dem Tisch hin und her. Die Neuigkeit traf auch sie.

»Ich wollte, aber Papa hat mich nicht gelassen. Wir hatten einen Riesenkrach deswegen. Und Bruno ...«

»Hat Bruno etwa Anzeige erstattet?«

»Nein, er war auf Papas Seite. Die haben gesagt, es wäre besser für dich, wenn Ruhe einkehrt und du die Sache vergisst.«

»Was dachten die, was das war? Eine Pyjamaparty?«

»Tut mir leid, ich wollte dir helfen, aber sie haben mich nicht gelassen.«

Sie drückte Saskia an sich.

»Was weißt du von dem Abend? Bevor wir in die Turnhalle gegangen sind, habe ich dich gesehen. Erinnerst du dich, wer bei mir war?«

»Ich weiß nicht mehr genau. Ich glaube, Heidi.«

Heidi war dort gewesen.

»Ich meine Männer. Welche Männer waren dort?«

»Brinkmann hat die Halle offen gelassen, sonst wärt ihr gar nicht reingekommen.«

»Ja, aber Brinkmann ist tot, oder nicht?«

Saskia nickte. »Bruno war natürlich da.«

»Ist Bruno auch in die Turnhalle gegangen?«

»Nein. Er wollte den ganzen Abend mit mir tanzen. Irgendwann habe ich nachgegeben, und das habe ich jetzt davon.«

Saskia lachte.

»Was ist dann passiert?«

»Ich bin nach Hause gegangen. Bruno ist aber noch geblieben. Wir waren ja noch kein Paar. Das kam erst ein paar Tage später.«

Hinter den niedrigen, mit bunten Vorhängen verhängten Küchenfenstern war es stockdunkel. Die Kälte lauerte vor den Fensterscheiben, und sie zog die Beine an.

»Ich erinnere mich an Sepp. Er hing oft mit Max und Johannes zusammen. Aber er kam gleich wieder raus, nachdem ihr rein seid. Der war ziemlich betrunken. Ich glaube nicht, dass er einen hochbekommen hätte.« Saskia zuckte zusammen. »Tut mir leid.«

Ellen nahm einen großen Schluck.

»Schon gut. Was war mit Carsten? Auf den warst du doch scharf.«

»Carsten war schwul. Benny hat es mir später verraten. Carsten hat sich ganz sicher nicht für Mädchen interessiert. Und er ist vor acht Jahren tödlich verunglückt. Ein Motorradunfall.«

Aber er könnte es trotzdem gewesen sein. Ihr wurde langsam übel, und es lag nicht am Wein. Die Bilder überfluteten sie.

»Noch mal zu Bruno«, sagte Ellen. Sie schob das Glas über den Tisch, möglichst weit weg. Sie musste einen klaren Kopf behalten. »Wann genau bist du gegangen? Was hat er dann gemacht?«

»Was weiß ich, Ellen? Es ist Jahre her.«

»Es ist wichtig, Saskia, du musst dich erinnern.«

»Na, er hat mich noch bis zum Fahrradständer gebracht, und dort haben wir uns geküsst. Er war ganz aufgedreht, weil er mich endlich rumgekriegt hatte. Ich glaube, er wollte mehr, hat an mir rumgefummelt, aber ich bin gegangen.«

»Bist du glücklich mit ihm?«

Saskia fuhr mit dem Zeigefinger die Ränder nach, die ihr Glas auf dem Tisch hinterlassen hatte. »Wer ist schon glücklich?«

Ellens Hände zitterten leicht, und sie klemmte sie zwischen ihre Schenkel.

»Warum fragst du mich über ihn aus?«

»Brunos Visitenkarte lag in der Nähe von Max' Leiche, Saskia. Was hatte die da zu suchen?«

»Was deutest du da an?« Saskia schenkte sich zitternd nach und trank. »Die Karte gibt Bruno vielen Fahrgästen, die kann sonst wer verloren haben. Touristen vermutlich. Bruno ist doch kein Mörder!«

»Das habe ich auch nicht gesagt, aber er ist … hey, Anton!«

Der Junge stand in der Tür, drückte einen Stofflöwen gegen seine Brust und schaute sie aus angsterfüllten Augen an.

»Anton, wie lange stehst du schon da?«, fragte Saskia und sprang auf.

Anton drehte sich um und rannte davon.

48.

»Hat er das von Bruno mitgekriegt?«

»Kann schon sein.«

»Anton!«, rief Saskia und folgte ihrem Sohn nach oben. Sie selbst wartete an der Treppe, es war nicht die Zeit sich einzumischen. Sie brachte schon genug Unheil.

Saskia kam wieder hinuntergerannt.

»Oben ist er nicht.«

Sie lief ins Wohnzimmer, öffnete die Tür zum Gästebad und sah selbst noch einmal in der Küche nach.

»Sieh mal«, sagte Ellen und deutete mit dem Kinn auf die offen stehende Kellertür. Diesmal folgte sie ihrer Schwester.

»Anton?«

Saskia klang, als würde eine teure Vase in Zeitlupe zerbrechen und sie bereits wissen, dass sie die Scherben nicht mehr zusammenkleben könnte.

Am Ende der Treppe gelangten sie in einen schmalen Flur mit unverputzten Wänden. Die Decke war so niedrig, dass sie den Kopf einziehen musste. Die Luft war feucht und roch nach Weichspüler. Rechts befand sich ein Vorratsraum, der mit Wasserkisten und Konservendosen vollgestopft war. Saskia registrierte ihren verwunderten Blick.

»Bruno hat Angst vor der Apokalypse. Er besitzt auch ein Kurbelradio und alle möglichen Tabletten, um das Wasser zu desinfizieren. Wenn draußen alle längst tot sind, sitzen wir hier unten und schlagen uns gegenseitig die Köpfe ein.«

Saskia ging geradeaus in die Waschküche.

Ellen betrat die Werkstatt. Es war der größte der drei Räume. An der Stirnseite stand eine Werkbank. Hammer, Schraubenzieher, Sägen hingen sorgfältig aufgereiht an einer Leiste. Spinnweben. Ein Stapel ungenutzter Styroporplatten. Sägespäne und Holzreste auf dem Boden. Ein Stuhl stand herum. Sie setzte sich. »Anton? Bist du hier?«

Der Geruch im Keller war anders als im restlichen Haus. Es war nicht das Waschmittel, es roch synthetischer.

Gegenüber der Werkbank stand eine Staffelei mit einem bespannten Holzrahmen darauf. Die Leinwand war mit einer gräulichen Farbe grundiert, und ein dicker schwarzer Strich führte einmal quer durchs Bild. Am Rand erkannte sie grünliche Flächen. Das Ganze erinnerte sie an die Berge und die Schanze, aber sie konnte es nicht genau sagen, dazu war das Bild zu unvollständig.

»Bruno malt?«, fragte sie.

Saskia stand auf der Schwelle und blickte hasserfüllt auf die Leinwand. »Manchmal ist Bruno ganze Tage hier unten.«

Saskia suchte hinter den Kartons und unter der Werkbank.

»Anton, komm raus!«

Er kauerte auf einem kleinen Hocker in der Ecke hinter einer Holzplatte unterhalb eines Regals und ließ sich widerstandslos von Saskia in den Arm nehmen. »Warum läufst du weg?«

Anton schluchzte, und Saskia redete ihm leise gut zu. Er beruhigte sich langsam. Und je ruhiger Anton wurde, desto härter schlug Ellen ihr eigenes Herz gegen die Brust.

»Wie lange malt Bruno schon?«

»Er hat das schon gemacht, als ich ihn kennengelernt habe.

Als Anton klein war, hat er das Hobby ruhen lassen, aber seit ein paar Jahren schwingt er wieder den Pinsel.« Saskia verdrehte die Augen. »Als er wegen seines Rückens in der Reha war, hat er wieder angefangen, irgend so ein Therapeut hat ihm dazu geraten. Aber es hängt nur eines seiner sogenannten Werke oben.«

»Im Wohnzimmer!«, sagte Ellen. »Ich kenne es.«

Sie stand mit zittrigen Knien auf und trat vor die Staffelei. Einen Moment zögerte sie, dann ging sie mit ihrer Nase dicht an die Leinwand und roch an der Farbe. Beinahe musste sie sich übergeben. Ihr Magen verkrampfte, und sie beugte sich vor auf die Knie und keuchte. Speichel tropfte auf den Betonboden.

»Was ist denn?«, fragte Saskia.

Der Geruch.

Der Pullover.

Die Hand an ihrem Hals.

Ellen bekam kaum Luft. An der Wand lehnten etwa zwanzig bemalte Leinwände, und sie begann, sie durchzusehen, hektisch klappte sie eine nach der anderen nach vorne und stützte den wachsenden Stapel mit ihrem Oberschenkel ab, nicht wissend, was sie eigentlich suchte. Es war das vorletzte Bild, das sie herauszog und in den Händen hielt.

Der Geruch der Farben hing in ihrer Seele, aber er wohnte hier.

»Ellen! Was ist los? Sprich mit mir.« Anton umklammerte Saskias Bein, und ihre Hand lag auf Antons Kopf.

Ellen betrachtete das Bild, nein, sie versank darin, es war wie ein Meer, in dem sie nie wieder hatte schwimmen wollen. Zwei parallele Linien durchzogen eine schraffierte Fläche, in deren Tiefe ein dunkler Umriss, ein Fleck, nur schimmerte. Auf der vorderen Linie, vermutlich einem Balken, saß ein Federknäuel. Es sollte wohl einen Vogel darstellen. Tiere zu malen war schwierig, und Bruno hatte es nicht hinbekommen, und doch dachte sie an den Buchfink. Er saß auf dem Holm des Barren und beobachtete sie. Auch Bruno musste ihn gesehen haben, auch er hatte ihn nie vergessen. Und wenn der Vogel für sie ein stiller unschuldiger Zeuge gewesen war, zu klein, um helfen zu können, so musste er für Bruno die schreckliche Gewissheit darstellen, dass er dort gewesen und seine Tat nicht unsichtbar geblieben war. Die Welt wusste davon. Er wusste es. Und er malte sich seine Schuld von der Seele.

Ein Pullover zog sich über ihren Kopf, so fest, dass sich ihr Hals zuschnürte. Sie öffnete den Mund, ihr Rachen war trocken, sie sog hektisch Luft ein.

Anton fing wieder an zu weinen. Saskia ließ ihn trotzdem los und packte nach Ellens Arm.

»Was ist los?« Saskia schrie beinahe.

»Bruno!« Sie verschluckte sich an seinem Namen, sodass all die Worte warten mussten, die nun endlich hinauswollten.

Saskia liefen plötzlich Tränen über die Wangen.

Wusste sie es? Hatte sie es die ganzen Jahre gewusst?

»Ellen«, sagte sie. »Es tut mir so leid.«

»Lass ihn bloß nicht rein, wenn er zurückkommt«, sagte sie leise zu Saskia. Ihre Finger gruben sich in ihren Arm wie schon zuvor bei Haußer. »Hörst du?«

Anton presste das Stofftier vor sein Gesicht. Saskia war nicht imstande, etwas zu erwidern.

»Bis wann ist er beim Handball?«

Saskia sah auf ihre Uhr, antwortete aber nicht.

»Saskia!«

»Sie müssten bald Schluss machen«, flüsterte sie.

»Hast du eine Waffe?«

»Was? Wofür?«

»Du hast ein Küchenmesser.«

Anton heulte und stampfte fest mit den Füßen auf. Seine Mutter wohnte mit einem Vergewaltiger unter einem Dach. Schlimmer noch, sie hatte einen Sohn mit ihm.

Plötzlich packte Saskia sie. »Bruno hat Angst, Ellen. Er hat sein Gewissen all die Jahre wie eine bleierne Last mit sich geschleppt. Er hat Angst vor dem Gefängnis. Angst, das nächste Opfer zu werden. Er ist kein schlechter Mensch.«

»Du hast es immer gewusst.«

»Nein, nicht immer.«

Sie trat ganz nah an Saskias Ohr, damit Anton ihre Worte nicht hörte. »Sag mir, dass Bruno kein Mörder ist.«

Saskia ließ sie los. »Bitte, ruf nicht die Polizei. Wir sind doch eine Familie.«

»Ich weiß nicht, ob wir das sind. Ich glaube nicht, dass ich eine Familie habe.«

Saskia weinte jetzt, ihre Fingernägel bohrten sich in ihre Handflächen. Ellen sah, wie in ihrer Schwester ein lang konstruiertes Leben zerbrach. Sie selbst hatte das längst hinter sich. Saskias Blick suchte zitternd nach ihr. »Ellen, bitte, Bruno hat nichts getan.«

»So siehst du das?«

Sie klang hart, aber in diesem Moment konnte sie nicht anders, auch wenn sie wusste, dass sie Saskias bebendem Körper Halt geben sollte.

»Ellen, du musst mir verzeihen.« Saskias Tränen waren schwarz von ihrem Make-up.

»Du kümmerst dich jetzt um Anton. Du bringst ihn in die Praxis. Du wirst ihn beschützen.«

»Bruno würde ihm doch niemals ...«

»Ihr wartet dort. Hast du verstanden?«

Saskias Gesicht erstarrte.

»Hast du das kapiert, Saskia?« Sie schüttelte ihre Schwester. Saskia war wie betäubt, doch dann drückte sie Ellens Hand als Zeichen, dass sie verstanden hatte.

Ellen nahm Antons Kopf zwischen ihre Hände und küsste ihn auf die Stirn. Dann schob sie ihn zu seiner Mutter und rannte aus dem Haus.

Auf der Straße war es kalt und rutschig. Das Sommerkleid wehte um ihre Hüften. Sie suchte nach ihrem Handy in der Jackentasche. Dann steckte sie es zurück.

Wen sollte sie anrufen?

Sie war ganz allein.

49.

Die Turnhalle. Noch einmal an diesem Abend. Und wieder war sie kantig, schwer, verletzend. Die Nacht ein alles umhüllendes Schwarz. Der Mond hinter Wolken versteckt.

Eine Fledermaus flog über den Schulhof.

Auf dem Parkplatz stand Brunos Auto.

Der alte Passat, mit dem Saskia sie vor Ewigkeiten vom Bahnhof abgeholt hatte. Am rechten Kotflügel klaffte eine Beule wie eine Wunde.

Die Reifenspuren im Schneematsch verrieten, dass auch andere Autos hier geparkt hatten und wieder abgefahren waren. Nur der VW stand da und wartete.

Mit der Taschenlampe ihres Handys kroch sie in das Gebüsch neben dem Parkplatz. Sie hatte keine Waffe, nichts, womit sie sich verteidigen konnte. Sie brauchte etwas. Einen Stein. Einen spitzen Draht. Eine Glasscherbe. Sie suchte den Boden ab und entschied sich für einen Stock, zwei Daumen dick und gut einen Meter lang. Sie brach ein paar kleinere Seitenäste ab. Die Spitze war stumpf, aber spitz genug, um mit genügend Kraft in ein weiches Körperteil einzudringen.

Sie schlich zum Eingang.

Sie würde es zu Ende bringen. Und egal, wie es enden würde, es würde eine Befreiung für sie sein.

Der Stock zitterte in ihrer Hand. Ihre Beine waren eiskalt. Dieses verdammte Kleid. Und die Schuhe drückten, ihr kleiner Zeh schmerzte. Und wenn sie rennen musste, würde sie fallen, weil die Stiefel ihr hinten wiederum viel zu weit waren. Sie ging in die Knie, band die Schnürsenkel noch enger und stopfte die langen Enden in den Schaft.

Aus den Fenstern unter dem Dach der Turnhalle drang kein Licht. Warum rief sie nicht die Polizei? Warum hatte sie sie all die Tage nicht verständigt? Weil es sie nichts anging, es war eine Sache zwischen ihm und ihr. Sie würde Bruno zur Rede stellen, zur Not würde sie mit ihm kämpfen, und sie war bereit, ihn zu töten.

Sie erreichte das niedrige Betondach des Eingangs und legte ihr Ohr an die Tür, hörte aber nichts. Langsam drückte sie die Klinke herunter, die Tür öffnete sich. Sie wagte nicht zu atmen. Der Vorraum lag im Dunkeln. Kurz leuchtete sie mit dem Handy hinein, und als sie sicher war, allein zu sein, drückte sie die Tür bis zur Wand und hakte sie ein. Wenn sie fliehen musste, wollte sie freie Bahn haben.

Die Nebenräume. Die Umkleiden. Sie entschied sich dagegen, dort nachzusehen. Die Halle war der Ort, den sie betreten musste.

Dort wartete er auf sie.

Noch einmal würde er sie vergewaltigen, seinen Pullover über ihren Kopf ziehen, den Saum um ihren Hals. Wieder würde er seine Zunge durch den Stoff pressen, sie an ihre Wange drücken. Der Stoff würde feucht sein, stinken.

Sie umklammerte ihren Stock fester.

Sie dachte an Brunos heiseren Atem.

An Johannes' unbeholfene Bewegungen.

An Max' tiefe Befriedigung.

An den Knebel auf dem Boden.

Sie legte ihre Hand an den Türgriff. Ihr Herz raste. Alles in ihr wollte fliehen, nur weg von hier.

So leise wie möglich drückte sie die Klinke nach unten.

Die Halle lag im Dunkeln.

Wo war der verdammte Lichtschalter?

Sie biss sich auf die Innenseite ihrer Wange.

Ihre Füße waren schwer wie Beton.

Ihre Hand tastete über die Holzlamellen an der Seitenwand, wie damals, als die Streben ihr den Weg hinaus geleitet hatten. Sie erinnerte sich an den Splitter in ihrem Finger, spürte erneut den Schmerz.

Der Lichtschalter war in einer quadratischen Aussparung versenkt, und sie fasste hinein. Die Neonröhren surrten wie ein Mückenschwarm, als sie aufleuchteten und die Halle in weißes Licht tauchten. Ihre Pupillen zogen sich zusammen, und als sie sich an das Licht gewöhnt hatte, zitterte der Stock, den sie schützend vor sich hielt.

Was sie am anderen Ende der Halle sah, war schlimmer als alles, was sie erwartet hatte.

50.

Merab schlug die Augen auf.

Verschwommen erkannte er die Umrisse eines ihm unbekannten Zimmers. Er lag in einem Bett. Das Fenster war mit einem Vorhang verdeckt, und nur eine kleine Leselampe neben ihm erhellte schwach den Raum. Gegenüber hing ein Bild in einem Rahmen. Es war ein bekanntes Motiv, aber er hatte es weder gekauft noch aufgehängt. Neben dem Bett stand ein Ständer mit einem Beutel, und der Schlauch, der aus dem Beutel herausführte, endete in seinem Arm.

Er fühlte sich matt und schwach. Zu denken fiel ihm so schwer, als müsste er Steine heben. Er stemmte sich etwas hoch. Das war eindeutig ein Krankenhauszimmer.

Er war krank. Verletzt. Er hatte einen Unfall gehabt. Das wusste er. Einen Autounfall? Vermutlich war es ein Autounfall gewesen, denn Motorrad fuhr er nicht und Fahrrad hatte er keines. Oder doch? Vielleicht besaß er ein Fahrrad. Oder ein Motorrad? Er sah an sich hinab, und was er sah, gefiel ihm nicht.

Alles tat ihm weh. Erschöpft fiel er zurück. Sein Kopf pochte. Ein Licht flackerte, ein Signal piepte, die Nadel in seinem Arm pikste.

Es wurde heller. Licht kam vom Flur. Eine Frau, die er nicht kannte, in grüner Kleidung.

»Guten Abend«, sagte sie. Weiße Zähne, blonde Haare. Sie war sehr hübsch, aber es war nicht Claudia und schon gar nicht Ellen.

»Hallo«, sagte er, überrascht von dem Wort. Er konnte nicht glauben, dass es aus seinem Mund gekommen war.

»Schön, dass Sie wieder bei uns sind.« Die Frau blickte auf einen der Monitore neben dem Bett. »Ich rufe Dr. Kühnert, dann sind wir gleich wieder da.«

Er schloss die Augen, sie so lange offen zu halten war sehr anstrengend. Hinter seinen Lidern explodierten Farben, bewegten sich auf ihn zu, bis es knallte.

Es dauerte nicht lange und die Frau kam mit einem Mann zusammen ins Zimmer. Auch er trug grüne Kleidung.

»Na, wen haben wir denn da?«, sagte er. »Wie geht es Ihnen?«

Er antwortete nicht, denn darauf hatte er keine Antwort.

»Wissen Sie, welcher Tag heute ist?«

Er schüttelte den Kopf.

»Wie ist Ihr Name?«

Er starrte ihn an.

»Wie heißen Sie?«, fragte der grüne Mann, und die grüne Frau lächelte. Es wurde heller im Raum.

»Merab«, sagte er.

»Gut«, sagte der Arzt.

Er erzählte noch irgendwas, aber ihm fielen die Augen zu. Als er sie wieder aufschlug, waren der Arzt und die Frau verschwunden.

Nur das Piepen der Geräte.

Und ein Schatten. Etwas bewegte sich. Er hob den Kopf, so gut es ging.

»Du bist Merab.«

Es war eine Frauenstimme. Aber er sah niemanden.

»Ellen?«

Dann hörte er etwas über den Boden ratschen. Der Schatten zog einen Stuhl heran und setzte sich. Jetzt sah er sie, aber er wusste nicht, wer sie war.

»Mensch, Merab, du bist kein besonders guter Skifahrer.«

»Nein, das bin ich nicht.«

Er war so müde. Das Sprechen gelang ihm nur mit äußerster Konzentration. »Die Skier waren manipuliert. Die Bindung konnte nicht halten. Jemand wollte wohl, dass du stürzt.«

»Ich muss telefonieren.«

Er wollte sich hochdrücken.

»Nicht so schnell. Du wirst noch einige Tage brauchen, bis du aufstehen kannst.«

Erschöpft fiel er ins Kissen zurück.

»Ich muss Ellen anrufen.«

»Hey, ich bin eine Freundin von Ellen.«

Er keuchte. Alles war zu viel.

»Du bist Heidi«, sagte er. Plötzlich war alles wieder zurück. Die Abfahrt, die Skier, die Toten.

»Mein Zimmer ist gegenüber. Palliativstation.«

»Hier steckst du also.«

»Ich freue mich immer über eine Abwechslung wie dich. Ich würde mich auch freuen, wenn Ellen mich mal untersuchen würde. Na ja, gestern war Dr. Schwarz da. Er sieht noch manchmal nach mir.«

»Ellens Vorgänger? Der ist doch verschwunden.« So viele Wörter am Stück. Die Kraft verließ ihn. »Was hat er mit all dem zu tun?«

Er versuchte wieder aufzustehen. Heidi hielt ihn auf, und er hatte keine Kraft, sich gegen sie zu wehren.

»Langsam, mein Lieber. Schwarz ist einer der Guten. Er passt auf mich auf. Vielleicht weil ich seine letzte Patientin bin.«

»Irgendwo muss hier mein Handy liegen.«

»Das ist hier«, sagte Heidi und gab es ihm vom Tisch.

»Siebzehn Anrufe in Abwesenheit. Alle von Ellen.« Er war so schwach, dass ihm das Telefon aus den Fingern rutschte.

»Gib mal her.«

Ihm wurde übel.

»Fünf Anrufe sind schon länger her, der Rest ist von heute Abend«, sagte Heidi. »Du solltest mal den Klingelton einschalten.«

Mit aller Kraft setzte er sich endlich auf. »Sie ist in Gefahr.«

Aus den Augenwinkeln nahm er eine schnelle Bewegung wahr.

»Beruhigen Sie sich. Sie wollen doch hier nicht sterben. Sie lagen bis eben noch im Koma.«

Die Schwester kam an sein Bett. Ihre Kleidung war grün. Sie spritzte etwas in eine Kanüle, die in seinem Handrücken steckte.

Nein, nicht, dachte er, aber sagen konnte er es nicht. Langsam kippte er weg.

»Alles wird gut«, sagte Heidi zu ihm. »Ich sterbe auf jeden Fall vor dir.«

51.

Bruno.
    Gegenüber.
    Am Ende der Halle.
    Es roch nach Blut.
    Seine Handgelenke waren mit Kabelbindern über seinem Kopf an die Sprossenwand gefesselt. Er konnte sich nicht mehr auf den Beinen halten. Sein ganzes Gewicht hing an den dünnen Plastikbändern, die tief in seine Haut schnitten. Blut rann ihm die Arme hinunter.
    Das Blut, das sie roch. Ellen kannte den metallischen Geruch aus dem Krankenhaus.
    Bruno war der Köder.
    Sie rannte dennoch auf ihn zu, sah sich hektisch um, aber sie schienen allein zu sein.
    »Bruno!«, rief sie. »Ich bin hier.«
    Erst jetzt sah sie, dass er mit einem Gummiball geknebelt war. Ihr Stock war lächerlich. Niemals würde sie damit einen Angreifer abwehren können. Schon gar nicht Connor, wenn Haußer ihn auf sie hetzte.
    Sie war ein dummes Tier in einer Falle.
    Bruno schnaufte durch die Nase, kämpfte um jeden Atemzug. Seine Augen flackerten. Es war die aufkeimende Hoffnung, ein

Blick, den sie von Patienten kannte, die sich nach einer tödlichen Diagnose an einen Funken klammerten, bis er kurz darauf erlosch.

Sie fühlte Brunos Puls und sah ihn genauer an. Er stand in seinem eigenen Blut, die Hose hing ihm bis zu den Knöcheln, war durchnässt und tiefrot. Die Außen- und Innenbänder beider Knie waren durchtrennt, ebenso die Achillessehnen an den Füßen. Auch an den Oberschenkeln hatte er tiefe Schnittwunden.

Der Lederriemen war hinter seinem Kopf wie ein Gürtel verschlossen. Bruno stöhnte, als sie den Riemen löste und ihn befreite. Hektisch zuckte sein Kopf auf und ab.

»Halt still«, flüsterte sie, aber er machte weiter. Als er auch die Augen aufriss, verstand sie es.

Er warnte sie.

»Warte, ich helfe dir«, sagte eine Stimme in ihrem Rücken. Sie kannte den Tonfall, aber so schnell konnte sie ihn nicht einordnen. Wo war ihr Stock? Er lag zu Brunos Füßen. Sie riss ihn hoch und schoss herum.

»Vorsichtig mit dem Ding.«

Der Mann stand etwa fünf Meter entfernt, trug eine breit gestreifte Winterjacke, seine Hand war bandagiert.

»Verfluchte Scheiße«, sagte Ellen.

»Ich mache ihn los, wenn du willst«, sagte Andreas Vogl und trat näher. Ein langes Messer mit einer starken, gezackten Klinge blitzte in seiner Hand.

Sie wich zur Seite.

Vogl durchtrennte den ersten Kabelbinder, und Bruno sackte schief zusammen. Als sich die zweite Fessel löste, fiel er wie eine Puppe zu Boden und schlug auf sein Gesicht auf. Seine Schmerzen mussten kaum zu ertragen sein.

»Gefällt dir das?«, fragte Vogl. Die Messerspitze zielte auf Brunos Rücken. »Ihn so zu sehen, am Boden liegend, wehrlos, so wie du es damals warst.«

»Nein!«, sagte Ellen.

»Er hat dich vergewaltigt. Hat seinen Schwanz in dich gesteckt, als du dich nicht wehren konntest. Du warst nur ein Stück Fleisch für ihn. Sieh ihn jetzt an. Er blutet und keucht, er kriecht vor dir zu Kreuze, er fleht dich um Erbarmen an. Hast du Erbarmen, Ellen?«

»Wir müssen ihm helfen. Er verblutet.«

»So schnell stirbt er nicht. Es sind nur ein paar Schnitte. Nichts, was man nicht flicken könnte.« Vogl trat ihm leicht gegen das Bein. »Aber weglaufen, Alter, daraus wird erst mal nichts.«

In Vogls Blick erkannte sie den Jugendlichen von damals. Sie erinnerte sich an ihn, wie er meist allein die anderen auf dem Schulhof beobachtete. Ein Einzelgänger, ein Außenseiter, ein Mörder.

»So gern wärst du damals weggelaufen, nicht wahr? Aber sie haben dich nicht gelassen. Du hast gefleht, und sie haben dich festgehalten.« Er ging in die Knie und drehte Bruno auf den Rücken. »Jetzt bist du der Gefickte«, brüllte er ihm ins Gesicht.

Sie spürte die Wut in sich. Doch sie galt nicht Vogl, sie war auf Bruno wütend. Er war es gewesen, mit seinem nach Klebstoff stinkenden Pullover, mit seinen großen Händen. Jetzt lag er auf dem Hallenboden, und sie empfand Genugtuung.

»Wie konntest du damit leben?«, fragte Vogl. »Ich konnte es nicht.«

»Was hast du damit zu tun? Hast du mich auch ...«

Er hob abwehrend die Hand. »Ich wollte nicht dabei sein, aber alle gingen zum Abiball. Wie ihr den Tag alle herbeigesehnt habt, diese furchtbare Veranstaltung. Ich habe das alles gehasst. Du hast getanzt, aber niemand tanzte mit mir. Ihr habt getrunken, aber niemand stieß mit mir auf die Zeit an, die jetzt hinter uns lag. Ihr würdet alle in die Welt gehen, aber ich würde bleiben. Du warst das hübscheste Mädchen der Schule. Das weißt du doch, oder? Bist es noch.«

»Du hättest mich um einen Tanz bitten können.«

»Du warst unerreichbar, und ich war unsichtbar.«

Während er sprach, zeigte er immer wieder mit dem Messer auf sie. Aber er blieb auf Abstand, neben Bruno, der immer mehr Blut verlor.

»Was hast du getan?«, rief sie.

»Ich habe mich in die Turnhalle verzogen, wo ich allein sein konnte. Habe zwei Bier hinter dem Mattenwagen getrunken. Habe von dort aus eurem Spaß gelauscht und ja, habe mir ausgemalt, dich zu fragen. Habe mir vorgestellt, mit dir zu dieser Schwulenmusik, die die ganze Zeit lief, zu tanzen. Deine Hüfte an meiner, dein Geruch in meiner Nase und am nächsten Morgen in meinem Hemd. Aber du hättest nie mit mir getanzt, und das wusste ich. Du würdest es auch heute nicht tun, und auch das weiß ich.«

»Andreas, Bruno geht es nicht gut. Lass mich ihm helfen.«

»Du kennst meinen Vornamen? Dachte nicht, dass du dich erinnerst.«

Er trat noch einmal nach Bruno, und dann kam er auf sie zu.

»Du bist ein Patient von mir, und ich Idiotin hab dich wegen deiner Hand am Abend noch mal angerufen. Daher hattest du meine Nummer.«

»Also gut, Ellen«, unterbrach er sie. »Ich habe nichts getan, außer dir diese SMS von einem Wegwerfhandy aus zu schicken. Das hat mich echt angemacht. Das ist mein Verbrechen. Das ist meine Schuld.«

Jetzt war er fast bei ihr. Unerwartet schnell griff er nach ihrem Stock. Sie erschrak, konnte ihn aber nicht zurückziehen.

»Keine Angst, ich tue dir nichts.«

Er begann die Spitze des Astes zu schnitzen. Die Klinge seines Messers zeigte in seine Richtung, und er zog kräftig einen Span um den anderen aus dem Holz, bis das Ende spitz war. Die Rinde bildete einen kleinen Haufen zu seinen Füßen.

»Du hast alles beobachtet«, sagte Ellen. Er war da gewesen. Das konnte nicht sein. Ihre Gedanken rasten, es gelang ihr nicht, sie alle festzuhalten.

»Plötzlich wart ihr da. Ich habe mich noch kleiner gemacht als all die Jahre schon. Ihr habt Körbe geworfen, getobt, gelacht, und ich hätte gern mitgespielt.« Er ließ Stock und Messer sinken. »Dann haben sie dich in den Geräteraum gelockt, und ich hielt meinen verdammten Atem an, stundenlang, wie mir schien.«

Der Buchfink, den sie am frühen Morgen auf dem Holm des Barren gesehen, den auch Bruno nie vergessen hatte, das, dachte sie, war er gewesen. Vogl. Der Fink flog oft durch ihre Träume, durch seine dunklen Augen erlebte sie die Taten immer und immer wieder. Das Niederringen, das Festhalten, das Zerren und Beißen.

»Warum hast du mir nicht geholfen?«, fragte sie. Tränen liefen ihr über die Wangen.

»Nichts auf der Welt wollte ich damals mehr. Aber ich war wie gelähmt. Ich suchte nach einer Lösung, nach einer Waffe, aber ich steckte in der Unsichtbarkeit fest, und sie waren zu zweit, ich allein. Ich habe geweint wie du. Ich habe gezittert wie du. Und erst als sie endlich weg waren, war ich stark genug, um aufzustehen. Du kauertest auf dem Boden wie ein Tier. Ich wollte dich streicheln, dich in den Arm nehmen, dich trösten.«

»Hör auf!«

Er streckte die Hand nach ihr aus. Er war kräftiger und vermutlich schneller als sie, und er besaß jetzt zwei Waffen. Sein Messer und ihren Stock. Sie hatte nichts.

»Und gerade als ich zu dir wollte, hörte ich etwas. Also kroch ich zurück hinter die Matten. Dreimal darfst du raten, wer da kam. Dein lieber Schwager.«

Er stieß Bruno mit dem Stock in die Schulter.

»Das Schwein sah dich dort liegen und hat eins und eins zusammengezählt. Er zog seinen Pullover aus und dir über den Kopf. Er hat gegrunzt dabei.«

Vogl musste eine Pause machen. Er war aufgeregt und sein Gesicht wurde fleckig.

Sie warf einen Blick zur Seite. Bruno benötigte dringend Hilfe. Aus seinem Mund lief Blut. Er würde daran ersticken.

»Ich konnte es nicht noch einmal mit ansehen, Ellen. Ich habe mich rausgeschlichen und bin weggerannt, habe mich irgendwo im Wald übergeben und mich bis zum Morgen versteckt.«

»Du hättest ihn niederschlagen können.«

»Ja, ich weiß.«

»Du hättest sie anzeigen können«, sagte sie.

»Das habe ich getan.«

Sie verstand seine Worte nur langsam.

»Du warst es. Du hast die anonyme Anzeige erstattet.«

»Sie haben es unter den Teppich gekehrt.«

Er sah sie mit leblosen Augen an, die in der Tiefe der Kapuze seiner Jacke verborgen lagen. Er sah aus wie der Junge von damals, unscheinbar, unsichtbar.

»Du hast sie getötet, um sie zu bestrafen. Aber warum erst jetzt?«

»Dr. Schwarz hat mir erzählt, dass er in den Ruhestand geht und einen Nachfolger sucht. Da habe ich sofort an dich gedacht und es ihm vorgeschlagen. Er hat es als fixe Idee abgetan, doch natürlich hat er sich an dich erinnert. Ich habe ihm gesagt, dass er seine Schuld begleichen könne, wenn er dir die Praxis anböte. Er hat es dann deiner Schwester gesteckt, mit dir direkt wollte er nicht sprechen. Und ich, ich konnte es kaum glauben, dass du wirklich gekommen bist, dass es so einfach war. Da musste ich dir einfach ein kleines Willkommensgeschenk machen.«

War sein breites Grinsen Freude, Wahnsinn oder beides? Sie konnte nicht einschätzen, ob er die Wahrheit sagte. Es schien ihr unmöglich zu sein.

»Ich habe dich nie vergessen, Ellen. Seit der Schulzeit lebe ich mit dir in meinem Kopf. Wie sehr habe ich mir gewünscht, dass du zurückkommst. Und das bist du. Du bist hier, Ellen. Und nun nimm deine Waffe und stoß sie Bruno in den Bauch. Dorthin, wo es weich ist.« Er bot ihr den Stock an. »Nutze seine Wehrlosigkeit aus, wie er damals deine.«

Sie biss sich auf die Unterlippe und kam einen Schritt vor. »Niemals«, schrie sie.

»Doch, tu es! Ich weiß, dass du es willst.«

Bruno lag schutzlos ausgeliefert in seinem Blut und jaulte, weinte, wie sie es getan hatte. Sie packte nach dem Stock und riss ihn in die Höhe.

»Stoß zu«, rief Vogl triumphierend. »Befreie dich von der Erinnerung. Von deinem Schmerz.«

»So einfach ist das nicht!«, schrie sie.

Doch Vogl hatte recht. Es war einfach.

»Nutze seine Ohnmacht. Befriedige deine Wut. Ich serviere ihn dir auf dem Silbertablett. Er ist dein Menü. Johannes war die Vorspeise, Max der Hauptgang und Bruno ist der Nachtisch. Du magst doch süße Verführungen, oder nicht?«

Ihr Hass war lebendig und groß.

»So wie dein kleiner Ausländerfreund. Er hat dich auch verführt. Er dachte, er könnte dich ficken, wie die anderen. Hat er dich gefickt, Ellen? Scheiße, ich habe mich auch noch um ihn kümmern müssen. Aber diese Skibindungen ... du weißt ja.«

Er hielt seine verletzte Hand nach oben.

Sie spuckte Vogl an, aber der lachte nur.

»Töte ihn, und niemand mehr wird dich belästigen. Auch ich nicht, wenn du es nicht willst. Was willst du, Ellen?«

Er packte Bruno und zog ihn zu ihr rüber. Eine dicke Blutspur hinter ihm.

»Na los, Ellen. Jetzt oder nie.«

52.

In ihrer Hand hielt sie eine scharfe Waffe. Sie stand breitbeinig vor Bruno, der vor ihr auf dem Boden lag. Eine machtvolle Position, um ihn zu verurteilen. Einfach zustoßen. In seinen Bauch, in seine Nieren, in seine Leber. Sie wusste genau, wo sie ihn treffen musste, um ihn zu richten. Die Erlösung war nur eine kraftvolle Bewegung entfernt.

»Willst du etwa, dass er der Vater deines Neffen ist? Dass er sich an ihm vergeht? Anton ist noch ein kleines Kind.«

Sie hob den Ast.

Bruno stöhnte und kroch auf den Ellenbogen einen Meter vorwärts. Sie gab ihm einen Tritt gegen den Arm, und er fiel hart auf den Turnhallenboden.

»Oh ja!«, schrie Vogl. »Das ist großartig! Bring ihn um!«

Sie schrie.

Der ganze Druck ließ ihre Stimmbänder vibrieren. Es war einfach. Nur eine Bewegung. Nur eine Sekunde. Sein Herz. Sein Hals. So viele Möglichkeiten.

»Du hast es nicht verdient zu leben«, schrie sie Bruno an.

Bruno keuchte und versuchte, wieder ein kleines unbedeutendes Stück von ihr wegzukriechen. Seine Wehrlosigkeit machte sie erschreckend kraftvoll. Die Gefühle überwältigten sie.

»Du hast mir wehgetan!«

Ellen trat ihn noch einmal. Tränen rannen ihr übers Gesicht.

Vogl tänzelte jetzt um sie herum. Die Messerspitze zeigte abwechselnd auf Bruno und sie.

»Ich habe es getan, und du kannst es auch.«

»Ich kann es«, sagte Ellen. »Und ich werde es tun.«

Alles, was sie in sich trug, ihren Hass, ihre Wut, ihre Angst könnte sie in diese eine Bewegung legen. Der letzte Nagel. Sie musste ihn nur einschlagen.

»Du hast Saskia nicht verdient«, flüsterte sie leise. »Und sie hasst dich!«

Bruno sagte etwas. Sie kniete nieder, um ihn zu verstehen.

»Tu es«, murmelte er. »Stoß zu, so fest du kannst.«

Sie umfasste den Ast mit beiden Händen.

Vogl hielt inne. »Töte, um zu leben.«

»Das werde ich«, sagte sie.

Sie nahm den Stock über ihren Kopf, wartete aber noch.

»Na los, mach schon.«

Vogl kam einen Schritt näher, und sie stieß so kräftig zu, wie sie konnte.

Sie erwischte Vogl an der Schulter.

Er taumelte unter der Wucht des Stoßes zurück und fiel rücklings hin. Der Stock steckte wie ein Speer in ihm. Stöhnend legte er seine Finger um den Ast und zog ihn mit einem Schrei heraus. Das Blut färbte sofort seine Jacke. Er konnte den Arm nicht bewegen. Zornig stand er auf.

Verletzung des Deltamuskels, schoss es ihr durch den Kopf.

»Ich bin enttäuscht, Ellen, ich dachte, du seist stark.«

Er hatte das Messer fallen gelassen. Es lag näher bei ihr als bei ihm. Er war verletzt und unbewaffnet. Sie hatte eine Chance.

»Du bist verrückt«, rief sie.

»Bullshit! Ich warte nicht mehr, verstecke mich nicht mehr,

ich nehme die Dinge in die Hand. Was tust du? Spielst Ärztin. Fickst diesen Christoph.«

Sie stotterte, als sie antwortete: »Was ... weißt du ... von Christoph?«

»Jetzt wird es interessant, was? Christoph. Ein netter Kerl. Habe mit ihm ein Bier getrunken. Vielleicht auch zwei. Er hat sich gefreut, einen guten alten Freund von dir, der auf der Durchreise war, zu bewirten. Leider warst du an dem Abend nicht da. So konnte ich ein wenig nachhelfen, weißt du. Schwarz hatte es deiner Schwester gesagt und Saskia dir den Floh ins Ohr gesetzt, so weit, so gut. Aber Schwarz war ungeduldig, fing an, sich anderweitig umzusehen, weil du nicht so richtig anbeißen wolltest. Also brauchte es einen kleinen Schubs von mir. Und ich war ja noch nie in Hamburg gewesen. Da konnte ich mich gleich mal umsehen. Schöne Stadt, aber zu groß, einfach nicht mein Ding.«

Er war in ihrer Wohnung gewesen. Der Magnet in Vogls Laden. Sie hatte ihn sofort erkannt. Es war tatsächlich ihrer.

»Der liebe Chris. Wir haben von Mann zu Mann geredet. Ich brauchte nur ein paar Vermutungen in den Raum zu stellen, und schon glaubte er, dass du ihn betrügst. Und weißt du, warum er es glaubte? Weil Mädchen, die aussehen wie du, Besseres haben können als Männer wie uns.«

Während sie versuchte, seine Worte zu verstehen, riss Vogl sich die Jacke vom Leib. Schweiß stand ihm auf der Stirn, sein Hemd war rot, er war kreidebleich. Sein Blutverlust ist hoch, dachte sie.

»Tief drinnen hat Chris immer gewusst, dass du ihn irgendwann fallen lässt. Und ich wusste, wenn du erst einmal verlassen und allein sein würdest, könntest du dem Ruf der Heimat nicht mehr lange widerstehen.«

Sie schaute wieder zum Messer. Aber Vogl bemerkte es, trat

schnell vor, stellte einen Fuß auf den Griff, hob es auf und steckte das Messer hinten in seinen Gürtel. Dann nahm er den Stock.

Sie wankte zurück.

»Ich habe sehr oft an dich gedacht. Ich habe mich verletzt, um dich in deiner Praxis zu besuchen.« Er hob die verbundene Hand. »Du warst so schön in deinem weißen Kittel. So sauber.«

Er richtete den Stock auf Bruno. Sein Blut tropfte von der Spitze.

»Nein, Andreas, bitte.«

»Wenn du es nicht kannst, dann tue ich es für dich. Es ist ohnehin alles nur für dich.«

Er wirbelte den Stock einmal durch die Luft und stach ihn dann kräftig in Brunos Rücken. Bruno stieß laut Luft aus und bewegte sich nicht mehr. Sie vermutete, dass seine Lunge getroffen war. Aus der Ferne konnte sie nicht erkennen, ob er noch atmete.

Während sie noch Bruno anstarrte, kam Vogl auf sie zu und packte sie am Arm.

»Fass mich nicht an.«

Sie schlug ihm ins Gesicht und riss sich los, aber er trat ihr in die Beine, und sie stolperte und fiel. Sofort war er über ihr, drehte sie grob auf den Rücken und setzte sich auf sie. Mit der verbundenen Hand drückte er ihren rechten Arm nach unten, mit der anderen legte er ihr das Messer flach auf die Brust. Er konnte die verletzte Schulter doch bewegen, aber die Schmerzen waren ihm anzusehen. Er stöhnte.

»Tu es«, schrie sie ihn an, »aber beeil dich.«

Er würde sie vergewaltigen und umbringen. So würde es enden. Vogl beugte sich unter Schmerzen vor und küsste sie. Sein Mund drückte auf ihren, und es war schlimmer, als wenn er mit seinem Messer zugestochen hätte.

Sie biss ihm in die Lippe.

Lachend spuckte er das Blut aus.

»So wild, Ellen?«

Sein Gewicht drückte sie nieder.

Sie wollte endlich leicht werden.

»Es tut mir leid«, sagte er. Er weinte jetzt und kratzte mit der Messerspitze über den Stoff ihres Kleides. »Du bist so schön.«

Ihre freie Hand packte nach Vogls Hals und drückte zu, aber er schlug sie einfach zur Seite.

»Ich liebe dich!«, rief er. Seine Finger schlossen sich um den Griff des Messers. »Versteh das doch!«

Die Neonröhren summten. Das Licht blendete. Sie war jetzt ruhig. Es erschien ihr eine Lösung zu sein. Er musste es nur tun.

Sie fasste nach seinen Händen. Gemeinsam hielten sie den Messergriff umklammert, die Spitze über ihrem Herzen.

»Es ist alles für dich«, flüsterte er.

Seine Tränen fielen in ihr Gesicht.

Das ist der Tod, dachte sie, und hatte keine Angst mehr. In Vogl erkannte sie alles, was sie die Jahre über verfolgt hatte, die Unruhe, die Furcht, die Unfähigkeit, Freude zu empfinden. Wie die Spitze ihres Skalpells würde auch Vogls Messer ihr Erleichterung verschaffen.

»Bring es zu Ende«, sagte sie.

Und während sie ihre Hände noch fester um seine legte, bewegte sich in ihren Augenwinkeln etwas. Ein Schatten. Lautlos kam er auf sie zu und sprang in die Luft, als sie sich noch fragte, ob Vogl bereits zugestochen hatte.

Connor schnappte nach Vogls Arm und riss ihn zur Seite. Vogl krachte mit einem Aufschrei neben Ellen auf den Hallenboden. Als Connors Zähne Vogls Handgelenk zerbissen, fiel das Messer neben sie. Instinktiv griff sie danach und drehte sich zur Seite.

Jemand rief ihren Namen.

»Ellen!«

Das war sie.

Sie war Ellen, und sie lebte.

Haußer trat auf Vogls Unterschenkel und schnürte die Hundeleine fest um beide Fußgelenke. Dann drückte er ihm ein Knie in den Rücken und fesselte seine Hände mit seinem Gürtel. Haußer griff in seine Manteltasche und knebelte Vogl mit dem Gummiball.

»Connor! Aus!«

Der Hund ließ ab.

Vogl krümmte sich vor Schmerzen. Er blutete an mehreren Stellen, wo Connor ihn gebissen hatte.

Ellen setzte sich langsam auf. Connor stupste sie an, und sie schlang ihre Arme um seinen Hals. Der Herzschlag des Hundes beruhigte sie.

Haußer nahm ihr sachte das Messer aus der Hand.

»Wir brauchen einen Notarzt«, flüsterte Ellen. Sie suchte nach ihrem Handy, aber Haußer kniete nieder und nahm es ihr aus der Hand.

»Habe ich schon erledigt.«

Sie fiel in seine Arme und weinte.

»Es tut mir leid«, flüsterte er. »Ich habe den Knebel an der Schanze an mich genommen, weil er mich belastet hätte. Einige alte Kollegen wissen leider von meiner Vorliebe. Es war eine Kurzschlussreaktion. Ich hätte ihn der Polizei geben sollen.«

»Schhhh ...«, machte sie und klammerte sich noch fester an ihn. »Wo waren Sie so lange?«

»Nachdem Sie weggerannt sind, bin ich nach Hause gegangen. Aber das Ganze hat mir keine Ruhe gelassen. Ich wollte noch einmal mit Ihnen sprechen. Vor Ihrem Haus habe ich dann Saskia getroffen.«

»Geht es ihr gut?«

»Die Frage ist doch, wie geht es Ihnen?«

Sie nahm den Kopf von seiner Schulter und flüsterte in sein Ohr: »Ich bin endlich frei.«

Sie atmete tief ein und zum ersten Mal seit Jahren fiel es ihr leicht.

»Kommen Sie, stehen Sie auf.«

Draußen zerteilte eine Sirene die Nacht in ein Davor und ein Danach.

Der Frühling war im Ort. Die letzten Wochen war es immer wärmer geworden. Der Schnee zog sich täglich weiter auf die Bergspitzen zurück, und in ihrem Vorgarten blühten die ersten Blumen.

Ellen saß an ihrem Schreibtisch. Sie hatte sich auf ihren Termin am nächsten Vormittag vorbereitet und klappte jetzt die Akte zu.

Vor einigen Tagen hatte sie die Praxis offiziell eröffnet. Die Sonne hatte geschienen, und am späten Nachmittag, nachdem ihre Gäste gegangen waren, hatte Merab ihr geholfen, das neue Praxisschild draußen an der Wand neben dem Tor anzubringen.

Dr. Ellen Roth, Allgemeinmedizin

Merab war erst vor wenigen Tagen aus der Reha zurückgekehrt. Sie hatte ihn oft besucht und ihm jedes Mal zum Abschied zugeflüstert: »Du bist mein einziger Privatpatient.«

Sie musste lächeln, wenn sie daran dachte.

Über vierzig Gäste waren zur Eröffnung gekommen, hatten sie im Ort willkommen geheißen und die frisch gestrichene Fassade der Villa bestaunt. Drinnen gab es noch einige kleinere Baustellen, aber draußen waren die Handwerker pünktlich fertig geworden.

»Kaum wiederzuerkennen«, hatte Gruber gesagt.

Viel mehr Worte hatten sie nicht gewechselt, aber dass er überhaupt erschienen war, rechnete sie ihm an. Er hatte seine Ämter niedergelegt und sich ganz aus der Politik zurückgezogen. Verschämt hatte er ihr einen großen Blumenstrauß überreicht.

Die Tür zum Sprechzimmer stand offen, und in der Küche hörte sie Saskia und Anton. Im Flur standen Farbeimer und Leitern, an einer bereits frisch gestrichenen Wand hingen drei gerahmte Zeichnungen von Anton.

Sie nahm sich ein Stück von Saskias Kuchen.

»Bist du gut vorbereitet?«, fragte Saskia.

»Ich denke schon.«

Saskia stellte schmutziges Geschirr in die Spüle. »Ich gehe mit Anton noch zum Friedhof, er will seinem Vater eine neue Zeichnung geben. Ich habe einen Rahmen gekauft, so können wir sie an Brunos Grab lassen, ohne dass sie nass wird. Und danach essen wir vielleicht in der neuen Pizzeria. Dann habt ihr beide hier etwas Ruhe.«

Ihrer Schwester ging es auch jetzt im Frühling nicht besser. Sie kämpfte mit ihren Albträumen. Saskia wohnte mit Anton oben, und was als Übergang gedacht war, fühlte sich immer besser und richtiger an. Die beiden würden eine andere Wohnung finden, aber es gab keine Eile.

In dieser Woche war der Notartermin für den Verkauf ihres Elternhauses. Danach besaßen sie beide ein Startkapital. Ihr Vater fühlte sich im Heim wider Erwarten wohl. Sie würde ihn bald erneut besuchen. Es gab noch einiges, was sie mit ihm besprechen wollte, bevor er gehen würde. Jedes Mal, wenn sie ihn sah, war er wieder ein Stück kleiner geworden.

Ellen zog einige Blumen aus Grubers Strauß. »Legst du die noch auf Heidis Grab. Du weißt, wo es ist, oder?«

Saskia nickte, nahm die Blumen, wickelte sie in Zeitungspapier und rief Anton. Ellen streichelte ihre Wange. Saskia lächelte mit geschlossenem Mund.

»Ich glaube, du hast Besuch«, sagte Saskia und deutete mit dem Kinn zum Flur.

Sie rechnete mit Merab, aber in der Tür stand Haußer.

»War nur angelehnt.«

»Kommen Sie rein.«

Connor folgte ihm.

»Ich war zufällig in der Gegend und wollte kurz nach Ihnen sehen. Morgen ist der große Tag.«

Die erste Sitzung der Gerichtsverhandlung war für zehn Uhr angesetzt. Sie würde Vogl wiedersehen, ihre Aussage machen, sich noch einmal all dem aussetzen.

»Sie müssen optimistisch sein«, sagte Haußer. »Das wird schon.«

»Meinen Sie wirklich?«, fragte Saskia.

»Die Morde konnten Vogl eindeutig nachgewiesen werden, weniger als lebenslänglich wäre eine Überraschung.«

Doch alles hing vom psychiatrischen Gutachten ab. War Vogl zurechnungsfähig oder nicht? Kam er ins Gefängnis oder in die Psychiatrie? Würde der Richter eine Sicherungsverwahrung anordnen?

»Wie auch immer es ausgeht, Sie haben die Chance für einen Neuanfang, und wenn ich mich hier so umsehe, dann bin ich sehr zuversichtlich, dass er Ihnen gelingt.«

Auch Haußer musste es schaffen, dachte sie. Aber er sah müde und erschöpft aus. Evi ging es immer schlechter.

»Habe ich etwas verpasst?«

Merab trat hinter Haußer ein. Seit ein paar Tagen benötigte er keine Krücken mehr.

»Ich wollte gerade gehen«, sagte Haußer. »Wir sehen uns?«, fragte er Merab.

»Sicher. Ich komme rum bei dir.«

»Komm, Connor. Die beiden Turteltauben brauchen uns hier nicht.«

Merabs Wange war warm, als sie ihm einen Kuss gab, und seine Stimme immer vertrauter.

»Hier riecht es nach Kuchen«, sagte er und hob die Nase.

»Nimm dir ein Stück. Und dann machen wir deine heutige Spazierrunde.«

Sie trainierten regelmäßig, und er hatte große Fortschritte beim Laufen gemacht.

»Ich hole nur meine Jacke.«

Durch das Fenster des Sprechzimmers funkelte die Abendsonne. Sie hatte neue Regale für die Bücher gekauft, eine neue Behandlungsliege, neue Stühle. Nur Schwarz' Schreibtisch hatte sie behalten. Inzwischen hatte sie mit ihrem Vorgänger mehrere Gespräche geführt. Schwarz hatte sich aufrichtig bei ihr entschuldigt, hatte sie fest in den Arm genommen, und sie hatte seinen Worten glauben können. Ab und an kam er vorbei, der alten Zeiten wegen, wie er es nannte, aber jetzt nach den Renovierungsarbeiten war von seiner alten Praxis nicht mehr viel zu erkennen. Sie sprachen dann über einzelne Patienten, der fachliche Austausch tat ihr gut, und sie freute sich, wenn er wieder einmal plötzlich in der Tür stand.

Auch Martha freute sich, wenn sie Schwarz traf.

Ellen nahm die Jacke vom Stuhl, als sie auf dem Schreibtisch Lisas Geschenk bemerkte.

»Kommst du?«, rief Merab.

»Einen Augenblick noch.«

Die kleine Schachtel, das rote Papier mit den dunkelroten Rosen, die gelbe Schleife. Es schien eine Ewigkeit her zu sein, dass sie das Geschenk in ihrem alten Hamburger Treppenhaus erhalten hatte. Seit ihrer Ankunft hatte es auf dem Tisch gelegen und gewartet.

Jetzt endlich öffnete sie es.

Eine kleine handgeschriebene Karte fiel heraus: *Ich vermisse dich jetzt schon, Lisa.*

In der Schachtel steckte ein dünnes Papiertütchen, auf das ihre Tochter Carla in ihrer Kinderschrift und in verschiedenen Farben das Wort *Blumen* geschrieben hatte. Ellen ließ die Samen in ihre Hand rieseln und lächelte.

Es war Frühling.

Sie würde die Blumensamen mit Merab aussäen.

Und dann würde sie zusehen, wie alles erblühte.

Der Mentor sprach: Töte!

Zwei Frauenleichen, regelrecht abgeschlachtet und im Wald verscharrt. Im Nacken tragen sie eingeritzt die Zahlen I und III. Von Leiche Nummer II fehlt jede Spur. Für den Heidelberger Kommissar Jakob Krohn eine absolute Ausnahmesituation. Hilfe verspricht er sich von einer Sondereinheit des LKA München, doch Fallanalytikerin Nova Winter ermittelt am liebsten im Alleingang. Die beiden müssen sich zusammenraufen, denn die Spur führt zu einem studentischen Geheimbund und einem grausamen Antagonisten, der gerade erst mit dem Töten begonnen hat ...

Svenja Diel
Der Mentor
Thriller

Taschenbuch
Auch als E-Book erhältlich
www.ullstein.de